風雲時代

奔向狼群的駱駝

Camel and Wolves

朱新望◎著

【編者薦言】

駱駝如何不哭泣

劉宇青

漫漫黃沙地，駱駝總是以自己獨特的韻律，悠哉悠哉地行走於大漠中。即便負載著人類加諸於身的沈重行囊，依然一付不慌不忙的沉穩模樣。

據聞，駱駝是相當忠實的好幫手。當大漠中颳起狂風沙時，駱駝會自動臥下替主人抵擋風沙；夜宿沙漠時，駱駝們會在主人身旁圍成圓圈狀跪下，以特殊姿態護衛主人度過寒夜。牠們的耐力一流，方向感準確，更能奇蹟似地發現沙漠中的水源，是行走沙漠不可或缺的良伴。

故事中的主角，是一頭又髒又瘦，滿身傷痕的老駱駝吐爾迪。租借駱駝的人不收租金，說好不讓吐爾迪馱物，並聲明帶上這頭老駱駝，可防狼災。

面對餓了一冬的狼，人類顯然不知險惡，不僅如此，還視這頭老駱駝爲累贅。故事發展至中，人類不顧老駱駝獨特的危機感，堅持前行，饑餓的狼群果然出現，而駝隊與人皆驚慌失措，爭先恐後扭身逃命。

這時，只見「一匹又老又髒的駱駝，正用脖頸和牙齒阻擋駝群，強迫牠們站住。老駱駝低吼著，像個值星連長，把亂跑的戰士集合起來。駱駝們好像有些清醒了，迅速把頭聚向中間，圍成一個屁股在外的圓圈。」人類，被保護在中心。

故事的結果，隱約可從篇名中猜測到，「奔向狼群的駱駝」，會有什麼後果呢？

因爲人類的愚昧，老駱駝也許壯烈犧牲了，作者沒有明寫，也許是不忍寫。人爲老駱駝做了什麼？羞辱、鄙視；而老駱駝竟回報人類以救命之恩！

Contents

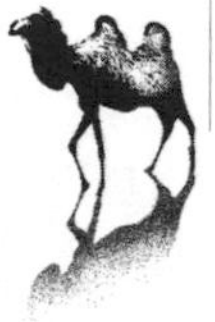

Contents

奔向狼群的駱駝

我被巴依馱著奔向沙漠邊緣。我的身後，一頭滿身是血、又髒又老的駱駝，卻在奔向狼群。

我踢過牠，還開槍嚇唬過牠。

「我，呵呵，我算個什麼東西呢？」

我的眼睛裏湧出大顆大顆的淚水。

夜色，把天地完全浸泡起來……

一

小鬍子庫爾班牽來一頭又髒又瘦，滿身傷痕的老駱駝，整個駝群騷動起來。母駱駝紛紛向後退，公駱駝一個個昂起頭，瞪圓眼。一頭高大雄壯、渾身毛色油光水滑的年輕公駱駝蹦跳著衝上來，把頭探向地面，鼻子裏咻咻噴著氣……駝群的大蹄子亂哄哄地踏著乾燥的土地，轟隆轟隆像打雷。

「咄，滾回去！」庫爾班踢了衝到面前的公駱駝一腳。見牠不動，還直眉瞪眼盯著老駱駝，不禁勃然大怒，彎腰揀起韁繩，使勁一勒，高大的年輕公駝痛得「哞嗚」大叫一聲，猛一下昂起頭，倒踢著腿退進了駝群。

庫爾班鬆開手，吐了口唾沫：「混蛋，還想打架！」扭過頭，笑起來，「牠奪去了老吐爾迪的寶座，怕吐爾迪又來找牠算帳哩！」

年輕的公駝叫巴依，是駝群的首領。

「來，兄弟帶上牠！」庫爾班把老駱駝的韁繩塞進我手裏，「你不要叫牠馱東西，我也不給你算租金。」

「那麼，你是讓我替你放駱駝嗎？」我笑起來。

「放駱駝？」庫爾班的小鬍子撇了撇，隨即也咧開嘴，「好兄弟，你這趟出差不尋常，帶上吐爾迪牠會幫助你的。」

二

走了一天半，順利地來到了邊防六連。

卸下水和糧食蔬菜，駱駝們一個個臥地不起。尤其是那頭叫吐爾迪的老傢伙，把長長的脖子貼在地上，濃濃的眼睫毛蓋住眼睛，好半天一動不動，以至於我有點害怕，懷疑牠沒了氣。

「喂，怎麼樣？」我走過去，在牠凸出來的肋骨上踢了一腳。牠擺擺耳朵，眼皮微微動了動。我這才放下心來，又踢了一腳：「混蛋，蹓蹓躂躂，也累？」

這一路，駱駝們馱著沈重的水箱水袋、糧食蔬菜，幾乎一步沒停。我騎在巴依身上，緊催緊打，也是片刻未闔眼。只有老駱駝最自在，遠遠跟著，斤兩未負，想走快就走快，想走慢就走慢。

我感謝庫爾班，這位商人隊隊長租借給我的，果然都是百裏挑一的好駱駝。

但是我也懷疑這位小鬍子的話，怎麼一路上連一根狼毛也沒碰上呢？

邊防六連是距團部最遠的一個連隊，中間隔著一片沙漠。平時，送糧送水，有兩輛載重八噸的沙漠越野汽車。但是不巧，現在一輛送基地修理去了，一輛又忽然拋了錨。邊防六連一封電報接一封電報，說是戰士糧食沒了，水也斷了。沒辦法，我只好向團長請命，租借民間商隊的駱駝緊急運送補給物品了。

庫爾班是老朋友，常和我們打交道。這位駐地有名的商人按按頭上的小花帽，抹抹鬍子說：

「兄弟，不是我不願意借給你，現在可是不尋常的時候。餓了一冬的狼，肚子空得厲害，饑餓使牠們都瘋了。」

這話讓我很不高興。想在租金上加碼，只管說好了，幹什麼拿狼唬人？難道我的槍是擺樣子的麼？

庫爾班這個小商人，心眼兒要到我頭上來了。

想到這兒，我又一口唾沫吐在鬆眉耷眼的老駱駝身上：「爲了讓我相信鬼話，小鬍子還牽上這麼一頭髒東西遮眼閉目！」

三

休息一夜，早早起了床。

指導戰士們把駱駝餵飽飲足，我準備起程返回團部。

駱駝們靜靜站著，只有嘴在不停地磨動。尤其是那頭年輕力壯的巴依，一會兒昂頭遠眺，一會兒低下頭用又圓又亮的眼睛看我，大蹄子不停地擡起踏下，踏下擡起，似乎在催促：「怎麼還不走？走吧。」

只有吐爾迪臥在地上，沒有一點兒走的意思。

「還沒歇夠？懶東西，起來，站起來！」我吆喝。一邊拽韁繩，一邊踢老傢伙的腿。

吐爾迪聳聳稀疏的髒皮毛，一聲不響。

六連長走過來：「算了，明天再走算了，多休息一天吧。」他勸。

「不，早點兒回去，早點兒交還庫爾班的駱駝。」我開始用力踢吐爾迪的肚子。

吐爾迪痛苦地咧咧嘴，低聲哞嗚哞嗚呻吟起來。

「是不是病了？」有個戰士問。

「不會，吃得下喝得下，有什麼病？」我說。

連長給了我五彈夾子彈，又在我腰上掛了四顆手榴彈：「帶著吧，也許用得著。」

五彈夾子彈一百五十粒，再加上四顆手榴彈，足夠消滅一個連的火力了。「已經走過了那條道，幹什麼還這樣奢侈？」不過，話是這樣說，我也沒推辭。

什麼都準備好了，老吐爾迪還是沒有動的意思。

「算了，就讓牠臥在這兒吧。」我懶得再打牠，也免得戰士們說我虐待動物，反正庫爾班也沒有把這老傢伙算在駝群數內，「沒有肉吃，你們就殺掉牠。」

我眨了眨眼。

騎上巴依，迎著初升的太陽上了路。剛走出不遠，後面傳來哞嗚哞嗚的叫聲。叫聲蒼涼又焦急。回頭看看，老吐爾迪踉踉蹌蹌，掀起一溜沙塵追了上來。

「你留在那兒好了，還追什麼？該死的東西！」

我罵完，使勁兒拍拍巴依的脊背，催牠快走。

四

馱隊小跑起來，叮叮噹當的駝鈴聲響成一片。

「哞嗚，哞嗚——」，後面吐爾迪的叫聲焦急又悲哀。

既然老駱駝追上來了，我就不打算再遺棄牠。但是，我也不等牠。誰讓牠懶，誰讓牠——

「哼哼，還說會幫助我哩。」我心裏冷笑。

駝隊翻上一座沙丘，老駱駝呼哧呼哧喘著趕上來，嘴上掛著許多白白的泡沫。「哞嗚，哞嗚」，牠一邊跑，一邊哼叫。巴依不耐煩地搖搖脖頸，腳步慢下來。「這髒傢伙，是累呢，還是在埋怨？」我不懂駱駝們的語言，心裏猜測。「嘟，駕！別理牠！」我用腳後跟使勁磕了磕巴依兩側的肋骨。

巴依昂昂頭，又開始小跑。駝隊的鈴聲再次響亮起來。

「哞嗚，哞嗚」，老駱駝連聲大叫。牠一邊緊跟著巴依跑動，一邊伸出脖子攔擋巴依。巴依一開始只是昂頭躲躲，再昂頭躲躲。見我不斷磕打牠肋骨，火氣大起來。當吐爾迪再伸長脖頸攔擋，牠就咬那傢伙。

吐爾迪的呼吸愈來愈急促，因爲張嘴喘氣，嘴唇邊吹出的白沫愈來愈多。忽然，牠一張大嘴，一口咬住了巴依的脖子。

巴依猛一昂頭，大吼起來。

巴依停住了，原地打起轉兒。駝隊跟著停住了。

這是幹什麼？打架？我沒牧過駱駝，不知道駱駝的行爲。但是老駱駝這種不明事理，沒事找事，阻撓駝隊前進的舉動，在人是要被看作流氓耍賴滋事的。我火了，這是大漠，我可不能在這兒磨蹭！

我猛一腳踢出去，踢在吐爾迪的臉上。見牠還咬著巴依脖子不鬆口，我又「刷」地從背上取下槍，把子彈推上了膛。我厲聲吆喝：「鬆開，鬆開！」巴依忽然一跳，我手指扣動了扳機。

「砰！」一聲巨響，子彈拽著烈火從吐爾迪頭上掠過，老駱駝怔住了。駝群吃了一驚，轟隆轟隆跑起來。巴依急了，掉過身，尥了一蹶子，接著開始飛跑。我急忙抱住駝峰，才沒有掉下去。

「哞嗚」，後面傳來老駱駝淒涼的叫聲。

我有些害怕。剛才那一槍不是我有意打的。但是，如果不是這頭又髒又懶又糾纏不清的老傢伙來搗亂，能有這事麼？「自討苦吃。」我罵。

五

駝隊跑上一座沙丘，又跑上一座沙丘，愈跑愈快，最後，猛然一下站住了。所有的駱駝都昂起頭，緊緊盯著前方。

我敢說，駱駝們猛然停腳絕不是累的。我瞇細眼睛，聳起身，順著駱駝們的視線望出去。天！遠處沙丘間有一片灰黃色正向這邊飄來。

這是什麼？狼？狼！瞧那些東西奔撲過來的氣勢，我忽然覺察到了情況的嚴重。庫爾班的話看來不是嚇唬人的。我心中掠過一絲後悔。急躁，急躁！世界上的許多糟糕事，都是急躁造成的。——早晨，老駱駝臥地不起的時候，我爲什麼不趁機多待一天再走呢？

我忽然想到：莫不是老駱駝預感到了什麼？

巴依在我身下得得地抖，整個駝群一點兒聲息也沒有，這使我也緊張萬分。是誰先掉過了頭？巴依？我沒看清楚，剛意識到，駝群便你擠我撞、爭先恐後扭身逃起命來。

我險些被掀下駝背，好不容易才恢復平衡——若被拋下去，不被亂哄哄的大蹄子踏成肉醬才怪。「媽的，喔吁、吁——」我使勁吆喝著勒緊巴依的韁繩。

巴依喘著粗氣，迅跑如故。恐懼使牠傻了，什麼也不顧了。

有一頭駱駝揚起尾巴在我臉上抽了一下，頓時眼睛酸痛得鑽心，淚水湧了出來，遠近的景物剎時變成白花花的一片。「哎呀，倒楣！」我氣得肚子鼓鼓的。但是，沒辦法，只好閉上眼，抱緊駝峰，任駱駝們跑下去了。

駱駝跑下沙丘，又躥上沙丘……突然，駝群騷動起來，蹦著跳著擠著，好像遇到了什麼障礙。

我睜開眼，天，模糊的眸子前，一匹又老又髒的駱駝，正用脖頸和牙齒阻擋駝群，強迫牠們站住。這是吐爾迪！牠低吼著，像個值星連長，把亂跑的戰士集合起來。駱駝們好像有些清醒了，迅速把頭聚向中間，圍成一個屁股在外的圓圈。而我和巴依，被圍在圓圈中間。

「這是幹什麼？」我驚訝得不得了。

老吐爾迪，也倒退著擠進圓圈外壁中。

駝群鎮靜下來，彷彿有了靈魂。

在大沙漠裏，駱駝腿兒再長，也是跑不過狼的。像現在這種情況，只有抵抗。

我的心稍微往下落了落，不再懸那麼高。真看不出，老傢伙吐爾迪還有這樣的膽氣，大敵當前，竟然紋絲不亂！這不能不使我擦擦眼睛再看牠了。

駝群剛站好，旋風般的狼群便衝過來，迅速包圍住了駱駝和我。看著牠們貪婪的眼睛和張開的大嘴，沒有誰能不毛骨悚然。——我想到了小鬍子庫爾班的話：……現在可是不尋常的時候。餓了一冬的狼，肚子空得厲害，饑餓使牠們都瘋了。

稍微蹲下喘了口氣，狼群就像接到號令似的一齊展開了進攻。牠們咆哮著，躥起來，惡狠狠地跳上駱駝們的屁股，牙齒像一把把小刀般閃亮。每一隻駱駝都彷彿受過訓練，全神貫注，只要狼一靠近，便猛地一尥，把後蹄彈出。那距離，那時間，好像是計算好了的，不差半分半毫。

「嗚，汪！」進攻的狼群中不時響起慘叫。被踢中的狼像拋向空中的一條破麻袋，沈重地飛起來，重重地摔下去。狼也不愧是狼，死亡和流血嚇不住牠們，聽到同伴慘叫，只是怔一怔，又跳起來，撲，咬……

年輕力壯的巴依驚駭地在駝圈中打著轉，每當有被咬了的駱駝哀鳴，牠都止不住瞪著恐懼的大眼睛扭過頭去看看。我也從沒有見過這樣大規模獸與獸兇狠搏殺的場面，只是跟著巴依轉，一時不知道該幹什麼。

巴依突然豎起前蹄，高高立起來，我差點兒摔下去，驚出一身冷汗。原來老吐爾迪伸過脖子，要咬牠。我正想罵，吐爾迪憤怒的目光射向我，那目光像火，像劍，正在燒我，刺我。

我一陣慌亂，忽然覺得內疚起來。我是個人，是個戰士，竟然被駱駝保護，而且在駱駝們流血拚命的時候，也不知道伸一伸手！我使勁在大腿上捶了一拳，端起了自動步槍。

六

換了一個彈夾，又換了一個彈夾。子彈在沙地上撩起一朵朵土花。狼群在慘叫，在躲避，沙丘周圍橫躺豎臥，撂下一條條還在抽搐的狼屍。

駝群安靜下來，眼睛看著我，眼光中飄蕩著滿意和信賴。巴依也變聰明了，慢慢轉著圈兒，又平又穩，總是讓我把彈雨潑向狼群最密集的地方。

槍聲在爆響。「轟」，我又扔出一顆手榴彈。一片狼連滾帶爬，吠吠慘叫。真過癮！我再扔出一顆手榴彈，又一片狼血肉橫飛，骨斷筋折。當我愈打愈興奮，扔掉一個空彈夾，再摸另一個時，我發現，彈夾帶已經空癟癟的了。

所幸，狼死傷慘重，亂了陣腳，被手榴彈和子彈趕得遠遠的，成了驚弓之鳥。看看駝群圍成的圈兒鬆散開來，老吐爾迪忽然扭過頭，領先向殘餘的狼群衝過去。狼沒想到駱駝還會這樣做，一時懵了，嚇得夾起尾巴，嗚嗚叫著四處亂竄。

吐爾迪沒有停留，帶著駝群一溜煙似的向家鄉奔去。年輕力壯的巴依跟在吐爾迪後面，彷彿吐爾迪已自然地成了駝群的頭頭。

我側身看看巴依的眼睛，那眼睛裏完全是信服和忠誠，再沒有一絲我初看到牠時，和老駱駝打架的那種兇狠的光芒。

我真奇怪了，老駱駝吐爾迪，牠是真沒有力量再領導駝群，還是自願把首領的位置讓給了巴依？我也佩服了，小鬍子庫爾班，好眼力！虧他給我牽來這麼一頭不要租金的老駱駝。

我要給庫爾班多算一些租金。不，我要採訪庫爾班，在這頭老駱駝身上，一定還有許許多多不尋常的故事。

天邊出現了一線綠意。

由於狂奔，駝群一天跑完了一天半的路程。

晚霞在後面的天空中湧動，夕陽的光輝把前面的砂礫照得金光燦燦。「吐爾迪，喘口氣，喘口氣。」我吆喝著。

老駱駝看看我，放慢了腳步。

駱駝們準都累壞了。這些只善於慢騰騰邁動腳步的「沙漠之舟」，今天竟然像快艇一樣跑了一整天。天雖然就要黑下來，但前面的路已經沒多少了。

「吐爾迪，你真行！」我大聲說，「你跟誰學的圓圈陣？……你是不是知道咱們今天會遇到狼？」

回想起早晨我踢吐爾迪的腿和肚子，我很慚愧。

又髒又瘦、胸脯淌著血的老駱駝一聲不響，甚至連頭也沒回。

當疲憊不堪的駝群又踏上一座沙丘的時候，再次猛然站住了。

七

狼！又是一群狼！

這群狼正藏在沙窪裏，等著我們。

這是上午那群被打散的狼重新集結起來，迂迴跑到了這兒，還是另外的一群狼嗅到我們的蹤跡，知道我們會從這兒回家？

不知道，直到現在我也不知道。

不過，這群狼比上午那群狡猾，不輕易進攻，只是攔在前面，不讓我們走。我瞥了瞥太陽，明白了，這些傢伙在拖延時間。黑夜不利於我們，卻是牠們最好的盟友。

必須強行通過！我摘下手榴彈，扔了出去。狼們驚叫著躲開了。我扔出第二顆手榴彈，讓它在空中爆炸，同時催動了坐騎。有幾隻狼被炸死炸傷，倒在沙上，可是剩下的狼退出一段距離，很快又糾集在一起，攔在了前面。

駝群不敢再走，我兩手空空了。背後的夕陽在迅速墜落，夜幕正從大漠深處悄悄拉過來合攏。怎麼辦？怎麼辦？

我焦躁地撫摩著空槍，左顧右盼。前面就是沙漠邊緣，我們卻邁不出去。駝群都很英勇，但牠們畢竟是食草獸，而且已經奔跑了一天，疲勞不堪。如果驅趕牠們衝向狼群，那將是一場混戰，犧牲就太大了。可是，如果不衝鋒，後果又會怎樣呢？

我看到了老駱駝吐爾迪，牠也正焦躁地踏著腳，不時望望我。狼群不進攻，圓圈陣便派不上用場。牠的眼光中透露出無奈。但是，老駱駝已經很不簡單了，牠給過我膽量，給過我英勇。就憑那一大把年紀，還主動趕進沙漠，挽救駝隊，這就很了不得。怪不得庫爾斑那樣推崇牠，這樣一位老英雄，我也要保護牠，讓牠平安返回庫爾班那裏！

夕陽終於落到了遠方的沙丘後面，有的狼開始站起來，仰臉向神秘的星空長嚎。一剎間，所有的狼都參加了合唱。空曠的沙漠中騰起一股陰森、野蠻的強大聲浪。

駱駝們害怕了。有一隻曾經勇敢戰鬥過的駱駝，「噗通」一聲跪倒在地上。牠的神經承受不住那恐怖的大嘴中跳蕩出來的旋律。年輕的巴依又開始哆嗦。吐爾迪急忙擠過來，用胸前淌著血的身軀支撐牠。

我突然有了主意。

必須趕快行動，必須！

八

我點起火把，催動坐騎巴依，衝向狼群。

這火把是我用坐墊下的毯子和我的衣服，綁在自動步槍的木托上做成的。

狼群嚇得四處奔逃。

聰明的老吐爾迪趁機領著駝群向沙漠邊的綠線飛奔。

巴依要跟上去，我勒住了牠。巴依倒也聽話，火光中，滿眼的悲壯。「跑吧，快跑！」我默默為駝群祝福。只要再有一兩個小時，牠們就能逃出沙漠了。而吐爾迪這頭老駱駝，是會領著牠們找回家中去的。

然而，火把的烈焰開始變小，變弱，駝群還在視線之內。

這怎麼行？我明白了，領頭的吐爾迪受過傷，年紀又大。其他的駱駝在後面跟著便邁不開腳步。

狼群盯著只剩下木托燃燒的火把，開始在沙丘下集結。

我急了，把火把投向狼群，策動巴依飛快向駝群追去。火把火星四濺，火光驟然迸發，狼群驚叫著扭頭便跑。但是，當我追上駝群時，我回了回頭。暮色蒼茫中，一片灰黑色飄下沙丘，也正向這邊迅疾撲來。

前面的綠色已經在望。在駝背上，我甚至看到了一座牧村的點點星火。

後面的死亡之神也跑得很快，不等駝群邁出沙漠，牠們就會追上我們。

我趕著巴依拚命跑到前面，駝群有了新首領，速度明顯快起來。吐爾迪也在努力奔跑，可牠漸漸落後了。我扭頭看看，有兩隻公駱駝從兩面夾住牠，擠帶著牠跑……「吐爾迪，加把勁兒，再加把勁兒！」我吆喝。

可當我再扭回頭，老駱駝，還有那兩隻公駱駝，還是落在了整個駝群的後面。接著，發生了讓我永遠牢記的一幕：就在我又回頭看牠們的時候，老駱駝忽然張嘴咬向身旁的公駱駝，接著，扭轉身向愈跑愈近的狼群奔去。

「吐爾迪，吐爾迪！」我急忙高喊。

「哞嗚——」，駝群後面響起一聲長長的、蒼涼的駝鳴，就像有誰吹起一支低渾然而雄壯的號角。

巴依放慢了腳步，整個駝群放慢了腳步。牠們耳朵轉著，收集著空中傳來的聲波。只有一瞬，牠們又開始狂奔。

難道，牠們聽清了那蒼老淒涼叫聲中的含義？

我不懂駱駝們的語言。也許庫爾班懂，可惜他不在眼前。

我被巴依馱著奔向沙漠邊緣。我的身後，一頭滿身是血、又髒又老的駱駝，卻在奔向狼群。

我踢過牠，吐過牠，還開槍嚇唬過牠。

「我，呵呵，我算個什麼東西呢？」我的眼睛裏湧出大顆大顆的淚水。

夜色，把天地完全浸泡起來……

棗紅馬

她覺得這匹老馬既熟悉又陌生。

馬眼角正淌出淚水，像兩掛銀泉汪汪流下來。

千難萬險，歷盡折磨，家鄉，棗紅馬終於回來了！

一

「捉住牠，捉住牠！……唉，我的馬呀。」

彎彎山道，一個白鬍子老頭兒一邊飛跑，一邊喘吁吁地呼喊。他前面，一匹棗紅色的大馬在風也似地奔逃。

夕陽掛在山尖上，山道上來來往往的人不少。看到飛奔而來的大馬，人們驚慌地東躲西閃。有幾個青壯年漢子想截住狂奔的棗紅馬，吆吆喝喝躥到路當中。可等到氣勢洶洶的馬闖到跟前時，又跳開了。

一輛摩托車從後面躥上來。戴頭盔的小鬍子聽到老頭兒呼喊，一擰油門，「噗——」，摩托放起響屁，風馳電掣般向馬追去。當小鬍子就要超越馬的時候，棗紅馬忽然調過屁股，淩空尥起後蹄。小鬍子嚇了一跳，側身一躲，車翻了，連人帶車滾下了山坡。

人們驚叫起來，紛紛向山坡下跑去。白鬍子老頭兒呆了，站住了，鬍子哆哆嗦嗦，直跺腳。

棗紅馬一溜煙跑遠了。

太陽沈到了大山背後。

二

「嗚嗷——」，山谷裏迴盪著一聲長長的嚎叫。叫聲陰森森的，讓人聽了便會想到一雙綠瑩瑩的眼睛。

這是一隻狼。

狼的叫聲足足在山石荊棘間繚繞了三分鐘。狼叫過後，夜幕籠罩的大山裏更幽靜，更神秘了。

山路邊，一棵大樹下，「撲落落」響了一聲。這是一匹馬在搖耳朵。又過了片刻，棗紅馬從大樹陰影下走出，遲遲疑疑地左右看看，「啪嗒，啪嗒」，走上了黑漆漆的小路。

牠聽到狼叫，嚇壞了。

牠見過狼，嗅到過狼身上的臊味兒。

那時候，牠還年輕，脖子下掛著個銅鈴兒，和一頭大騾子走在一起。主人在牠身後，坐在牠和大騾子拉的車上唱小曲兒。狼在前面不遠的山石上蹲著，呲著牙。可當大車走到跟前，狼站起來，夾著尾巴溜了。

棗紅馬明白，狼怕主人。

現在，也是黑夜，牠卻是孤零零的一個在大山裏走。銅鈴兒沒了，大騾子沒了，主人在一年前也離開了牠。

牠親眼看到了主人被埋葬，牠拉著他的棺材到墓地。一開始，牠怎麼也不相信那個終日小曲不離口的漢子會死。只是在看到一鏟一鏟的黃土扔進墓坑，主人的妻子和兒子哭得撕心裂肺，死去活來，牠的心才開始顫抖。

牠預感到，牠的生活將發生重大變化。

果然，主人墳土未乾，牠便被牽到了主人弟弟家。主人的妻子和兒子——女主人和小主人，誰也不會餵牠用牠。主人的弟弟年輕，能幹，很會算計。即便撿到一塊石頭，也要榨出汁來。他趕著牠和大騾子幹重活，抽牠們，打牠們，卻不讓牠們吃好，休息好。

一年下來，這位年輕人蓋起一座大瓦房，大騾子卻在一次拉重車時一跤栽倒，再也沒爬起來。牠自己也是過早衰老了。牙齒鬆動，毛兒一把把脫落，拉車時稍微用點兒力氣，便氣喘吁吁，一陣陣出虛汗……一個星期前，年輕的主人摘下牠脖子上的銅鈴，把牠牽到了牲口市場上。一個白鬍子老頭兒掰開牠的嘴唇看看，買下了牠。這老頭很少打牠，罵牠，只是牽著牠、騎著牠一個勁兒向大山深處走。牠茫然了，心又開始顫抖。

山道彎彎，哪兒是個頭呢？牠爲什麼要離開山邊上的小村子，離開生牠養牠、埋著老主人的土地？年輕主人賣牠的那一天，牠連女主人和小主人的面也沒見到啊……現在，牠每走一步，都離那小村子、那塊土、女主人和小主人，愈來愈遠。

牠的心被孤獨和空虛啃齧著。終於，牠受不了了。今天下午，牠奮力掙脫韁繩，扭頭踏上了返家的路。

路好遠好遠，路上也肯定會有許多兇險。可闖過這一切，前面就是那塊土地、那個小村莊啊！

棗紅馬默默地踏著小路走。

星星在深邃的夜空裏閃爍，一彎冰涼的月牙兒在神秘的星座間滑行。「嗷嗷——」，又一隻狼，在棗紅馬前方，在黑暗中，叫了。

三

狼來得十分突然。

起碼，棗紅馬有這樣的感覺。

剛剛拐過一道山崖，我的天！一塊大石頭前面，閃著一對貪婪兇狠的綠眼睛！

棗紅馬禁不住驚恐地嘶叫一聲，返身便逃。牠只跑出幾步，又忽然拐了彎兒，一頭栽進一條黑乎乎的山谷。

牠發現，牠屁股後面也早有一隻狼，正悄悄地跟著。

山谷裏亂石遍地，荊棘叢生。棗紅馬的四條腿被碰破扎爛了。牠顧不上這些，只是跌跌撞撞，玩命似地奔逃……可是漸漸地，牠覺察到了錯誤；山谷愈往裏愈窄，愈往裏愈陡。前面，似乎有一道石壁。棗紅馬絕望了，難道，就要死在這兒？

山邊上的那個小村莊啊！

老主人和女主人、小主人，走馬燈似地從棗紅馬眼前閃過。這個時候，棗紅馬對年輕的主人也多了幾分留戀……棗紅馬咬咬牙，扭頭站住了。

狼有些驚訝。但這樣一匹老馬，牠們沒有放在眼裏。牠們也剎住腳，慢慢湊上來。

一隻狼張大嘴巴跳起，直撲棗紅馬的咽喉。棗紅馬抖了一下，前腿一彈，人一樣立起。撲空的狼落在了棗紅馬前面。棗紅馬急忙落下前半身，想一下踏住狼脊梁。另一隻狼躥起來，前爪扒上馬背，後爪吊在空中，不待爬上去便一歪頭，「吭」，一口咬在馬頸上。棗紅馬慌了，又甩脖子又抖肩，再也顧不上進攻。馬蹄下的狼打個滾兒，跳開來，接著一扭頭，咬在馬腿上。

滾熱的鮮血從馬頸馬腿上淌下來，劇烈的疼痛使棗紅馬又跳又蹦。可憐的棗紅馬，牠從小給人拉車，從沒學過和野獸打仗！……馬背上的狼扒不住了，叼住一塊肉被甩出去。馬腿上的狼不知怎麼被踩斷了尾巴，狂叫一聲，也鬆開了嘴。馬嘶叫著，縱身向谷口跑去。

兩隻狼有些昏，仍然跑得飛快。牠們知道，把馬堵在山谷裏最有利。領頭的狼趕上棗紅馬，想繞到前面。棗紅馬慌忙中飛起後蹄……狼被踢在臉上，慘叫一聲，飛起來，重重摔進一片荊棘。另一隻狼嚇了一跳，停住了腳，把血淋淋的尾巴夾進屁股溝……

兩隻狼沒敢再追。

馬跑上山道，順著山道奔逃了一夜。

四

棗紅馬累壞了，餓壞了，渾身是血，大口大口啃食著路邊的青草。

青草掛著露珠，沾著灰土，吃下去會拉肚子的。可棗紅馬什麼也顧不得了。

山道上跑過來一輛早起的拖拉機，突突叫著在棗紅馬身旁停住了。拖拉機手驚奇地看著遍身鮮血的棗紅馬，呆了一會兒，從兜裏摸出一塊餅，跳下了車。

「嘖嘖，嘖嘖」，他嘴裏叫，舉著餅慢慢向棗紅馬走過來。

棗紅馬停住嘴，擡起頭……牠的鼻翼使勁翕動，餅的香氣一縷縷飛進牠的大鼻孔。牠的眼睛被牢牢牽住了，肚子裏傳出「咕嚕、咕嚕」的響聲。

牠太餓了，奔跑，和狼搏鬥，又流了許多血，急需補充營養。牠吃過餅，這東西有油有鹽，很好吃。棗紅馬的腦袋慢慢探過來，濕漉漉、沾滿骯髒綠汁的嘴唇在哆嗦。

拖拉機手笑了，大方地把餅往前一送，目光悄悄移向了棗紅馬脖子下晃動的韁繩。

馬嘴就要觸到餅上。這時候，牠猛甩一下腦袋跑了。

牠疲累受傷的身體告訴牠，牠很需要餅這樣的東西。可牠看到了拖拉機手的目光……牠找東西吃，也只是爲了回家。

棗紅馬再沒有回頭看餅一眼。空氣中飄散著濃烈的血腥氣，背後是一雙悵然的眼睛……

山道上漸漸人多起來。步行的，挑擔的，騎自行車的……，幾乎人人都向這匹獨行的馬投來驚訝的目光。棗紅馬沒有停下。就從這些目光中穿過，一踮一跛地向家鄉走。

牠從這些目光中看到了疑問，也看到了憐憫。可牠不能停下，這每一道目光都可能是一道攔住牠的絆馬索。牠必須提防。

中午，被行人目光弄得精疲力盡的棗紅馬，藏到了一片山窪裏。牠覺得，對付路上行人的目光，比對付狼還緊張。牠決定，天黑了再上路。

五

棗紅馬發起燒來。

牠身上燙得很，腦袋昏昏沈沈。更糟的是，牠的四肢軟綿綿的，彷彿失去了力量。

這怎麼行呢？棗紅馬很焦急。

牠還要回家呀！

棗紅馬掙了幾掙，才從山窪裏站起。牠很想再臥一會兒，再歇一歇。可這是休息的時候嗎？

牠想嘔……牠不知道怎麼會這樣。是傷口感染了？是腸胃發炎？還是天熱中暑了？

天的確是悶熱難當。天空漆黑漆黑，一絲風也沒有。星星和月牙兒不知跑哪兒去了，世界像被扣在一個大蒸籠裏。「莫非，要下雨？」棗紅馬長年在外面拉車，有這個經驗。

牠跌跌撞撞上了路。

牠必須抓緊時間，趁沒下雨多走出一段路。

山道起伏蜿蜒，空無一人。路兩旁，不時傳來山鼠蹬落山石的嘩啦聲，這使棗紅馬的鬃毛一次次豎起。牠很害怕，也很難受。可牠知道，牠現在每走一步，都離家鄉、離家鄉的人們愈來愈近。牠發燒的腦袋甚至開始想像，想像每一個人給牠的好處……

一隻豹顛顛地迎面跑了過來。牠看了看棗紅馬，沒有理睬，繼續趕牠的路。

棗紅馬也看到了豹子。牠也是猛然發現豹的，發燒和頭暈使牠的鼻子和耳朵失靈了，豹子跑到身邊才發現。牠吃了一驚，但沒敢叫也沒敢跑，照舊跌跌撞撞向前走。

豹跑過去了。

棗紅馬鬆了一口氣，幾乎要一下子癱倒。豹是山獸中的暴君，比狼兇狠得多……棗紅馬忽然覺得不妙，背後似乎有兩隻眼睛在冷冷打量牠。牠回了回頭，心狂跳起來：豹子站住了，正扭身看牠。棗紅馬再也沈不住氣，一顛一跛飛竄起來。

豹吼一聲，追上來了。

天氣不好，牠要趕快躲回窩去，剛才什麼也沒有想。可跑過去之後，牠嗅到了馬身上的血腥氣。

棗紅馬受了傷，又在發燒，只跑了短短一段路，就大汗淋淋，喘不過氣來。「難道，命裏注定不能回到家鄉，不能見到親人麼？」棗紅馬腳軟得像踩著棉花，心裏十分難過。

牠拚命向前奔逃，可牠明白，現在是無論如何也逃不過豹子血盆大口的。前面是個急轉彎，路旁豎著一塊木牌子。牠再也沒有力氣了，默默地仰頭看看更遠的地方，咬咬牙，向木牌子跑過去。

木牌子旁邊是一處懸崖。白鬍子老頭兒牽著牠走過這兒。

黑暗中，前面更遠處，是牠家鄉的小村莊，那兒有牠的親人……

豹跑過來，伏身看了看黑沈沈的深淵，遺憾地搖了搖頭。天空，一道炫目的亮光一閃，炸響了一個霹靂。

六

半個月以後，一天早晨，女主人開了院門，擔了擔水，要給兒子做早飯。

她剛剛放下水桶，「咕咚」，門被撞了一下。一個龐然大物搖搖晃晃闖進小院，直向她走來。女主人嚇呆了，怔怔地站著，走不動也叫不出聲。

龐然大物把頭靠在她身上，沈重地喘著氣。接著，打個響鼻，慢慢擡起了頭。

「呀，是你？……你怎麼……」女主人回過神，又是氣又是喜，在馬臉頰上拍了一下。話沒說完，又推開棗紅馬跳到一邊，仔細端詳起來。

她覺得這匹老馬既熟悉又陌生。

馬眼角正淌出淚水，像兩掛銀泉汪汪流下來。

千難萬險，歷盡折磨，家鄉，棗紅馬終於回來了！

棗紅馬瘦得變了形，變得又乾又小。身上的毛兒稀稀拉拉，就像秋天又黃又枯的乾草。左一塊右一塊的傷疤，結著紫黑色的痂。有的，還流著臭烘烘的黃水……

「你是怎麼回來的？」女主人眼圈兒紅了。

棗紅馬默默無言，只是流淚水。

小主人起床了，高興得又蹦又跳。他給棗紅馬找草吃，又逼著媽媽給棗紅馬熬豆粥。——爸爸在的時候，每逢馬生病，都給馬熬粥喝。

棗紅馬沈浸在幸福中。

險一點被豹子咬死，當牠跳下山崖，在泥潭中掙扎，後來又被洪水沖走的時候，牠還以爲再也活不了，再也見不到親人了呢。

那簡直是一個噩夢。

牠跛著腿，跟著女主人和小主人轉，一遍遍舔他們的手。牠不知道怎樣才能宣泄自己的親切和幸福。

主人的弟弟來了。女主人難過地說：「這馬不容易，給咱家出過力，給牠看看病吧……那位白鬍子大叔，恐怕會找來，把錢退給他算了。」

「嗯，嗯。」年輕人一邊打量滿身傷痕的老馬，一邊滿面笑容地應承。

棗紅馬也舔了舔年輕主人的手。牠覺得他也很好，很親切。牠忘了牠和他之間的不愉快。

傍晚，主人的弟弟把牠牽出了村，說是要找人給牠看看病。棗紅馬溫馴地跟他走進一片高粱地。

牠仍然很激動。擺脫了死亡，在家鄉這塊土地上，在親人中間，一切都是那樣美好。牠哪兒也不去了，就留在這兒，直到死。

高粱地裏的空氣很清新，長長的高粱葉子輕輕搖擺，發出沙沙的摩擦聲，像在低聲交頭接耳。

「噹」，馬額頭上忽然挨了一錘。一瞥之間，年輕的主人不知從哪兒摸出來一把錘子。馬沒有倒，也沒有跑。牠沒有感到痛苦，只是有點兒懵，有點疑惑：主人這是要幹什麼，治病？

年輕人手中的錘子，又掄圓了。

天明，離這塊土地不遠，有一個集市。那兒，賣什麼肉的都有。……嫂子那邊好應付，就說白鬍子老頭又把棗紅馬領走了。

大黑狗和小狐狸

我搬開幾捆荊棘條，大黑狗的秘密一下子暴露了。

一雙亮晶晶的小眼睛。一隻黃灰色的小狐狸！

小東西臥在荊棘捆之間的細縫裏，頭高高昂起，眼睛一眨不眨地望著我。

呵，我家怎麼會有這樣一隻小野獸呢？

一

真煩，真悶！

從東逛到西，從西逛到東。

幾隻狗半閉著眼，吐出長長的舌頭，懶洋洋地趴在樹蔭下。山風兒從山坡上滾下來，跟頭趔趄撞進村，軟酥酥的，連垂著的樹葉也搖不動。只有知了不怕熱，爬在樹梢上鼓著勁兒嚷：「吃啊，吃啊——」

天知道，這樣熱的天，牠們怎麼能夠吃得下！

我踢著一塊圓圓的小石頭，膩了，擡腳一記勁射，街邊的一群雞傻唧唧地大喊大叫起來。其中一隻像守門員撲到球，在地上亂滾，其他幾隻卻像看到恐怖分子扔下的炸彈，連蹦帶撲騰，拚命飛上牆，飛上樹，胡亂搧動的翅膀搧起漫天的灰塵。

好像有誰要蓄意謀殺牠們！

樹蔭下的狗不明真相，全「呼」一下跳起來，向著四方汪汪狂叫。

我心虛了，慌忙看看周圍，「哧溜」竄進一條小巷，旋風一樣，三彎兩拐跑出了村。

「哎，鼻涕，你跑、跑什麼？」

正當我甩下一把熱汗，一屁股坐在村外一棵大樹下，揪起一棵小草慢慢揉搓的時候，有人叫著跟來了。

我的心一下跳到嗓子眼邊，整個人幾乎要癱倒——那隻被我踢中的雞，主人追來了。

我扭回頭，心又一下子沈回到肚子裏。咳，原來是跛三，我的同班同學，正一顛一跛地向這兒跑。

我吁出一口氣，轉過臉，看起身邊松柏森森的大山。

「哎，鼻涕，鼻、鼻涕，」尖頭猴腦的跛三喘吁吁地站住了，呼出的熱氣一股股撲到我後腦勺上，「那個電、電子遊戲機，不是我不讓你玩，是我爹……他、他說，挺貴的東西，別讓別的孩、孩子弄壞了。」

跛三爹在村裏開了個賣雜貨的小店，很能賺錢。可愈能賺錢，他愈小氣。村裏的大人們說：「跛三爹，跛三爹，走路低頭看大街。拾段草繩掂幾掂，撿塊石頭捏又捏。」

小草揉得爛糊糊的，手指染成了墨綠色。扔下小草，我拍拍屁股站起來。

跛三急忙轉到我前面：「鼻涕，鼻、鼻涕，要不，等我爹出門不在家，我叫你上我家去玩兒？」

他眼裏流露出乞求，一副可憐巴巴的樣子。

我沒有說話，轉身走了。

二

太陽落山的時候，我折回了家。

家裏很平靜，好像沒有誰來過。

我放心了。

我走進屋子，又從屋子回到院子，看到了大黑狗。

這傢伙正站在柴房門口，目不轉睛地看著我。見我看牠，牠搖了搖大尾巴。

「喂，你到哪兒去了？」我大叫。今天，我一天都沒有看到牠。

若牠跟我在一起，也許就不會有下午踢石頭擊中雞的事了。

大黑狗仍然很平靜，我走過去，牠揚起頭，伸出舌頭要舔我的手。

我打了牠一巴掌。牠「嗚兒」叫一聲，跳到了一邊。

這傢伙真讓人生氣！平時我跟跛三玩，牠跟著跑來跑去，趕牠走都不走。今天，我孤單了，滿村子叫牠，牠卻不知道躲到了哪裏。

我爸爸還說牠是我的好兄弟！

「鼻涕，你打狗幹什麼，啊？」媽媽在屋裏喊，「又耍混了不是？」

忙了好幾天，田總算鋤過了一遍。今天，她在家裏收拾家務。

大黑狗望著我，不搖尾巴了，耳朵豎著，黑藍色的瞳仁裏閃出警惕的光。

大黑狗一向對我很友好，很溫順。前幾年，我還小，爹媽忙田裏的活兒，天黑回不到家，是大黑狗守護我。我上廚房，牠上廚房；我上廁所，牠上廁所。爹說：「呵，黑狗成了鼻涕離不開的兄弟了。」媽說：「鼻涕，你長大了，可得好好養牠。」

我們這兒是深山區，老虎豹子少了，看不到了，可狼呀，野豬呀，有時候還會冷不防地跑到村裏來。大黑狗寸步不離守護我，誰見了誰感動。

我的氣兒消了。

這兩天，我的火氣是大了點兒。

我和跛三是同學，都屬狗，平時總在一起廝混。每天一吃罷飯，他就背著書包跛顛兒跛顛兒地來了。星期日，他也來。

想不到，放了暑假，他一連兩天沒露面。這傢伙到哪兒去了？憋不住，去他家找他，他爹說他不在家。當我順著他家牆外怏怏而回的時候，一個孩子又笑又叫的聲音從牆裏飛了出來。

「跛三！」我喜出望外，大叫一聲，三兩下爬上牆邊的大樹，「咚」地跳進了他家的院子。跛三卻慌慌張張從屋裏跑出來，一邊顛兒，一邊說：「你怎麼跳牆頭？……走吧，快走吧，別讓我爹看見。」

我的臉倏地熱了，像被誰抽了兩巴掌。

跛三身後飄來一陣叮叮咚咚的音樂。我瞥眼看看，屋子裏一台電視機放出紅紅綠綠的光，桌子上有一台插著黃色小盒的小機器。

我明白了，心底「呼啦」躥起一股怒火。

「別怕，跛三，」我暗暗說，「電子遊戲機在深山溝裏雖然還是新玩意兒，不過我鼻涕見過，不稀罕！」

拜拜吧，永遠和你的電子遊戲機做伴吧。

我頭也不回地跑出了他家院門。

太陽滑落得很快，又大又紅的日輪被西邊的大山遮去一半。

該做晚飯了。

媽喚我去抱一捆山柴。走到柴房門口，一條黑影大張著嘴，差一點兒把我撲倒了。

三

我大叫一聲，「噔噔噔」，後退好幾步，一屁股跌坐在地上。

是黑狗，我家的大黑狗！

怎麼，牠要咬我？

不可能。……現在，這該死的東西站在面前，滿含歉意地一個勁兒搖尾巴。接著，又舔起我的胳膊，我的腿，還把腦袋貼在我身上蹭。

嗨！這東西，犯得是哪門子邪？

「鼻涕，鼻涕！」媽媽厲聲大叫著躥出屋，看到大黑狗舔我，這才長長出了口氣，「嚇死我了……你這渾小子，有狗在身邊，大喊什麼？」

我有點兒不好意思。我的魂兒都被嚇得逃到半空中去了，這算什麼男子漢？「滾你媽的蛋！」罵一聲，我一拳打在狗身上。

狗沒有叫，只是跳到一邊，委屈地眨了眨眼。

爬起來，拍拍屁股上的土，我又要進柴房。大黑狗折回身，一跳，堵在柴房門口。齜出牙，繃起渾身的肌肉，「嗚——嗚，」從鼻子裏滾出一串串嚇人的咆哮。

我不由得怔住了。

這傢伙可不像鬧著玩兒！

我不動，大黑狗聳起的毛兒也緩緩平伏下去。不咆哮了，尾巴又歡快地搖起來。

今天這是怎麼了？我揉揉眼，又揉了揉太陽穴。

「大黑，大黑，」媽媽詫異地走過來，看看狗，摸了摸狗腦袋，「這是鼻涕，不認得了？……鼻涕，你打得牠太痛了吧？」她轉向我。

我搖搖腦袋。

得承認，剛才那一拳是不輕。可這要看怎麼比。過去，我有時候打狗打得比這厲害。比如，小時候，我和大黑狗鬧著玩兒，裝壞狗，在牠胸脯上使勁咬了一口，都咬出了血，牠也只是大叫一聲，趕快甩開我，跳到一邊去哼哼。

大黑狗嚇唬我，絕不是因爲我打牠！

媽媽推推大黑狗，大黑狗走開了。可看到媽媽要進柴房，牠又瘋了似的扭回頭，堵住門，嗚嗚咆哮起來。

「咦——」，媽媽驚訝極了，「大黑，是我呀。你怎麼……莫非生了娃娃？……算了，算了，鼻涕，到門口去抱捆柴吧。」

我嘻嘻笑起來。

大黑狗生娃娃？有意思。媽媽嚇糊塗了。母狗生了小狗是很凶的，誰也不能進牠的產房。可大黑狗跟我一樣，是男的呀。

這狗，哼！柴房不准我們進，我偏要進！

我家門口有剛打來的山柴，正依牆等著曬乾。

四

柴房裏的秘密，很快就弄清楚了。

這比玩電子遊戲機有趣——那是假的，是小電腦弄出的畫面。我看到的，卻是真的，活生生的。

我沒有玩過電子遊戲機。跟爹到山下鎮上趕集，見一個大哥哥玩過。

弄清柴房裏的秘密，是在第二天上午。

爹下田去了，媽回姥姥家去拿蘿蔔籽兒，打算種幾畦蘿蔔。我準備好一塊大石頭，放在門旁。

果然，不一會兒，大黑狗出了門。

我了解大黑狗，就像了解自己的手指頭：牠這是去「方便」。——我們老師管上廁所叫方便。下了課，他站在門口喊：「快去『方便』，快去！『方便』了再玩，憋著要鬧毛病。」大黑狗這傢伙「方便」很準時，並且總是要到村外小樹林裏。

我立刻跑出屋，關上院門，閂好。又趕快把那塊大石頭堵在門旁水道眼中。大石頭很重，差點兒砸著手。我很高興，這麼重的大石頭，一定能把小水道眼兒堵得結結實實。

大門咣噹咣噹響起來。接著，「嗚——嗚」，門外響起惡狠狠的咆哮——哈，大黑狗，這個狡猾的傢伙大概嗅出來點「異味」，沒有「方便」就跑回來了。聽，還耍厲害嚇唬我哩！嘻，憋著吧，憋出毛病可別怨我。

我急急忙忙跑進了柴房。

柴房裏靜悄悄。一捆捆乾荊棘條放得整整齊齊。什麼異常也沒有。這不可能。我撲過去，搬開幾捆荊棘條，大黑狗的秘密一下子暴露了。

一雙亮晶晶的小眼睛。

一隻黃灰色的小狐狸！

小東西臥在荊棘捆之間的縫縫裏，頭高高昂起，眼睛一眨不眨地望著我。牠有貓那樣大，毛茸茸的，蓬鬆的大尾巴盤在身邊，很可愛。

呵，我家怎麼會有這樣一隻小野獸呢？

我怔了一小會兒，才伸手按住小狐狸。這小傢伙竟然沒有跑！「吱兒呀呀呀——」，小東西尖聲尖氣地叫了。

準是大黑狗領回來的。怪不得昨天一天都看不到牠！——大黑狗真可惡，簡直是另一個跛三！

抓住小狐狸後脖頸，拎起來，小玩意兒的四條腿亂踢亂蹬，活像隻大青蛙。哈，真有趣！我伸出另一隻手，想托住牠的後腿，小東西又叫了。叫得很淒厲，像是在喊救命。

「沒事，沒事，我就是想看看你，」我哄牠。

我忽然看到，我托住的那條小狐狸的腿又青又紫，像個受了凍的蘿蔔。——乖乖，這條腿腫了，腫得那樣厲害！

怪不得小東西看到我不跑。

小玩意兒一定很痛。我吸了口涼氣。有一回，我的腳被石頭碰破一層皮，還痛得喊爹叫媽呢。

我又翹起幾根指頭，想輕輕摸摸小狐狸那條腿，小東西再一次被殺似地大叫起來。

「噭噭，不摸了，不摸了，」我趕快向小狐狸道歉。

我的腰忽然被猛烈撞了一下，一個踉蹌，我險些摔倒。小狐狸掉在荊棘條上，嗚嗚吱吱地嚎叫，像是在哭。一條黑影竄過來，一下叼起小狐狸，繞到荊棘堆的另一邊，躲開了我，不讓我再看到。

大黑狗！是大黑狗！

這傢伙怎麼進來了？

荊棘堆後悉悉梭梭響了一陣，小狐狸不嚎叫了。待柴房裏重又安靜下來，大黑狗繞過柴堆走過來，狼似地瞪著我，呲出牙，喉嚨深處擠出可怕的低吼。——這傢伙真發怒了，我知道，凡是牠這個樣子，就是在警告對方，若對方再敢動一動，牠要動粗的了。「喀嚓」，對方的脖子骨頭就可能被咬斷。

前村有一隻大黃狗不識趣，一條腿完蛋了，後來只能三條腿蹦著走。

我的心狂跳起來。大黑狗，哼，畜生！翻臉不認老朋友了。

小狐狸在荊棘堆後又低低哼叫起來，像忍不住痛苦。大黑狗趕快扭頭走過去，繞到了柴堆後。這時候，我看清了，牠滿身都是泥和青苔，髒兮兮的。兩側肋骨那兒還蹭破了皮，滲著血。

天，這傢伙準是拱不開門，硬是從院牆下那個小小的水道眼頂開大石頭，鑽過來的。——那小水道眼怎麼能夠擠過牠那樣大的身子，我想像不出。

爲小狐狸，大黑狗竟然不怕擠斷骨頭！

「小狐狸是你什麼人呀，大傻蛋？」我憤憤地喊。

五

大黑狗是怎樣看到小狐狸，又怎樣願意保護牠，把牠叼回我家來的，我不知道。恐怕永遠也不會知道。

動物有牠們的語言，可惜人聽不懂。

又碰到跛三幾次。看得出，他很孤獨。

有一次是在街上。他靠著一棵大槐樹，正無聊地看幾個小不點趴在地上拍畫片。有一次是在家門口，他坐在石墩上，翻一本小人書。看到我出門，趕忙把小人書揚了揚。

我假裝沒有看到。

我不孤獨，我有了新朋友。

大黑狗是老朋友，雖然恨牠瞞著我叼回小狐狸，可我也挺佩服牠。這傢伙兇狠厲害，心眼兒卻很好。願意扶弱助殘，辦好事。爲這，連老主人也敢得罪。

我只是爲牠擔憂，牠太傻。剛認識小狐狸，就對牠那麼好，知道小狐狸是怎樣一個人嗎？

大家都說，狐狸壞得很呢。

爹媽都知道了柴房裏的秘密。他們儘量遠離柴房，不去打擾狗和狐狸。我不行，總想往柴房門口蹭。只是看到大黑狗警惕的眼光，才趕快折回來走開。

自從我摔痛小狐狸，這傢伙總是對我凶凶的。只要我在家，牠就不離開柴房，甚至憋著屎尿也不去「方便」。有時候我心疼牠，假裝離開家去玩，牠才箭一般竄出院門，竄到村邊。一邊竄，還一邊回頭看。

爹笑著說我：「鼻涕，大黑狗信不過你了。」我有點不舒服，不過我相信我會重新贏得老朋友信任的。

因爲，我想進柴房，不是爲了害牠的小朋友。

我一會兒扔給大黑狗一塊餑餑，一會兒扔給牠一塊骨頭。扔得大黑狗直眨眼睛。牠可能覺得奇怪，我從來沒有對牠這麼好過。

餵稀粥是我最樂意做的事，我可以大大方方端著狗食盆走近柴房門。大黑狗若嗚嗚低吼，我就晃晃食盆，說：看，看，這可不能扔。大黑狗這時候只有眨眼睛的表示，沒有了恐嚇。

當然，我也只能靠近柴房，不能邁腳進去。

我不是怕狗，也不是爲了拍狗馬屁。我得讓狗重新信任我，並且，允許我接近小狐狸。爲這，就得下一點工夫。

說句心裏話，自打看到小狐狸，我就很喜歡牠。——我也說小狐狸不好，但那是跟著別人瞎說，我並不完全相信。

我們班有個女同學，大家對她也是這樣。她長得很可愛，大人們常誇她，這時候其他女同學就撇嘴，男同學便也跟著瞎編人家壞話。

爹不知怎麼忽然想起，有一本書上說過，狐狸愛吃田鼠。這讓我很高興。這麼說，狐狸是爲人除害嘍。於是，我逢人便說狐狸是人的朋友。又借了許多打老鼠的夾子，全下到田裏，每天都去巡查。媽說：「嗨，鼻涕成了貓了。」

媽不愛電視裏的「動物世界」，不知道天底下能捉老鼠的動物多著呢，貓算什麼？

大黑狗看我直獻殷勤，又挺懂事，漸漸不像防賊那樣防著我了。看小狐狸吃田鼠吃得津津有味兒，高興起來，我進柴房牠也不再惡狠狠地叫。小狐狸呢，大概看我也是個熱心腸，旁邊又有牠的狗「大哥」虎視眈眈，在我進柴房的第一天，就伸出熱乎乎軟柔柔的小舌頭，舔了舔我的手。

哈，真讓我受寵若驚。我的嘴巴一下子咧開了——也許事出突然，沒有準備，我嘴巴邊的肌肉一抽一跳隱隱痛了好幾天。媽以爲我中了風，嚇得到處找鱔魚血，說是塗上可治歪嘴巴。

跛三，他玩電子遊戲機，能有這樣的快樂嗎？

嗨，又有了一個新朋友。沒有跛三，我一點兒也不煩悶。

六

禁不住軟纏硬磨，爹答應買一台電子遊戲機。

他一開始說那玩意兒不好，有的孩子耽誤了作業，有的孩子患了近視眼、神經衰弱……後來又說，如果今年山貨收成不錯，就買一個。

「如果」自然不是個討人喜歡的詞兒，它讓人心裏懸乎乎的。不過，當我去捉田鼠，便不怕這個詞兒了。看吧，山青青水碧碧，漫山遍野的核桃柿子花椒，哪一棵不是枝條顫巍巍的？今年的收成怎麼會不好呢？

爹的話不怕他不兌現。

這年頭，深山溝裏趕時髦，趕得快著哩！

於是我放開喉嚨……放羊的爺爺說我不是在唱，是在嚎。我一嚎，羊兒就炸了群，亂叫亂逃，以爲狼來了。我愣了。可看到放羊的爺爺小鬍子憋不住直抖，我又「嚎」起來。

他在逗我。大家都高興呢。

跛三有這麼高興嗎？

有好幾次「嚎」著走過他家門口，他都跑出來，眼睛熱辣辣的，一直盯到我拐彎——要是他知道我也要有遊戲機了，眼睛怕瞪不出來！

我要是有了遊戲機，讓全村的小朋友都來過過癮。

高興了幾天，我不「嚎」了。

我的新朋友跑了。

小東西漸漸能在柴房裏走動了。有時候跟著大黑狗，有時候是自己。一開始，牠拖著毛茸茸的大尾巴，在地上小心地跳一下，又跳一下。跳到門邊望望，便急忙縮回小腦袋。

後來，牠的腿消了腫，不跳了，就一拐一顛地在房裏蹣跚——這時候我叫牠跛三。

再後來，牠顛得輕了，不注意看不出來了，常吐著小舌頭走到門邊，望望外邊，伸個懶腰，像小狗似的一骨碌臥下來，半閉著眼打盹。

媽走進柴房，牠不躲。爹走進柴房，牠也不躲。只是當荊棘條子掉在身上，牠才站起來挪挪地方。我對爹媽說：「小狐狸被我養熟了。」

沒想到，說這話沒兩天，小沒良心的拋下我們跑了。

爹笑我說大話，媽說野獸養不熟。我罵小狐狸是跛三，到柴房裏把荊條踢得滿天飛！大黑狗最可憐，嗚兒嗚兒哀叫，柴房裏外來回走，這兒嗅嗅，那兒聞聞，餵牠食牠不吃，只是咕嘟咕嘟喝水。

不敢踢荊條罵街了，我怕大黑狗神經出了毛病。抱住牠脖子，我一邊親一邊說：「別傷心……不經一事不長一智，咱們可不能那麼傻了，天底下有誰像咱那樣把一顆心全交給人家的？……算了，算了，還有我哩，咱倆做伴兒玩也挺好的……」

我的鼻子不知道怎麼酸起來，說話聲顫了。

大黑狗靜了一會兒，又開始嗚嗚哀叫著掙扎。我抱不住牠，只好一把推開牠，罵：「大傻蛋，還想牠？有你這麼死心眼兒的嗎？滾吧，快滾，找你的跛三去吧。」

大黑狗愣了愣，望望我，一扭頭躥進柴房，又跑出來，跑出了院子。

唉，我那好心眼兒的大黑狗，你這是何苦呢？小狐狸，你這樣對待大黑狗，你得碰上豹子！

七

小狐狸碰上豹子沒有，誰也不知道。可憐的是大黑狗，這個忠心對待朋友的傢伙，第二大遭遇了不幸。

那天整整一天沒有看到大黑狗。

月亮升起來了，院子裏仍然沒有牠的蹤影。

我慌了。牠從來不在外面過夜。急忙找爹去說，爹和媽正在屋子裏面歎氣。

一夜過去了，太陽升起來，大黑狗還沒有回家。爹不下田了，和我一塊兒匆匆出了門。

我們爬東山攀西嶺，找遍村子周圍的山山谷谷，也沒有找到牠。

過了一夜，媽又陪我去找。我們走南村串北莊，腿都累得打不了彎了，也沒有聽到牠的消息。

叫豹子吃掉了？跑到遠方去了？

怎麼那麼大的一條狗，那麼有名的一條狗，就像個肥皂泡，說沒有就沒有了呢？

大黑狗跟了我家多年，想想牠的好處，大家心裏都是沈甸甸的。爹媽臉上失去了笑容，我更慘。這一下，新老朋友，一個都沒有了。

好沈悶哪！

小狐狸，這都是你這個壞東西折騰的。沒有你，我家好心眼兒的大黑狗怎麼會失蹤呢？

怪不得大家都罵你們，恨你們。

又看到了跛三。這傢伙沖我齜牙笑了笑。「他也在笑話我？」要不是爹媽在身邊跟著，看我不衝上去給他個脖兒拐！

日子還得過，爹媽又下田了。每天做完作業，不用誰召喚，我也乖乖下田去……院子裏空蕩蕩，我看著心裏難受啊！

二十多天過去了，快開學了。這一天，爹喚我跟他去護秋——我們村有片田在山那邊，莊稼熟了，野獸會出來糟蹋。家家戶戶輪流派人去那片田裏守夜看護，這就是護秋。

爹回來得晚，吃飯也晚。爲早點兒趕到那片田中，我們一出村就抄了條小道兒。這條道很偏僻，兩旁的灌叢茅草又高又密，幾乎完全遮蓋住它。我和爹撥開灌木枝條，越過深深的茅草，走得累極了。

前面是一條狹小的山谷，陡峭幽深，平時很少有人來。它太荒涼了，除了滾滾的亂石，只有石縫中自生自滅的野草。

爹站住了。

「有什麼東西在叫？」爹問。

夕陽西下，荒谷野徑，我有點兒怕，往爹身邊靠了靠。

果然，穿過繚繞升騰的暮靄，穿過唧唧的蟲鳴和歸鳥的倦唱，有一種斷斷續續的叫聲從山谷中傳出。這叫聲沈悶隱約，像在地下什麼地方。

「這不是狼叫，也不是貉子吧？」爹兩眼閃著光。

我跑起來，沒顧上回答。

荊棘扯著衣褲，茅草絆著腿腳……我喘著，一溜風般闖進幽谷。

一叢灌木下，一個直上直下的黑石洞，正傳出甕聲甕氣的大叫。

如果不是叫聲，誰能找到這兒啊？

「鼻、鼻涕，是大、大黑？」爹跟著跑了過來，臉上輝映著紅紅的光彩。

「是，是……」我嗓子有點兒哽咽。

大約是聽到了我們的聲音，洞底的叫聲停了片刻，轉成嗚兒嗚兒的哼聲，似乎很悲傷，也似乎很愉快。

啊，我的朋友，你知道我們是多麼著急嗎……對，你肯定更著急。在這個荒谷的小石洞裏囚著，你更孤獨！二十多天，沒有誰知道你，沒有誰陪伴你，日子該多難熬呢？再說，沒吃沒喝……我激動，腦袋裏不知想些什麼。當我甩下一把鼻涕的時候，心裏忽然又籠罩上一片烏雲。

「爹，咱、咱們不是做、做夢？」我問。

爹被問愣了，看了我一會兒才說：「嗨，淨說渾話……別傻站著了，快找繩子去吧。」

周圍的蟲兒在鳴唱，心裏的疑雲在翻捲，黑乎乎的洞底，明明是健壯的聲音在叫……可大黑狗不吃不喝，怎麼能活下來呢？叫得還這樣有勁兒！莫非，牠會氣功？

我想不通。

我和爹轉過身，剛要邁步，前面的茅草悉悉索索翻動起來。隱隱約約，像有隻什麼東西，正向這邊跑。

「是牠？」我怔了一下。是牠！……瞧那毛色，只要瞥一眼，就能認出這隻跛三！

不是冤家不聚頭，想不到在這兒、這個時候，又這樣碰面了。

我恨得牙癢癢，「刷」地彎腰摸起一塊大石頭。

爹一把握住我手腕，握得很有力，手腕痛得像要折。「幹什麼？」爹低聲呵斥，「毛毛躁躁，怎麼也改不了……看仔細！」

他鬆開了手。

我的手僵在空中。

小狐狸從草叢中鑽出來了，吃驚地站住腳。牠叼著隻肥大的田鼠，眼珠滴溜溜轉著，好像馬上轉身要逃……漸漸地，牠小眼睛中的恐懼消失了，聳起的毛兒平伏下去。甚至，還像小狗似的搖了搖蓬鬆的尾巴。

牠小心繞過我們，從另一面跑近洞口。「嗚嗷」，小東西叫了，叫聲輕柔柔的透著親切。聽聽下面，「嗚嗷」，牠一鬆口，肥胖的田鼠掉下洞去。

我一直傻子似的舉著石頭。

如果不是親眼所見，誰能相信，一隻小野獸，會養活一隻絕境中的狗？

我的大黑並不孤淒啊！

這是一種什麼樣的生死之交？

一時間我心裏滿是羨慕，同時也有點兒酸溜溜的：這全是大黑狗誠懇厚道的結果呀。

我錯怪了小狐狸……實際上，天底下有幾個真正的壞蛋呢？

我們自己就很好嗎？只埋怨別人，挑剔別人，我們能得到些什麼！

眼睛朦朧起來，鼻子裏似乎又有鼻涕向外爬……我想擤一把，一揮手，石頭碰到了臉上。

第二天，我唱著——不，「嚎」著回村了。大黑狗歡歡喜喜地在前面跑，不斷搖尾巴，像搖著一面旗。

跛三跑出來，一手揉眼睛，一手提著褲子。大約，他剛剛還賴在床上。大黑狗幾個撲跳躍了過去，圍著跛三又是轉又是嗅……我的大黑狗對誰都親切。

我的心跳起來。

跟著大黑狗停住腳，血湧上了臉……四周靜下來，整個世界彷彿只剩下知了在「知啊知啊」地瞎起哄。

小院來了個強盜

可憐大公雞，牠的腿被綁得緊緊，只能臥在廚房角落的糞筐裏。

這一臥就是三天！

這是怎樣的三天啊，忍饑挨餓，還受盡了凌辱。若不是鵬鵬，牠恐怕早渴死了，餓死了，氣死了。

一

自由嘍！

牠咕咕嘎嘎叫著，使勁拍打起翅膀。風托著牠，差點把牠托離地面。看著滿屋飛揚的灰塵，看著兩隻小手捂住眼睛的鵬鵬，牠感到一陣輕鬆，又一陣急躁。

牠被綁了三天，是鵬鵬剛剛解開了繩子。

待腿腳不那麼麻木了，牠挺起胸，大踏步跑出了廚房。

牠要報仇！要找老東西報仇！

復仇的火在牠心裏燒灼了三天！

牠是三天前被鵬鵬的爺爺買回來的。

老頭子本來要買一隻母雞，可市集上的母雞很少，也很貴。老頭子捏捏兜裏的錢，在市集上來回遛了三趟，最後才在牠面前站定，摸摸牠的胸脯，把牠放進糞筐背回了家。

老頭子買牠是爲了二兒媳婦，也就是鵬鵬的嬸子。她生了個小女孩兒，正坐月子。可她說什麼也不吃雞，說整天吃雞蛋，再也聞不了雞味兒。老頭子費力不討好，一怒之下，把牠扔進廚房，不管了。

老頭子不管，別人也顧不上管。全家人忙著照顧產婦和嬰兒，田裏的農活又緊，一個個都像鞭子下的陀螺，急急地轉來轉去。

可憐大公雞，牠的腿被綁得緊緊，只能趴在廚房角落的糞筐裏。

這一趴就是三天！

這是怎樣的三天啊，忍饑挨餓，還受盡了凌辱。若不是鵬鵬，牠恐怕早渴死了，餓死了，氣死了。

鵬鵬是個小男孩兒，還穿著開襠褲。

三天來，是鵬鵬不斷地來餵牠一張菜葉，餵牠一點食，跟牠說句話。

今天，剛吃過早飯，鵬鵬又來了。提著一隻蛐蛐兒，在牠眼前晃。蛐蛐兒白白胖胖，已經死了。——這是鵬鵬特意給牠捉的？還是小男孩兒在哪兒撿來的？不知道。

看到蛐蛐兒，牠的口水直淌，奮力一掙，搶到了蟲子，糞筐也翻倒了。鵬鵬驚訝地看著牠在地上滾，直到牠把蟲子囫圇個兒吞下，咕咕嘎嘎點頭，孩子才樂了。

「喂，捆著你，腳很痛吧？」孩子蹲下摸摸牠的腳，說。

牠聽不懂人話，不知道鵬鵬在說什麼。可蛐蛐好吃，牠還想再吃一隻。於是，便咕咕嘎嘎點頭。

鵬鵬理解錯了，同情地看著牠，過了一會兒，開始用小手給牠解繩子。

「喂，我給你解開，可別跑哇。」

牠於是又點了一陣頭。

繩子很難解，鵬鵬解了半晌。剛解開，牠便跑出了廚房。

牠本來是要蛐蛐吃，沒有想到卻獲得了自由。

外面的太陽真亮。

大公雞眨眨眼，站住了，並且伸長脖子，叫起來。

老東西來了！

二

別看牠瘦，牠可不怕老東西。

在原來那個村子裏，牠打倒過一隻鵝。

那鵝又高又大，可被牠打得毛兒掉了，腿瘸了，滿村嘎叫著飛跑。

那鵝也欺負其他動物，甚至連小孩子也敢啄。

打架，不單單憑力量，還要憑決心，憑勇氣……決心和勇氣才是最厲害的。

現在，瞧老東西的好吧。

小院方方正正，只有百十平方米。那老東西正領著一群母雞，在院子一角玩耍。聽見牠叫，擡起頭，接著眼睛紅了，大踏步跑過來。

這也是一隻公雞，是一隻白公雞。這老傢伙氣色不錯，個子大的像隻雕，冠子軟軟歪在頭上，紅紅的顏色被雪白的羽毛襯得分外耀眼。尖尖的嘴巴，像黃銅打就的鑿子。粗壯的爪子，像把鐵鑄利鉤。圓滾滾的身上，羽毛閃著油光。

可就這儀表堂堂的傢伙，讓牠一來就受夠了氣！

老頭子把牠扔下不管的第一天，牠正思念原來的那個家，白公雞溜進了廚房。突然看到同類，牠很高興。「咕咕嘎嘎」，親切地打招呼。白公雞看到牠了，站住了，左歪歪頭，又歪歪頭，打量片刻，一聲不響。忽然，撲動翅膀竄過來，對牠又是啄又是掐。

牠正憤憤白公雞沒有禮貌，沒有想到還有更難堪的，吃了一驚，一時不知該如何辦才好。牠被綁著，臥在糞筐裏，身子動不了。於是，吃盡了虧。翎兒被啄折了，臉被掐破了，羽毛凌亂不堪。

白公雞「咕咕嘎嘎」叫起來，很得意，像打了勝仗。

看看糞筐裏的傢伙，意識到牠不能動，是個好欺負的主兒，打這以後，白公雞想起來就跑進廚房，打牠一頓。

第二天中午，人們都在午睡的時候，老傢伙又來了。

這一次，竟然把母雞們也帶進了廚房。

白公雞啄牠，掐牠，拔牠的羽毛，最後，還跳到牠背上，踩牠，跺牠，跺得牠脖子一伸一縮，像隻烏龜……母雞們咯咯咯咯叫起來。

牠知道，這個時候，牠們是在笑。笑牠窩窩囊囊，沒有一點血氣！

牠氣炸了肺。

白公雞，你真不是個東西！欺負不能還手的一個同類，算什麼英雄？還把這當作了不起的業績向母雞們誇耀！有種等我鬆了綁，再來鬥一鬥？

下流胚子！

好了，現在，白公雞，你來吧！別看我三天沒有怎麼吃食，照樣打得你屁滾尿流！

牠瞪圓了眼睛，微微張開翅膀，把頸上的毛聳起來，聳得身體前半部像個五彩的圓錐。

白公雞也瞪圓了眼，聳起頸子上的羽毛……那模樣活像個折了把兒的禿雞毛撣子！

「咯咯」，牠怒叫。

「咕咕」，白公雞也在怒叫。

牠怒火騰騰，猛一跳，一口向對方眼睛啄去。白公雞不愧是隻老雞，一跳，躲開了。牠又伏下身子，沒等白公雞站穩，便來了個猛然一衝。——這是牠的拿手好戲，「噗」，白公雞紅豔豔的歪雞冠被牠掐住了。

白公雞又疼又急，「啪啪啪」，又拍翅膀又甩脖子。牠得意了，不再慌忙，無論白公雞怎麼掙扎，就是不鬆口。

牠的嘴像鐵鉗，緊緊夾著對方的雞冠。白公雞狼狽不堪，還在掙。雞冠子撕裂了，血從頭上流下來，把頸上的白羽毛染紅了一大片。

「咕咕咯咯咯咯，」院子裏所有的雞都在叫，真熱鬧。

哈哈，下流胚子，你也有今天！

三

白公雞掙扎著慘叫起來。

母雞們驚訝地啼叫起來。

院子裏塵土彌漫，雞毛和樹葉在空中飛起落下，落下又飛起。

好一場大戰！小院裏從來沒見過。

小鵬鵬扒著門框露出了臉。

「奶奶，奶奶，」孩子看見血。驚叫起來，「雞打架，雞打架哩。」

一個頭髮梳得光光的老太婆走出屋門，探頭看見院內戰況，急了，回身抄起一根細竹竿，三腳兩步奔過來。

「啊吆吆，你這個瘦雞，你這個強盜！」老太婆高聲喝罵，「你想啄死牠呀。」

「啪」，她打過來一竿。

白公雞還在掙扎，牠沒法兒躲，竹竿敲在背上。雞最怕敲背，若是母雞，挨這一竿就能「流產」。牠是公雞，不下蛋，可也拉了一灘稀屎。

牠暈頭暈腦地轉呀轉呀，腿一軟，「啪」，一跤栽在地下。

白公雞跳到了一邊。

老太婆沒想到自己的戰績這樣輝煌，有點兒慌，抛掉竹竿，急忙把牠抱起來。「鵬鵬，鵬鵬，這強盜……這雞，是從哪兒來的？」她小聲叫著，一邊問，一邊哆哆嗦嗦撥開牠的羽毛，看傷勢。

鵬鵬顛著圓腦袋，跑過來：「奶奶，這是爺爺買的那隻。」

老太婆認出來了，她見過這隻雞。可這隻雞臥在糞筐中的時候，好像沒有這麼大，沒有這麼威風。

「嘖嘖，你這強盜，」老太婆膽子大起來，「啪」地把雞扔到地上，「你怎麼敢那樣啄白來亨？牠是純種雞，是老爺子的心尖。……你是個什麼？是買來殺肉吃的呀。這是碰上了我，若是碰上了老頭子，準把你的腿兒打折。」

老太婆嘮叨。

牠臥在地上直哆嗦……當背上疼痛減輕了點兒，才顫抖著站起來。

牠的羽毛很凌亂，精神也有些萎靡。

牠很委屈。這老太婆，怎麼偏心眼呢？白公雞那樣壞，怎麼不打牠？

鵬鵬依著奶奶腿，仰起頭：「奶奶，爲什麼打牠？公雞不聽話，是嗎？」

他把一根手指頭放進嘴裏，像吮著棒棒糖。

奶奶笑了：「我嫌牠淨打架。」

「奶奶，我剛放開牠，」鵬鵬有些疑惑，轉著黑亮的小眼珠，「你看見過牠打架嗎？」

奶奶不好意思了：「反正，打架不好。……我們鵬鵬不打架。」

鵬鵬點點頭……忽然，他放下手指，問：「奶奶，你叫牠強盜？強盜不是殺人、放火、頂壞頂壞的嗎？」

「咳，你這孩子，」奶奶又笑了，「雞還有名兒？叫牠什麼不可以？」

「那我……也叫牠強盜。」鵬鵬又把手指放進嘴裏，眼盯著奶奶說。

四

於是，五彩公雞有了名兒。

小院裏其他的人也嘻嘻哈哈這樣叫牠。

強盜這個名兒不好聽。不過，牠不生氣。牠是隻雞，不懂人的話。而且，只要餓不著，不受欺侮，管人怎麼叫！

這是後話。

現在，沒想到，被打敗的白公雞，又歪著流血的雞冠跑過來，嘴裏不服輸地咕咕叫。……白來亨覺得心裏窩囊，牠從來都是這個小院裏的霸王，如今怎麼能栽在一個外來的、瘦得只剩一把骨頭的小公雞手中呢！

剛才只是偶然失手罷了。

瞧，老太婆也不喜歡那土傢伙！

強盜的脊背還洶甸甸、火辣辣的。可聽到白公雞的叫聲，牠一下子又來了精神。腿不軟了，翎兒也豎起來。牠向前伸出頭，天，又一個銳不可擋的五彩圓錐！

牠也咕咕、咕咕，發出低沈的雞叫。

看兩隻雞又要開戰，老太婆急了，拉著孫子跺起腳：「你們這些記吃不記打的東西！……我看你們再打！」

她轉動身子找扔在地上的竹竿。

大白公雞連看也不看老太婆，照樣威風凜凜躥上來……當視線和對面的土公雞碰到一起，這才怔住了。天！小傢伙怎麼還這麼英雄？牠猶豫一下，脖子上的翎兒耷下，倏地一下拐彎跑了。

那兩隻眼睛可不好惹，像噴著火。

大白公雞害怕了，一整天不敢來。

母雞們也開始疏遠白來亨。

強盜神氣了。在廚房門口走來走去，挺胸凸肚，簡直像個將軍。

別看牠瘦，瘦得利索。尤其是尾巴上的一根根翎兒，長長的，彎彎的，閃著墨綠色的金屬光澤，隨著牠的走動，一步一搖，帥極了！

強盜沒有到母雞群中去，儘管看到了牠們仰慕、邀請的目光。牠和牠們畢竟還不熟悉。

牠也沒有追打白公雞。儘管時時看到白公雞瞟過來的怨恨、嫉妒的目光，但牠是不會不依不饒去進攻一個失敗者的。

中午，下田的人們回來了。老頭兒看見牠，一臉驚訝。待知道牠在廚房門口晃了一上午，沒有跑出小院，便也不再管牠。

到了晚上，牠跳進糞筐的時候，鵬鵬媽媽提出了有關牠領地的問題。

「這隻雞怎麼還讓牠睡在廚房裏？髒兮兮的。」這女人嗓子很好，聲音又圓潤又悅耳。

「你是說，那個強盜？」奶奶在另一間屋子裏回答，「老頭子，你看怎麼處置？」

「強盜？噢——」老頭甕聲甕氣的聲音也透過黑乎乎的夜空傳來，「讓大狗把牠抓到雞窩裏不就得了？強盜，哼，嚇我一跳。」

大狗，就是鵬鵬的爸爸。

於是，強盜被一個男青年提著翅膀，不由分說，塞進了雞窩。

「……先這麼過一夜吧。明天，我抽空兒宰了牠。……要那麼多公雞幹什麼？」

夜色裏，又隱隱傳過來老頭子甕聲甕氣的聲音。

雞窩裏，開始騷亂。

五

雞們沒有作息時間，早黑早睡，晚黑晚睡，完全看天色而定。

這時候，雞們都閉上了眼睛。

強盜的到來，無疑鬧了場「地震」。當強盜被塞進雞窩，雞們睡眼朦朧，嚇壞了。牠們不知道來的是什麼動物，立刻尖聲叫起來，胡亂拍翅膀。被拍到的雞更懵了，奮力大叫，並且拍翅反擊。

「啪」，大狗——鵬鵬的爸爸，關上了雞窩門。

雞窩裏完全陷進黑暗中。

雞們並沒有立刻安靜下來。

憑來者的叫聲和氣味，腦袋瓜子還有些迷糊的雞們已經弄清楚，來造訪牠們臥室的不是狐狸，也不是黃鼠狼。牠們不害怕了。但臥榻之側，忽然多了一位同類，牠們很不高興。「咕咕，」「咕咕，」一隻隻嘮叨著發牢騷。

見來客不聲不響，牠們以為來客肯定是心虛，膽小，於是，又一齊伸出了尖嘴。

「得，得，得，」雞們的嘴像鑿子，啄得很有力。

雞們都是夜盲眼，黑暗中什麼也看不見。但牠們知道來客在門口處，嘴都鑿向那裏。強盜也看不見，但牠心裏明白，這是白來亨和牠的那群母雞們。

剛被塞進雞窩的時候，牠也不好意思：忽然就鑽進人家的臥室，這算什麼呢？可牠又不得已，大狗塞牠進來，不進來行嗎？所以牠委屈地站在門洞裏，一聲不響。

當雞們發夠牢騷，忽然啄來時，牠也忍著。但只一刻，牠的脖子腦袋被這兒那兒敲來的雞嘴鑿得皮破毛飛，牠火了。「咯咯咯咯，」牠大叫，猛一下鑽出門洞，擠進雞群，揮翅向雞們抽打起來。

真是豈有此理！那有這樣對待客人的？簡直是不知好歹！牠的大叫實際上是在高聲斥責。

「咕嚕，咕嚕，」有幾隻母雞被強盜抽得翻了跟頭。

雞們老實了，不啄了，紛紛縮起脖子。

牠們聽出，鑽進窩來的，是那個揍了白來亨一頓的強盜。

白來亨此刻就臥在強盜身邊。剛才，也趁亂啄了強盜幾口。見雞們安靜下來，牠趕快挪挪地方，離強盜遠了一點。有幾隻母雞擠過來，緊緊貼著強盜臥下。「咕咕」，牠們低聲叫，叫聲裏都是獻媚討好。

雞窩裏這才真正安靜了。

這一天事兒真多，半夜裏，雞窩裏又發生了一次「地震」。

這是一隻野貓鬧的。

野貓偷偷溜進村，貼著牆根躡手躡腳跑到了雞窩旁。撓撓雞窩門，門鎖著。擡起頭，忽然發現了牆頂和窩頂間的小洞。那小洞其實只是個深坑，可能是鵬鵬淘氣捅的。但野貓很高興，牠「嗖」地一下跳上窩頂嗅嗅，兩隻前爪在小洞旁飛快扒起來。

野貓兩隻尖爪扒得飛快……白來亨隱隱聽到土塊被扒掉的聲音，睜開了眼。當牠嗅到從小孔吹進來的涼風中有一股野獸的臊氣，小孔已變成了大洞。

白來亨慌了，咯咯嘎嘎驚叫起來，並且開始向母雞中間擠。

母雞們驚醒了，生氣地大叫，一齊向外推白來亨的屁股。

白來亨更慌了。「有強盜，哎呀，救命呀！」牠用雞的話大叫大嚷。並且，嚇得「啪唧」，拉出一泡稀屎。

這一下，雞窩裏天翻了，地陷了，雞們又是叫又是撲打翅膀。……老公雞的恐懼傳染給了牠們，並且，牠們也嗅到了野獸味兒。

野貓探進腦袋，看到一隻白亮白亮、又肥又大的公雞，正在慌慌張張地又叫又躲，不禁大喜。「啊嗚」，牠一口叼住白公雞的脖子。

突如其來的騷亂也嚇了強盜一跳。牠睡得很沈，同時又宿在雞窩中心……眼前，白光一閃，白來亨消失了。

牠有些納悶，急忙擡起頭。天，雞窩漏了，雞窩頂一角看著天了！

六

各間房子的燈都亮了，院子裏頓時明晃晃的。

野貓拉著白公雞跳下雞窩，撒腿就跑。

幹這事要快，野貓幹這種事很有經驗。可惜白公雞個子太大，又不斷「撲撲啦啦」亂拍翅膀。野貓磕磕絆絆跑不快。正想把白公雞咬死，忽然覺得腦袋後面吹來一陣涼風，急忙伏下身子。

「嗵」，有一雙腳在牠頭上踹了一下。

野貓嚇了一跳，停住腳，從鼻孔裏發出陣陣駭人的低吼。

「不是人，」野貓忽然想到。憑經驗，這個時候，人們還到不了身邊，應該還在滿地找鞋子。

農村裏狗不多了，狐狸和狼也極少再見到，彪悍的野貓就成了獸中之王。現在是哪個不知死活的，敢在「太歲」頭上動土呢？

野貓雖然急著要跑，也要好好看看這個傢伙。

「嗵」，一個黑影兒在野貓面前落下地，擋住了去路。

野貓眨眨小燈泡似的綠眼睛，氣得鬍鬚都抖起來。

眼前是一隻羽翎斑斕的瘦公雞。「哼，這東西，」野貓揚揚爪子。爪子尖利異常，在燈影裏閃著寒光。

「喵嗚，喵嗚」，野貓威脅。

羽毛斑斕的公雞沒有害怕，聳著翎兒俯下身，像一個能擠垮一切的銳角圓錐。

「嗚——喵嗚」，野貓咧咧嘴，露出尖利的、叼著白來亨的牙齒，咆哮起來。

可沒有二秒鐘，牠又變了腔調，變得委婉柔和了。

牠看到了擋道公雞的眼睛。

那是一雙毫無懼色的眼睛，野貓心裏顫了顫。……牠倒不是怕這隻雞。只是，這個時候怎麼能糾纏呢？

不得已，牠要勸勸公雞：「喂，放我走吧，這對你沒一點兒壞處。」牠壓低了的叫聲，是這麼個意思。

是的，農民養雞，一般一戶只養一隻公雞，其餘的都殺掉。如果白公雞死了，強盜在這個小院中就可以活下去。

可大公雞不懂貓叫，並不爲這番話所動，只是翎兒抖抖，依舊怒氣沖沖，俯身相向。

「嗚，喵喵」，野貓還想曉以利害，「喂，你躲不躲開？不識好歹，我可不客氣啦……」

誰知，野貓還沒哼完，瘦公雞早衝上來。「得」，貓臉上挨了一啄。如果不是這獸中之王躲得快，眼就被啄瞎了。

野貓氣得頭都暈了，放掉白公雞，「噢嗚」吼一聲，張開爪子，向強盜猛撲過去。

牠恨不得一爪把強盜抓個稀爛。

強盜驚叫一聲，飛開了。

野貓果然厲害，只這一撲，那矯健，那力量，沒有一隻公雞趕得上。強盜立刻意識到自己處於危險中。

不過，牠沒打算逃命。那樣，白公雞肯定要完蛋！儘管白公雞不是好東西，可這傢伙畢竟也是一隻雞，一條命！

強盜撲打著翅膀和野貓周旋起來。小院裏，一時充滿了恐怖。

七

老頭子果然還想殺強盜，不過他很忙，沒空兒。只能狠狠瞪強盜一眼，說幾句凶凶的話。比如，野貓逃走之後，老頭子抱起嚇癱在地上的白來亨，說：「野貓真不長眼，偏偏咬傷我的白來亨！」

強盜聽不出這話有什麼不好。牠很感激這家人，仍然在小院裏活蹦亂跳。

夜裏，如果不是鵬鵬的爸爸從屋裏躥出來，一聲大吼，牠就完了。那時候，牠已被野貓按在爪下。

野貓的眼睛閃著凶光，齜著牙嗚嗚咆哮。那意思自然是罵：「你這個東西，真不知好歹！……那好吧，我不吃白雞了，就吃你！」

牠很狼狽，被野貓踩著脖子，叫不出聲，只好胡亂拍翅膀。

這麼一亮相，牠救白來亨那一幕，就誰也不知道了。

鵬鵬的爸爸說：「真怪，野貓怎麼拖了兩隻雞？」

鵬鵬的奶奶說：「一定是隻大野貓。」

野貓是夠大的。野貓腳上沾了白來亨的血，留下的紅腳印跟鵬鵬的鞋印差不多。強盜什麼也沒說。牠不懂人的話，人也不懂牠的話。

這一天，牠又做了一件讓老頭兒討厭的事。

上午，老頭子騎自行車出了門。下午，馱回來幾棵葡萄藤。他把葡萄藤泡在一個水桶裏，蹲到一邊抽煙去了。

他想歇一歇，喘口氣。

這時候，強盜噠噠噠噠跑了過來。

牠要喝口水。

今天一天牠很高興，經過夜裏那場風險，牠不孤獨了，有了夥伴。而白公雞白來亨，也不再嫉妒牠了。

白來亨被奶奶放進了糞筐裏，需要好好養傷。

中午，鵬鵬端著碗走出廚房，要坐在門口吃飯，不小心摔了跤。飯灑了，菜灑了，鵬鵬哭起來，被奶奶抱進了屋。強盜和母雞們一擁而上，搶吃起撒在地上的飯菜。

飯菜油水很足，真香。更妙的是，還有肉。這肉經油鹽烹調過，比小蟲兒好吃多了。

幾天來，強盜第一次吃了頓飽飯。

可吃了這樣的飯是要喝水的，上哪兒找點兒水喝呢?下午的太陽像一團火，雞們的嗓子乾得冒煙。

當老頭兒從廚房提出一隻桶的時候，強盜高興極了。牠似乎看到清涼涼的水花兒，正在磕碰桶壁。

牠快步跑過去。一跳，蹬上了桶沿。

水桶裏真有清澈見底的水！

強盜使勁咽口唾沫，「咕咕」，大叫起來。一邊叫，一邊俯身仰頭，做出喝水的模樣。

這是在叫母雞。

母雞們很尊敬牠，把牠看成小院雞群的首領。而做一個首領，那就應該有一個先人後己的首領模樣兒。

母雞們嘎嘎叫著拍翅膀跑來了……老頭子的煙袋杆也打了過來。

「你這個瘟雞，你這個強盜，看我不宰了你！」老頭兒惡狠狠地罵。

他怕雞們啄下葡萄藤的嫩芽兒。

結果，誰也沒喝到水。

八

白來亨沒死。

奶奶給白來亨又餵藥又塗藥，端水端食。老頭子只要上廚房，也要看看牠的傷勢……沒有幾天，白來亨跳出了糞筐。

可是，強盜死了。

不是老頭兒殺的，老頭兒沒有來得及殺牠。

一條三角腦袋、身上佈滿暗紅花紋兒的毒蛇，咬死了牠。

那天剛下過雨。

一場雨下得真大呀，天像漏了，屋前屋後，到處是明晃晃的水簾。霹靂在低低的空中炸響，閃電在矮矮的樹梢抖動。鍋底一樣黑的烏雲在頭頂上滾來滾去，裏面像藏著千軍萬馬，在吶喊廝殺。

院子裏的水一邊嘩嘩向院門流，一邊一寸一寸地漲高……老鼠洞被淹了，青蛙也沒處躲。這些小動物在眩目的閃電光中，在瓢潑的大雨中，泅著水亂跑。

雞窩也被水淹了。強盜領著雞群飛上房簷，在大雨中淋了一夜。

第二天雲散雨收，太陽金燦燦地爬上了天空，清新明亮，像洗了個澡。

強盜和雞們還待在房上，牠們羽毛未乾，還需要好好曬曬。

鵬鵬邁出屋門檻來了，提著小鏟子，穿著媽媽的高統雨靴，哼著歌兒，在院子裏挖泥玩兒。

挖呀，挖呀，挖到牆根，歌兒忽然停住了。接著，鵬鵬驚叫一聲，回頭就跑。

一條醜陋的蛇，從牆根下跑出來，「嗖嗖」地遊動著追趕鵬鵬。

房上的雞們大叫起來。

鵬鵬的媽媽跑出屋門，看到蛇也驚呆了。

這是一條二尺多長的毒蛇。牠是趁著昨天的大雨躥到院子裏來的。

「媽呀，媽呀」，說話像唱歌的女人，一邊跺腳一邊搓手。

強盜眼瞪得圓圓的，脖上的翎兒豎得高高，嘴裏不住地驚叫……事情發生得突然，牠不知怎麼辦。牠也怕這種軟帶子似的、又陰又毒的傢伙。

院子裏只有鵬鵬拖著笨重的靴子在奔跑。

蛇躥上來了，咬了孩子腳後跟一口。

這一口沒什麼效果。……蛇發現，牠只咬了靴子，沒咬到人。牠彎彎身子，忽然又一下騰空而起。

孩子被絆了一下，沒有摔倒。膠靴又光又滑，蛇從靴統上滑落下去。

蛇在扭動，牠在調整身體，很快又會躥起來。鵬鵬被危險籠罩著。援救孩子刻不容緩，刻不容緩！

咕咕嘎嘎，一聲雞叫，強盜從屋簷上跳下來。

最初的恐怖已經過去，怒火在公雞的心中燃燒……這隻雞看不下去了，牠不容毒蛇這樣猖狂！

可惜，強盜的羽毛還沒完全晾乾，身子很沈重，「嗵」，重重跌在蛇旁邊的泥地上。

蛇扭過三角腦袋，黑玻璃似的小眼睛閃出冷森森的光芒。

「啪」，蛇閃電般撲上去，在雞胸脯上咬了一口。

劇毒的蛇毒注射進去，馬上開始發揮作用。強盜趔趔趄趄後退幾步，打起滾，全身的羽毛像在寒風中一樣顫抖。

忽然，垂死的公雞一個翅膀支住地，試圖慢慢站起來。蛇吃了一驚，不敢怠慢，騰地一躥，皮條似的身軀一下子纏住了雞腿。

強盜重又摔倒在泥地上。

雞們在房簷上驚恐地啼叫，奶奶也從屋裏走了出來。

強盜渾身是泥，美麗的羽毛像被熱水燙過，一把把脫落。牠的翅膀撲打著，把泥水拍得四處飛濺，……蛇昂起三角腦袋，黑紫色的舌頭像毒火苗兒似的一伸一縮。蛇身子「嗖嗖」轉動著，強盜的骨頭在咯巴咯巴響，被蛇纏緊的地方可怕地凹陷下去……猛然，「得」，蛇腦袋縮了一下。

牠被雞啄了一口。

蛇心裏燃起熊熊的大火。牠沒想到這個正在慢慢失去生命的軀體還敢啄牠。蛇暴躁地張開大嘴，把兩對長長的毒牙牢牢插在雞胸脯上。

牠不想再拔出來。這兒離雞心臟最近。牠要看看，這隻不知死活的公雞，到底能承受多少毒液！

強盜不行了。牠再也站不起來。牠沒想到到這個小院來，會有這麼一個結局。可牠也不後悔。儘管從眼光到神態，牠都看出新主人對牠不好，但那沒什麼。那是人，而牠是隻雞。最重要的是，牠已獲得了雞們的友誼。

而且，那個人的孩子很善良，牠感覺得到。那個孩子還小，得救那個孩子。

牠的脖子愈來愈僵硬，嘴裏流出黏黏的涎水。但腦子還明白，眼睛還看得清。當牠看到蛇腦袋不動了，釘在自己的胸脯上，便奮力彎下脖子，「得，得，得，」使勁去啄……在這方面，牠從來不會屈服。

鵬鵬的奶奶最先清醒過來，跑進屋，找出一把夾煤球用的長把鉗子。白來亨和母雞們跳下屋簷，「得得」地啄蛇那因疼痛而不斷顫抖的尾巴……

鵬鵬撲進了媽媽懷裏。

老頭子下田回來了，在葡萄架下挖了一個坑。他把一具翎毛髒兮兮、亂蓬蓬的屍體扔進去，一邊填土，一邊嘟噥：「叫什麼名兒不好，偏要叫個強盜，嘿！」

老兔子三瓣嘴

這裏滿地都是大白菜。再遠一點兒，還有長著綠葉子的蘿蔔。到了夏天，又會長出紫紅色的茄子、翠嫩的黃瓜。

這些，足夠三瓣嘴吃得肚子圓圓的。

可三瓣嘴不快樂，牠老是想念著其他兔子。

一

有一隻老兔子，叫三瓣嘴，孤零零地住在一座城市的郊外。

三瓣嘴原來有許多鄰居和朋友，可那些兔子都被帆布包背走了。

靠近城郊住的人，當然還有城市郊區農村中的人——這部分人少一些，沒事兒都愛在農田裏散步。呼吸呼吸新鮮空氣啦，看看自然風光啦，消化消化肚子裏過於油膩的食物啦，等等。反正，他們有空兒就往田野裏跑，在農田間的小路上、田壟上，蹓躂來蹓躂去。

這一蹓，就把兔子蹓出來了。

郊外的農田裏原先有很多兔子。兔爺爺、兔奶奶、兔爸爸、兔媽媽、兔哥哥、兔姐姐……啊吆吆，一大群一大群的。大家相鄰而居，熱鬧得很。可這些兔子沈不住氣，聽見腳步聲，見有人蹓過來，就覺得天要塌了，慌慌張張跳出草叢，跳出莊稼和蔬菜地，撅起尾巴沒命跑。

這就引起那些來蹓躂的人們注意了。他們先是嚇了一跳，接著又拍手又跺腳，大聲咋呼：

「嗨，兔子，哪兒逃！」

兔子們更害怕了，跑得跌了跟頭，摔破了皮膚，簡直像要飛起來。於是，那些人咧開人嘴，笑彎了腰，捧著肚子「哎吆，哎吆」直叫。

這當然沒什麼，不過是讓人家笑話一通罷了。可是，兔子們這樣沈不住氣，接下來的事情就麻煩了。

郊外農田裏有許多野兔的消息一傳出，拿槍的人出現了。這些人背著帆布包，端著鳥槍、氣槍，甚至還有打獅子大象的雙筒大獵槍。他們的眼睛瞪得雞蛋大，在田裏走來走去，看見兔子影兒就「砰砰」放槍，然後跑過去，把渾身是血的兔子撿起來，裝進帆布包。

一隻，兩隻，一天，兩天……兔爺爺、兔奶奶、兔爸爸、兔媽媽……就這樣被帆布包背走了。

老兔子三瓣嘴孤零零的了。

二

老兔子能沈住氣。牠不是那種一有風吹草動就慌了手腳的膽小鬼。還在是小兔子的時候，牠的膽子就很大。有一次，牠和小朋友們遇到一條蛇。那蛇是突然出現的，就在一片草叢下。

小兔子們排著隊，你擠我撞……當蛇嗞嗞叫著，吐著黑火苗似的舌頭，從草叢下昂起腦袋的時候，三瓣嘴牠們差一點兒和牠撞上。

有的小兔子「吱兒吱兒」尖叫起來，有的小兔子「噗通噗通」栽了跟頭……三瓣嘴沒有逃，後面有小朋友，擋住了牠。

牠和蛇面對面，一轉身，蛇也會撲上來。三瓣嘴就這樣和蛇面對面站著，雖然緊張，可沒有倒下。渾身的毛兒豎起來，像個絨球球。牠牢牢盯著蛇的眼睛，「呼，呼，呼，」一個勁兒吹氣。

蛇覺得很意外，怔住了，愣愣挺著脖子。牠還從來沒有見過這樣的小兔子，弄不清是怎麼回事……三瓣嘴吹出的氣，就吹在蛇頭上，吹得蛇涼嗖嗖的，直眨眼。過了一會兒，蛇晃晃腦袋，「刷」地縮回去，遊走了。

三瓣嘴這才「噗通」倒在地上。

這時候暈過去，已經沒有什麼危險了。

拿槍的人在田裏躥來躥去的時候，牠沒有跑，就伏在草叢或田壟邊。長耳朵緊緊貼在脊背上，短尾巴嚴嚴蓋住屁股……牠土黃色的皮毛和田地的顏色太相近了，除非拿槍的人一腳踩到牠身上，還真不好發現牠。

三瓣嘴咬緊牙關，忍受著渾身肌肉的顫抖……牠知道，人可比毒蛇厲害得多。

就這樣，老兔子躲過一關又一關，帆布包最後也沒能背走牠。

三

三瓣嘴沒有了老朋友，也沒有了小朋友，除了和影子廝守，身邊再沒有一隻長耳朵、短尾巴的夥伴。

真孤單真痛苦啊。

其實，如果不怕孤單，郊外的日子還是蠻不錯的。

打兔子的一幫一幫來了，又一幫一幫走了。後面來的，再沒有在這一片田地裏找到兔子。他們失望地在田裏轉幾圈，彼此打招呼：「喂，算了，這兒連根兔子毛都沒有了。」「是呢，真可恨，前面的那幫人大概把兔子屎也裝進了包裏。」

其實，老兔子三瓣嘴就伏在他們腳邊。

於是，他們一個一個騎上摩托車，跨上自行車，嘟嘟嘟，鈴鈴鈴，連說帶罵地向遠方馳去。

再路過這片田野的時候，他們連眼珠也不再斜一下。

老兔子吁一口氣，悄悄從藏身的大白菜下站起，像人似的用兩條後腿站著，看著愈去愈遠的摩托車、自行車……一會兒，牠的長耳朵不再慢慢搖動，三瓣嘴開始一口一口嚼起來。

牠嘴裏有一塊白菜。

那是牠急急臥倒時沒有來得及吐出的。

這塊地裏其實也還有兔子屎，並不像那幫打兔子的人所說的，只是他們看不到。那是老兔子三瓣嘴拉的。老兔子從不隨地拉屎，總是跑到一個誰也不知道的地方拉，然後刨土埋起來。

這樣做，當然是很文明的，有利於兔子們的健康。不過，還有另一個原因，是爲了消滅自己在此地生活的蹤跡。

貓就有這種習慣。三瓣嘴不是貓，這卻是牠比其他傻兔子高明的地方。

滿地都是大白菜。再遠一點兒，還有長著綠葉子的白蘿蔔、胡蘿蔔。到了夏天，這塊地裏又會長出紫紅色的茄子、翠嫩的黃瓜，以及一頭粗一頭細的西葫蘆。田埂地邊，還有開著小花、香氣四溢的青草。

這些，足夠三瓣嘴吃得肚子圓圓的。

沒有誰同牠搶食物，牠完全可以在這塊田地裏清清靜靜、舒舒服服養老了。可三瓣嘴不快樂，牠老想念其他兔子。

四

兔子多的時候，彼此之間免不了打架。

兔子和人一樣，脾氣和思想品質並不都一樣。

三瓣嘴就和別的兔子打過架。

那時候，牠年輕，脾氣很急躁，爲了一點點小事，就和別的兔子廝打不休。有一回，爲了一棵野芹菜，牠把另一隻兔子的耳朵咬豁了。那個倒楣的傢伙，後來永遠耷拉下一隻耳朵。

野芹菜其實到處都是。

那傢伙很霸道。尾巴上有一片黑毛，總是搖著黑尾巴和別的兔子打架。……三瓣嘴啃一棵野芹菜，那芹菜長得稍稍肥大一點兒，黑尾巴跑過來，氣勢洶洶要趕牠走。三瓣嘴剛剛齜齜牙，黑尾巴便像狗似的撲上來……

可是，此刻，牠也很懷念這個壞小子。

「嗨，要是黑尾巴再來搶野芹菜，我是會讓給牠的。」三瓣嘴蹲在一叢狗尾巴草中想。

每天吃飽了，牠都愛到這兒蹲一會兒。

這兒地勢高，能俯瞰下面整片的田地。狗尾巴草葉子黃了，稀疏了，蹲在這兒，眼界十分開鬧。

過去，兔子們吃飽喝足，也要齊聚到這兒的。

大家互相碰碰腦袋，舔舔皮毛。再不然，就是你追我，我追你，打打鬧鬧，玩得興高采烈。

小風兒輕輕刮著，搖晃著毛茸茸的狗尾巴草穗，在老兔子背上又搔又打。老兔子沒有感到癢癢，也沒有覺得舒服。

「唉，夥伴們什麼時候才能回來呢？」牠憂鬱地望著下面的蔬菜地，一遍又一遍地想。

兩隻烏鴉飛過來，從老兔子頭頂上飛過去。

這是兩隻個子很大、羽毛漆黑的大烏鴉。

烏鴉一邊飛，一邊往下看。一陣小風吹過，狗尾巴草又晃起來。烏鴉眨了眨眼睛，看到了草叢中的老兔子。牠們急忙轉轉腦袋，看看夥伴，發現夥伴的眼睛也同自己的一樣，在冒火。

於是，不用說話，也不用打手勢，牠們不約而同地翹翹尾巴，拐了彎兒。

牠們在空中兜了一個圈子，飛回來了。

三瓣嘴沒有看到這兩個搧動翅膀的強盜。

五

烏鴉從老兔子身後撲了下去。

烏鴉個子沒有野兔大，但兔子是吃草的，烏鴉卻吃肉。

就好像狼沒有牛馬個子大，有時也會襲擊牛馬一樣。

如果有兩隻兔子在一起，烏鴉也會猶豫。但現在是一隻，孤零零的，而且沒有看到牠們。

這隻兔子似乎老了，背上的毛兒有些蒼白。

「這隻兔子還可能有病，」烏鴉猜測。牠們很會觀察，看到地上的野兔無精打采，軟耷耷的。

攻擊一隻沒有多少抵抗力量的小動物，是烏鴉們最樂意做的。

沒有防備的三瓣嘴吃虧了。

一隻撲下來的烏鴉踹了牠一個跟頭，另一隻抓破了牠的腦袋。

打擊來得太突然，三瓣嘴再有膽子也嚇了一大跳。牠腦袋懵懵的，裏面嗡嗡響。頭頂火辣辣的，流下熱熱的液體。還沒看清打牠的是誰，老兔子爬起來就跑。

老兔子這麼做是對的。這個時候，三十六計，走爲上策。

「得手了嘍！」烏鴉很得意，呱呱叫起來，用力拍動翅膀追上去。

地上跑沒有空中飛的快，三瓣嘴沒有跑出多遠就被追上了。烏鴉的嘴巴像鑿子，爪子像鋼鈎，在玩命逃竄的兔子背上又添了幾道又長又深的傷口。

傷口火燒火燎地痛，鮮血汩汩地向外湧。這還不算什麼，傷的最重的是老兔子的心。牠聽清了，襲擊牠的是兩隻黑烏鴉！

這種黑羽毛的傢伙，也敢打牠的主意，要吃掉牠！

這一輩子，三瓣嘴什麼時候看得起過這種鳥兒？

牠與鷹都搏鬥過，鈎嘴鋼翅的鳥中之王都沒有在牠這裏討到便宜！

現在，牠怎麼了，烏鴉居然也想吃牠的肉？

老兔子不跑了，帶著滿身滿頭的血，咕嚕一滾，仰面朝天躺在了地上。

「呱，兔子支持不住了！」兩隻黑色的空中強盜高興得大叫。一，二，三，牠們爭先恐後，衝了下去。

啄瞎兔子眼睛，抓開兔子肚皮，細嫩的兔子肉就能吃到嘴了，烏鴉們眼前晃動著撩撥牠們腸胃的大餐。口水流了出來，牠們趕快咽回喉嚨。

兩團漆黑的陰影籠罩在老兔子身上，「啪啪」拍動翅膀減速的聲音十分恐怖。三瓣嘴的眼睛瞇起來，向天空袒露著被血染紅了皮毛的肚子。突然，牠的四條好像舉不動的腿有力收縮回來，猛地踢了出去。

「呱！」兩隻就要抓開兔子肚皮啄瞎兔子眼睛的黑鳥大叫一聲，「嘭、嘭」悶響著，一下子被高高拋起，接著，從四散飄飛的羽毛中掉回地面。

想吃大餐的烏鴉在地上抽搐起來。

老兔子翻過身，一溜煙跑了。

六

老兔子不是第一次使用這種戰術。

年輕的時候，牠也遭遇過來自空中的襲擊，那個敵人更強大。

那是一隻饑餓的鷹。

那鷹的翅膀很強健，張開來，兩隻烏鴉的翅膀接起來也比不上。搧起的風，十支狗尾巴草挺起的草穗綁在一起也得吹折。

當鷹惡狠狠俯衝下來，利爪就要刺破三瓣嘴脊背，三瓣嘴也是翻了個身，猛然向上踢出四條腿。

由於脊背靠在地上，這一蹬力量很大。鷹那樣兇悍、強壯，也「嘎」地慘叫一聲，「嘭」一下拋起來，摔出去，在地上亂滾亂翻。羽毛像被誰拔下，散落一地，飛得到處都是。

老兔子甚至有些可憐鷹。這種威震四方的鳥，恐怕從來沒有吃過這麼大的虧。

直到老兔子跑上一片高崗，鑽進一片灌木叢，那鷹才掙扎著飛起來，搖搖晃晃飛走了。

老兔子平靜下來，在灌木叢裏搔搔耳朵、洗洗臉，發現自己連一根兔毛也沒掉。

烏鴉算得了什麼？這種平常連看也懶得看一眼的普通鳥兒，這一回竟讓牠皮開肉綻、遍體鱗傷。

這實在是一種奇恥大辱！

老兔子更懷念其他的兔子們了。

兔子們在一起，打歸打，鬧歸鬧，有危險的時候還是互相關心的。

老鷹襲來的那回，牠就聽到了啪啪跺腳的聲音。

那是黑尾巴用後腳使勁跺的。

跺腳，是兔子們發現危險降臨，向大家報警的方式。

三瓣嘴聽到黑尾巴跺腳聲音的時候，正在挖一根大蘿蔔。那蘿蔔真甜，就要被挖出來了。牠捨不得丟下，聽到危險信號，只是擡頭看了看。

牠看到了在一叢馬蓮草下焦急望著牠、正拚命跺腳的黑尾巴。也看到了天空中正俯衝而下的鷹。

田野裏空蕩蕩，其他兔子都藏起來了。

三瓣嘴這才著了慌。

儘管如此，牠還是打敗了死神一般的餓老鷹。

這是因爲有了黑尾巴的通知。

單單有勇敢，即使是遭到比鷹弱小得多的敵人的襲擊，也是要吃虧的。

老兔子氣哼哼地躲在牠的洞裏，好幾天沒出窩。

牠不是怕兩隻黑傢伙。牠知道，那兩東西就是不死，也被踢得骨折肚裂了。

牠是在養傷。牠的脊背痛得厲害，一動就像有刀子在割。

牠靜靜地伏在黑乎乎的洞子裏。這使牠更感到孤單了。

「唉，要是夥伴們都在，該多好！」那幾天，牠歎了許多回氣。

七

接連下了幾天雨。

太陽不知躲到了哪兒。那雨，像蜘蛛絲一樣軟，一樣輕，也像蜘蛛絲一樣亮晶晶，從陰沈沈的天空垂下來，被一陣陣冷風抖動著，揪扯著，怎麼也抖不折，扯不斷。

枯草濕了，小路濕了，田野裏一片泥濘。大地上彌漫著一股冷森森、潮鬱鬱的霉氣味兒。因爲這股潮鬱鬱的霉氣味，兔子洞的臊氣散發不開，聚集得愈來愈濃烈。這股臊氣中，有老兔子三瓣嘴的，也有其他兔子留下的。老兔子嗅著這些熟悉的味兒，愈來愈焦急。

牠不明白，那些人爲什麼要捉兔子。也不明白，夥伴們怎麼會那麼笨。連黑尾巴也不行，也一去沒了蹤影。

牠做了許多夢，每次都夢見和夥伴們在一起。

「牠們會回來的，一定會回來的，」夢醒之後，牠很傷感，同時也堅信。

牠不斷從臊味兒濃郁的兔子洞裏探出頭去，眺望遠方。

遠方是一片迷茫，灰濛濛的，分不清哪是天，哪是地。

老兔子打個噴嚏，急忙縮回了腦袋。

可過了一刻，牠又從黑乎乎的洞裏鑽出來。

牠餓了，得去找點兒食物了。

牠背上的傷口結了痂，不痛了。

在洞中養傷這麼多天，肚子早空了。

三瓣嘴「謔噗，謔噗」，在泥水中跳。

時間已是深秋，白菜收割了，蘿蔔也被拔光，泥漿中只有枯葉子。老兔子嫌髒，不願吃這些。牠跑了很遠很遠，才吃飽。當牠又「謔噗謔噗」跑回家來，毛兒都濕透了。

三瓣嘴哆哆嗦嗦，使勁抖抖皮毛，甩掉泥水，一頭鑽進臊呼呼也暖乎乎的洞中。牠的腳在泥水中凍麻了。耳朵和鼻子也在濕風冷雨中凍麻了。

「有個家，喔，有個家實在是太好了！」牠想。

可牠的屁股還沒進到洞子裏，身子「啪」地一跳，整個兒又退了出來。牠慌慌張張扭過頭，泥水四濺地竄向淒風冷雨裏。

一隻土黃色、身子長長的小動物，也緊跟著鑽出來，風馳電掣般衝進泥濘，追趕老兔子。

這傢伙個兒不大，卻目光凶凶，獠牙尖銳，爪尖兒鋒利得像刮鬍子的刀片。……剛才，牠正伏在三瓣嘴家裏，等著老兔子回窩！

八

這是一隻黃鼠狼。

連天陰雨，不好找食，這東西餓壞了。牠冒著雨水跑出來，像老鼠似的東遊遊，西逛逛，嗅來嗅去，嗅到了兔子洞濃郁的臊氣，循著臊味兒找上門來了。

黃鼠狼在洞子裏轉來轉去，眨著黃豆般的小眼，這兒聞聞，那兒看看，最後蹲下來。

牠有經驗，判斷出，這個臊乎乎、散發著熱氣的洞子，肯定住著兔子。

牠的打算不錯。終於，老兔子回窩來了。

「噗噗噗噗」，三瓣嘴連竄帶跳。泥水在牠身下飛濺出去，濺出老遠。黃鼠狼瞇起眼，屏住呼吸，緊緊追在老兔子後面。泥水時時飛進黃鼠狼的鼻孔，也時時糊住黃鼠狼的眼睛，這使黃鼠狼恨得牙癢癢。

要下坡了，三瓣嘴一蹦，像一輛急駛的摩托車躥向空中。該落地了，「吧唧，」牠滑出去，像個球兒在泥水中急速翻滾……嘴裏進了泥，眼也模模糊糊，牠顧不得這些，爬起來繼續飛跑。

牠聽到，黃鼠狼就在屁股後面咻咻喘氣，踏泥踩水！

也許，那東西只要一躥，就能咬住牠的尾巴。

真可怕，玩命逃吧。……剛才，牠剛剛鑽進洞，覺得有點不妙。正想琢磨爲什麼這樣，忽然發現了黑暗中黃鼠狼那雙急切的眼睛。

天，那是紅的，像火苗在洞底閃動！

若換隻別的兔子，這一下準完蛋了。黃鼠狼嗖地一撲，根本不可能逃掉。這種黃皮毛的野獸，個兒不大，可機靈兇悍卻是出了名的。三五米的距離，獵物還沒有看清對面是誰，牠早躥上去了，尖牙一呲，就咬住了脖子……

可是這一次是三瓣嘴。三瓣嘴太機敏了。

老兔子風一樣在泥水中奔逃，竄過一道田埂，又竄過一道田埂，不知跑了多少時間，當牠用力跳上一個陡坎，忍不住回頭看了看。

身後，沒有了黃鼠狼。

遠處也沒有。

三瓣嘴怔了怔。「要命的野獸呢？」牠鬍子抖了抖。

但牠不敢耽擱，只一霎，牠又扭頭飛跑起來。

牠怕黃鼠狼離得不遠，忽然就會從什麼地方跳出來。

牠又跑了許久。轉著圈兒，忽而東，忽而西，忽而又向北……牠把腳印弄得亂七八糟，無法辨認。

在泥濘中奔跑不是鬧著玩的，老兔子累壞了，白色的蒸汽從牠的嘴裏鼻子裏噴出來，好像牠的肚子中有一把燒開了水的壺。

牠感到安全了，並且再也跑不動了，這才停下來。牠一邊劇烈地喘氣，一邊小心地聳起前半身，轉著腦袋四處查看。

周圍很安靜。遠遠近近，除了飄動的雨絲，一切似乎都被泥水陷住了腳，一動也不動。

牠緊張地搖著濕乎乎、泥漿漿的長耳朵，左轉轉，右轉轉，諦聽天地間的聲音。雨絲落到牠身上，順著毛兒淌下去，泥漿漸漸稀了，露出了本來的毛色。

「奇怪，黃鼠狼是怎麼停止追趕的呢？又是什麼時候停止追趕的呢？」三瓣嘴一邊瞭望世界，一邊開動腦筋思索。

這是個很複雜的問題，是所有的兔子——包括最聰明的兔子，都無法回答的問題。老兔子想了很久，也沒有弄明白。

不管怎麼說，黃鼠狼沒有再追上來。三瓣嘴終於放心了，並且感到了寒冷。「噗落噗落」，牠用力抖抖身子，身上的雨水飛濺出去。

牠一步一滑，慢慢走了。

九

三瓣嘴搬家了。

原先那個洞已經不能再住下去。

黃鼠狼光顧過那個洞，這種兇悍的小野獸很有心計，牠知道那個洞住著兔子，會不斷去登門拜訪的。

只有傻子才不放棄那個地方。

三瓣嘴在一個遠離舊洞的陡坎下，又打了一個洞。

這個洞很偏僻，也很小，誰也不知道，就是走到跟前，不注意找，也發現不了。

老兔子孤身一個，不能不小心了。

再說，沒有其他兔子，牠的洞打得再寬敞、再顯赫，也沒用。

只能湊合了。

三瓣嘴鑽在這麼個荒涼狹小的地方，更想夥伴們了。

如果有夥伴們，老窩是不會丟掉的。

一隻兔子去找食，其他兔子會守家。黃鼠狼怎麼能神不知鬼不覺地在兔子洞裏蹲下來呢？

黃鼠狼如果來強佔，兔子們也不怕。一隻兔子打不過這種狼一樣兇狠的小野獸，一群兔子可就威風多了。

有這樣一件事：一隻狗追一隻兔子，一直把兔子追進洞還不罷休。沒辦法，兔子們緊急動員起來。有的在洞深處飛快掏洞，把洞挖得洞連洞，洞套洞；有的守在洞口，不斷用後腿踢蹬探進洞來的狗嘴狗爪，把狗踢得汪汪大叫……狗白費了半晌工夫，連個兔子屁也沒撈到。離開時，嘴腫了，臉上很多地方流著血。

黃鼠狼有狗個子大，力氣大嗎？

啊，夥伴們，大家在一起，那真是太好了，太好了。集體，有一個團結一心的集體，是一生中多麼幸福的事呀！

三瓣嘴在新洞的深處眯起眼，不斷地搖動嘴巴上的鬍子。牠從來沒有像現在這樣，感覺夥伴和集體是那樣寶貴、重要。牠還不斷地悄悄跑到老窩那裏看看。那兒有牠和牠的夥伴們共同生活過的氣味、痕跡。

牠在那兒轉、嗅……有一天，發生了這樣一件事。

十

三瓣嘴老得真快。

從年齡說，牠不過剛過壯年。可進入冬季，牠的毛兒就全白了。就連牠的鬍子，幾根最硬最挺拔的毛兒，幾乎也在眨眨眼的時間，全變成了銀白色。牠一吧咂嘴，刺眼的光就跳跳閃閃。

更要命的是，牠不斷咳嗽，吭吭咳嗽，有時徹夜也不斷。牠總覺得冷，四肢冰涼，全身哆嗦。自打出生以來，似乎天氣從來沒有這麼冷過。

牠整天蜷伏在洞裏，長耳朵蓋住脊背，短尾巴護住屁眼，全身縮得緊緊，像個毛球。

外面開始下雪，牠聽到了雪花簌簌落地的聲音。牠還聽到另一種聲音，這種聲音「咔咔」地響。

這是洞上面的枯灌木枝，被寒流凍破了皮。

牠知道這種情況。牠曾經在冰天雪地裏瘋瘋癲癲地跑過，鑽過灌木叢。那時候，牠還小，只是好奇。

牠和夥伴們在白皚皚的世界裏跑，你追我，我趕你。天空陰沈沈的，風刮過來像一把把刀子割在身上。可這把刀只割得動灌木皮，割不破牠們身上又柔軟又熱乎的皮。

牠和夥伴又蹦又跳，白白的哈氣在大家面前繚繞。玩到高興的時候，大家在雪堆上挖洞，在雪洞裏躥進躥出。冰涼的雪粉落在皮毛上，立刻化了，熱了，冒起蒸汽……

嘿嘿，那時候……現在，莫非真衰老不堪，馬上就要和快樂和夥伴們永別了嗎？

三瓣嘴吭吭咳嗽著，很悲哀。可牠心裏仍有一團火。牠不甘心！

冷是冷，咳嗽是咳嗽，牠每天還是要掙扎著到洞外溜一兩個時辰。牠得對付對付肚子，還要到舊洞那兒看看。

食物有的是。雖然是冬天，到曾經豐收過的田地上，刨開積雪，總能看到白菜葉和蘿蔔纓。不想吃這些，走遠一點兒，還能找到露出雪面的、乾巴巴的枯草尖。這東西散發著乾草特有的香氣。

可是，老兔子吃不下多少了。

天更冷了。

這一天，老兔子又吭吭咳咳嗽著繞到了老窩附近。抽抽鼻子，牠悄悄站起來。

天哪，那是什麼？

一霎時，三瓣嘴眼亮了。

十一

老兔子三瓣嘴連滾帶爬衝了過去。

牠沒有咳嗽，寒冷也奇蹟般地感覺不到了。

日思夜盼，擔驚受怕，不就是在等這一天嗎？

啊哈，孤獨就要結束了，老兔子就要有一個夥伴，組成一個小集體啦！

牠看到了一行腳印。

那是兔子的腳印，牠同伴的腳印！——瞧那一隻深一隻淺的印痕，很像是黑尾巴走過留下的。

那傢伙，走路總是一蹦三跳，沒有個穩當氣兒。

「黑尾巴也會想念老窩的呀！」

三瓣嘴爬在腳印上，鼻子急速抽動，帶動得白鬍子和渾身上下沒有光澤的毛也不停顫抖。

……從夏到秋，從秋到冬，老兔子是在怎樣的煎熬中度過一天又一天的啊！

牠爬起來，眼睛發亮，急速轉動腦袋，想看看親愛的夥伴到底在哪裏。這時候，牠忽然聞到有股若有若無的味兒。

這是一股讓所有的野獸都害怕的味兒。

好恐怖！

老兔子衰弱的心「砰砰」跳起來。

這是怎麼回事？怎麼會是這樣？……牠深深地吸了一口氣又一口氣，冰涼的氣流讓牠忍不住又要咳嗽。

四周靜悄悄，只有小風兒在雪地上打滾兒。

怪味兒又一絲絲一縷縷出現了。

呵，有鐵銹味兒，有橡膠味兒，還有黃鼠狼的臊氣味兒……黃鼠狼的臊氣味兒自然是黃鼠狼留下的，鐵銹味兒和橡膠味兒是從哪兒來的呢？

「人！」三瓣嘴身上的毛兒驀然豎起來。

牠想起，夏天和秋天，那些端著槍、穿著大靴子的人，「咚咚」走過身邊的時候，空氣中就散發出這樣的味兒。

三瓣嘴又覺到了冷，吭吭咳了一會兒，急急忙忙強忍著壓下去。

牠縮成一團，耳朵不停地左搖右晃，眼珠也在軲轆軲轆轉……牠發現，不遠處有一行黃鼠狼的小爪印直奔老洞。而在牠身邊的這行兔子腳印旁邊，雪上有掃抹的痕跡，似乎有什麼印痕被小心擦去了。

老兔子爬在痕跡上又嗅了嗅，打了個噴嚏。

「這是在故意消滅痕跡，痕跡下有什麼東西埋藏著！」牠已經完全明白了。

黃鼠狼，人，危險！也許現在就有一雙眼睛躲在什麼地方，正偷偷地窺視牠！

「走，快走」，一個聲音在老兔子心裏叫。「謔噗」，老兔子急急跳出一步，「謔噗」，又跳出一步。就在牠要一溜煙逃走的時候，牠又猛然剎住了腳。

「那一行同類的腳印是怎麼回事？」

「那是朝老洞而去的呀！」

又一個聲音在心底說。

老兔子的白鬍子在劇烈哆嗦，瘦瘦的胸脯在一凹一凹地起伏……終於，三瓣嘴扭回頭，一步一停，一步一停，向老洞慢慢挨過去。

十二

牠得去救同伴。

牠不能再失去同伴。

牠已經嘗夠了孤伶伶的滋味兒。

老洞洞口黑乎乎的……裏面空蕩蕩、靜悄悄，沒有黑尾巴，也沒有任何一隻長耳朵短尾巴的同類！

老兔子愣住了。

同伴的腳印明明是奔老窩來的呀。

被黃鼠狼叼走了？——附近沒有廝打的痕跡，也沒有拖拉的痕跡。那樣大一隻兔子，黃鼠狼是背不動的。

難道又被帆布包背走了？

那麼，那個得意洋洋的人，既然背走了獵物，還有什麼必要把自己的腳印掃去呢？

老兔子急慌慌地在老窩裏鑽進鑽出，怎麼也弄不清同伴的下落。

太陽落山了。

老兔子在老洞頂上蹲下來。暮色中，像一堆風吹到一起的雪。

牠認準了，有腳印就是有同伴。牠得在這兒等同伴兒，告訴同伴兒有危險。

不能在洞裏等。黃鼠狼會堵住洞口，扼緊牠的喉嚨。洞頂上冷，可洞頂上視野開闊。

三瓣嘴強忍住咳嗽，一動不動……牠不能動，那樣目標明顯。

牠的腳麻了，耳朵麻了，心裏也像灌進了涼氣……牠仍然不動。牠有這樣的毅力和耐力。

時間在不慌不忙地走。

夜愈來愈深，天也愈來愈冷。可老兔子仍然堅強地蹲在老洞頂上。

半夜裏，靜悄悄的雪地上忽然揚起一團雪粉。接著，傳來「啪」的一聲和一連串淒厲痛楚的尖叫。

鬧了一會兒，聲音漸漸弱下去，世界又恢復了沈沈的寧靜。

天亮了，一個背著帆布包的人一跌一滑走過來。這人拄著根棍子，一邊走，一邊從厚厚的棉衣中伸出長脖，向這邊張望。

天冷得出奇，雪凍了一層硬殼。拄棍子的人一跌一滑，走得很費力。忽然，他跑起來。他看到，他昨天埋設的鐵夾子跳出雪面，夾上了一隻黃色的小野獸。

這是一隻黃鼠狼。

這個人是偶然在這一帶發現黃鼠狼蹤跡的。他看出，這隻黃鼠狼總愛到一個舊兔子洞去溜溜。他找了一對兔子腳，用這腳在雪地上按下一行假腳印。

「哈哈，」拄棍子的人笑了，嘴裏滾出大團大團的霧氣，「你上了我的鈎了」，他用小棍敲敲黃鼠狼，黃鼠狼已凍得硬梆梆。

拄棍子的人站在獵物旁邊，驕傲地昂起頭……他希望周圍能有人，看到他。這時候，他發現了舊兔子洞頂的一小堆白雪。

「兔子，哪裏逃！」他大吼一聲，拔步掄動棍子，撲上去。

那兔子沒動。他跑到跟前也沒動。

「獵人」奇怪起來。他小心地拎起白鬍子白毛、瘦得像捆乾草似的老兔子，打量來打量去。

他不明白，這隻兔子又沒有被夾著，爲什麼會活活凍僵在這兒。而眼睛，還睜得大大的，目光中凝聚著一片焦急？

風在刮，灌木枝在「咔咔」響。

那是灌木枝的皮凍裂了。

白鵝警衛隊

瞧鵝那細細的長脖子，走路一搖一擺、蹣跚而行的姿勢，誰能在乎牠們！牠們有獠牙嗎？有爪子嗎？會咆哮吼叫嗎？

現在，高老倌兒卻要養這麼一群鳥兒看守他的葡萄園?!

一

我們村高老倌兒養了一群鵝當警衛隊，真是笑死人了。

別人家都養大狼狗看家護院。那狼狗，小驢駒一樣高大，肥肥的，兩隻耳朵豎在寬寬的大腦袋上，不住地前後搖動。大嘴張開，一圈兒尖利有力的牙齒，發出閃閃寒光。見了生人，「嗚——，嗚——」，從黑乎乎的鼻孔中滾動出十分可怕的咆哮。莫說撲上來，就是這樣冷冷地盯著你哼幾聲，你的神經也抗不住，準得小腿肚子轉了筋。

可鵝呢？鵝是鳥兒啊，而且是吃水草的鳥兒。瞧那細細的長脖子，走路一搖一擺、蹣跚而行的姿勢，黃黃的、長著蹼兒的腳，誰能在乎牠們！牠們有獠牙嗎？有爪子嗎？會咆哮吼叫嗎？說實在的，每當鵝們搖擺著大屁股從我面前走過，我就禁不住想一把攥住那高高豎起的細脖子，提起來，掂一掂，看看牠們到底有多重。

現在，高老倌兒卻要養這麼一群鳥兒看守他的葡萄園。

高老倌兒說，別看鵝是鳥兒，可是厲害得很呢。知道鵝的祖先是誰嗎？天鵝！天鵝在湖泊河流中游來游去，誰敢欺負牠們呀？黃鼠狼，狐狸，還有野狗，見了天鵝就趕快逃跑。跑得慢了，要被啄掉肉兒的。那狐狸、野狗，可都有獠牙利齒。你們小孩兒要特別當心，不要招惹鵝。你們細皮嫩肉，經受不住啄。一啄，肚子就破了。裏面的腸子，「嘩啦」就出來了。

他一面講一面打量我們的肚子，黃黃的眼珠在我們的肚子上溜來溜去。經他這麼一講，幾個小不點兒，臉上罩滿恐怖的神色，趕緊捂住了自己的肚子。於是，「哄」，圍著老倌兒的大人們都笑起來。高老倌兒也摸著光光的下巴笑，笑得「吭吭」直咳嗽。

這時，「摸一把」擠進人群，一邊笑一邊搶白高老倌兒：「哎哎，我說，別嚇唬小娃子。我看是你老倌兒愈有錢愈小氣。養狗得餵肉，還得打狂犬病疫苗。養鵝呢？只要一把草，還能收鵝蛋，你這算盤打得真是精明透了。不過呢，鵝當警衛，只能嚇倒小孩子。」

「摸一把」說完，撇撇嘴，順勢在我腦袋上拍了一下。我惱了，猛一掙，梗起脖子。

大家又「哄」地笑了。

「摸一把」歲數不大，是我們村出了名的混混。光聽他這雅號，就知道他是個什麼人了。不過，這一回，沒有誰駁斥他。大家還是笑，有幾個人的眼光裏還有對他一番話的讚許。高老倌兒也沒說什麼，也還在笑。

二

儘管如此，村裏的大人們都承認，高老倌兒的腦袋瓜確實不同一般。平時他好嚐試新鮮玩意兒，而且還經常看書看報。這樣，他的日子就比村裏那些光知道埋頭種地的人家好過多了。

比如說，他在電視上看見人家鄰省一個村種人參果，立刻就坐火車汽車跑去取經，回來就在自己的院子裏種起來。幾個月後，他的果兒一下架，立刻就被縣裏、市裏的賓館搶買一空。等村裏的人都種起人參果，他不種了。而這時候，由於人參果太多，價錢早跌下來。

我吃過人參果，那味道，還不如番茄。我爹說，現在的城裏人，吃的就是個稀罕。

現在，高老倌兒的院子裏，又改種了葡萄。

葡萄在我們這一帶種的很少，人們不習慣種這一嘟嚕一串的東西。大家都知道這東西好吃，但至多只是在院子角種上一架，甜一甜自家孩子的嘴巴，從沒有想到過賣錢。可高老倌兒想到了，他在自己那一畝多地的院子裏，用水泥柱子搭起一溜一溜的葡萄架，種得密密麻麻的。

去年，他的葡萄初次結果，稀稀拉拉，果兒也小。他剪下來，送給村裏人品嘗，大家都說品種不錯。今年，他的院子裏，藤兒爬滿了架，葉子茂茂實實，就像在院子中搭起來一個大棚子。他說，今年的葡萄不能當禮品了，要上市場了。不然，這三年下的本錢就撈不回來了。

因此，他要養一支警衛隊，給他看守果子。他買了幾窩小鵝，就放養在院子裏的葡萄架下，也不給牠們搭窩，由著這些毛茸茸的小東西到處亂跑。鵝拉的屎，他和他老伴兒每天清掃後，就埋在葡萄藤旁邊。

這些鵝都是白鵝，長得飛快。我們放暑假的時候，這些羽毛潔白的鳥兒已經長到我們腰部那樣高了。

三

白天，高老倌兒的白鵝警衛隊在村旁的窯坑裏戲水。這個時候，他家裏的人出來進去，是用不著警衛隊站崗值班的。

高老倌兒就住在村邊。窯坑在村外，離他家不遠。那坑是過去人們燒磚取土挖成的，下雨蓄起了水。水面有十幾畝大，坑邊長了一圈兒綠蔭蔭的柳樹。不知爲什麼，多少年了，沒有人在這兒種藕養魚。

高老倌兒的白鵝成了這個荒坑的風景。人們出村進村，從這兒過，看到鵝群，都說窯坑有了生氣。白鵝們一窩爲一群，像艦隊一樣在清清的水面上游弋。牠們昂起長長的脖子，白色的身體浮在水面上，黃色的、帶蹼的腳在水中輪流划動著，於是便穩穩地衝開平靜的水面，前進了。村民辦小學的小學生們在老師帶領下，經過坑邊，便一齊大聲嚷嚷：「鵝，鵝，鵝，曲項向天歌。白毛浮綠水，紅掌撥清波。」

鵝們在水中游來游去，尋覓水底的水草和野魚崽兒吃。有時高興起來，便半立在水面上，揮動大翅膀，「啪啪啪啪」，把銀亮的水花打得四處飛濺。「哏兒嘎，哏兒嘎」，牠們這樣叫著，聲音十分歡快，比任何一個男歌星女歌星的歌兒都好聽。

有時候，牠們會從水中跳起來，掠著水皮兒飛出十幾米，然後重新落回水中，抿起翅膀游來游去，彷彿剛才什麼事兒也沒發生過，牠們不曾有過劇烈的、飛離水面的壯舉。

吃小雨小蝦和水草，是鵝們的加餐，或者說是零食。牠們的正餐還是在高老倌兒的院子裏。每當聽到那座院子中傳來「嘭嘭嘭嘭」敲打破洋鐵桶的聲音，鵝們便豎起脖子，停止嬉鬧，你看看我，我看看你，然後便一隻跟著一隻爬上岸，搖搖擺擺地向栽滿葡萄藤的大院走去。這時候，牠們也叫，「哏兒嘎，哏兒嘎」，好像是在互相招呼：「走吧，快走吧，咱們回家吃飯去啦。」

有一次，我經過水坑邊，看見牠們在夕陽下蹣蹣跚跚地走著，突然想起高老倌兒說鵝是多麼多麼的厲害，於是便想嚇唬嚇唬牠們。我把腳跺得「噗通噗通」響，把手攏在嘴邊，「嗚——，嗚——」，學大狗咆哮。鵝們警惕了，脖子高高揚起，一邊揚，一邊左右轉動腦袋，並且腳步加快了，雪白的大屁股不住地擺動。我假裝追趕牠們，跺著腳向前跑，嘴裏繼續「汪，汪」裝狗叫。鵝們慌了，隊形亂了，一邊大叫，一邊跑，有幾隻還胡亂拍打起大翅膀，掉下幾根糙白色的羽毛……

我樂了，一邊跺腳，一邊拍打著屁股。白鵝警衛隊難道就是這個樣兒？牠們還看守葡萄哩！乾脆吃飽了玩水去吧。

路過高老倌兒門口，我也大聲嚷起來：「鵝，鵝，鵝，曲項向天歌……」

四

探頭看看高老倌兒家的院子，大棚似的葡萄架上垂下一嘟嚕一嘟嚕的葡萄。葡萄珠兒已經長得很大了，每一個珠兒都綠油油、鼓溜溜的，掛著糖霜。這種品種的果兒就是這個顏色，別看綠得像翡翠，已經成熟了。也許再過幾天，高老倌兒就要揮動剪子咯嚓咯嚓收摘了。

想起去年品嘗這種葡萄時的味道，我一連咽了好幾口口水。

「喂，怎麼樣？」一個叫六指的小夥伴叫住我。這小子伸出手在空中掐了掐，做了個摘吃葡萄珠兒的動作。

我的口水又溢滿口腔，但我沒吭聲。

「哼，膽小鬼。你是怕白鵝警衛隊啄你吧？」六指鄙夷地瞥了我一眼，要走。

我被激怒了：難道我是膽小鬼？我怕過什麼？我敢拎起蛇的尾巴抖，你小子那時候只會閉住眼尖聲叫喚！

「只摘一串。」我說。

「好啊。」六指歡快地答應，小鼻子小眼睛笑得擠到了一塊兒。

這天中午，大人們午睡的時候，我們倆偷偷爬上了高老倌兒家的牆頭。村子裏靜悄悄的，高老倌兒的家也靜悄悄的。炎炎烈日下，只有遠遠近近的知了在不知疲倦地鳴叫著。葡萄葉兒泛著刺眼的綠光，把葡萄架下面遮了個嚴嚴實實。白鵝警衛隊在哪兒？中午，高老倌兒餵過食，就關上院門，不放警衛隊員出去了。

不就是鵝嗎？管牠呢。我和六指互相看看，翻下了牆頭。

這一下可熱鬧了。

「哏兒嘎哏兒嘎」，鵝們在黑乎乎的葡萄架下大叫起來。我心慌了：鵝，我是不怕，可牠們這是在報警呀！我正不知該怎麼辦才好，只見一隻隻白色的影子連飛帶躥地撲了過來。

我心虛了，慌忙轉回身，跳起來就向牆頭上爬。可哪兒還逃得了，「啪」，一隻大翅膀帶著風在我胳膊上抽打了一記。喔唷，好痛！胳膊像是折了。我不敢鬆勁，還是忍著痛向上爬。

「梆」，後腦勺又被一隻大嘴猛敲了一下。

「哎呀」，我痛極了，忍不住手一鬆，「噗通」又摔回到院裏。雖然鵝的嘴沒有利齒，可卻能像鐵錘一樣敲砸人，這是我從來沒有想到過的。這一刻，我覺得如果我的腦袋是顆南瓜北瓜，就這一敲，準得被敲出個透風窟窿，露出裏面的瓜子瓜瓤！

我剛想哭，忽然聽見了嗚嗚哎哎的悲慘哭叫聲。這是六指！我不哭了，立刻來了勇氣，急忙奮勇跳起來，拳打腳踢著去救他。

然而，眼前到處是撲來撲去的白色影子，耳朵裏灌滿了「哏兒嘎」的大叫，而那抽過來搧過去的大翅膀，刮起的風又吹得我眼睛酸澀。還沒等看清六指在哪兒受罪，身上早已經挨了許多有力的抽和啄。

最危險的是腦袋，飛躥過來的大鵝在我腦袋上亂踹，踹得我眼珠一次次差點爆突出來。其中有一隻大鵝甚至跳起來在我眼睛下啄了一口，叼著那兒的肉亂撕亂擰。我眼前黑了，招架不了了，不知怎麼樣才能逃出重圍，不由得也「哇」一聲哭叫起來。

「誰呀？誰在那邊？」一畝多地大的院子那頭，傳來了詢問聲。接著，透過葡萄架，聽到門響了，一隻破鐵皮桶「嘭嘭」敲起來。「鵝鵝，過來！鵝鵝，過來！」高老倌兒正在急急地招呼。

攻擊減弱了。有幾隻鵝站住豎起脖子，有幾隻轉回身，「哏兒嘎莨兒嘎」大叫，搖擺著大屁股跑了。我和六指嚇破了膽，趁這個機會，急急忙忙爬上牆頭，翻了出去。我們根本就沒有看清眼前的葡萄串是長是短，能不能摘。

看看自己身上，傷痕遍體，慘不忍睹。

白鵝警衛隊，哎吆，真是厲害！

五

就在我們領教白鵝警衛隊威風的那一天，夜裏，有兩個警衛隊隊員犧牲了。

消息傳來，我們很害怕。後來，又有消息說兇手是「摸一把」，現場有他掉的一隻拖鞋，一把剪刀。這樣，我們才鬆了一口氣。

消息愈來愈多，事實也愈來愈清楚。說是「摸一把」在半夜裏光顧高老倌兒家的院子，擰開了院門上的鎖。但他還沒有來得及摸一摸葡萄，就被白鵝警衛隊發現了。黑暗中，白鵝們眼睛看不清，聽著聲音亂撲亂打，「摸一把」刺死兩隻鵝，帶著一身鮮血逃走了。

白鵝們失去兩個戰友，再也無心吃食，無心戲水，終日悲叫不已。高老倌兒心都碎了，一怒之下，帶著兇手留下的兇器、拖鞋和兩隻死去的白鵝，去鄉派出所報了案。

報案回來，村民們議論紛紛，有的勸老倌兒趕快撤案，說是大家都是鄉親，擡頭不見低頭見，別為兩隻鵝弄得成了仇人。再說，「摸一把」的姐夫是縣公安局的頭頭，是親三分向，恐怕鄉派出所根本不會管這個案子。

高老倌兒一聽，更火了，說：「好，不上派出所了，我上法院。現在是依法治國，我上法院去起訴這個不走正道的二流子。我得為死去的白鵝討個公道。白鵝為我看家護院，我不告『摸一把』心裏有愧。」

沒有想到，就在高老倌兒大張旗鼓，又是寫狀子，又是請律師，準備上縣法院喊冤叫屈的時候，鄉派出所的民警帶著「摸一把」上門道歉來了。「摸一把」提著禮物，滿身滿臉都是傷，眼旁一塊青斑，頭髮掉了兩綹，胳膊和腿上橫七豎八，佈滿紅道紫道，像是被棍子打的，也像是被鞭子抽的。最嚴重的是耳朵，耳輪被撕裂了，有半截兒幾乎掉下來，又被醫生縫到了一起。那半張臉貼著膠布，腫得泛光。

「哎呦，哎呦，我算服了你了。你的白鵝警衛隊打得我頭暈眼花。有一隻啄著我耳朵，使勁撕扯，撕得我耳朵還連著一點皮，我逃跑牠都不鬆口……哎呦，疼死了。」「摸一把」最後說。他呲牙咧嘴，舉手要摸摸耳朵，但是沒敢摸。

看到「摸一把」狼狽樣兒，高老倌兒心軟了，決定不再到法院起訴。但他狠狠訓斥了「摸一把」一頓，他說：「你年紀輕輕，不要總是做偷雞摸狗的事兒。那是個缺德的勾當，終究要吃虧的。鵝是鳥兒，可鵝耳朵靈得很，又不怕死，別看平時文縐縐的，誰要侵犯牠的窩巢，牠決不罷休，非要拚個你死我活才罷休。歐洲就有人養鵝看守倉庫，這是很成功的經驗，你知道嗎？你不讀書不看報，愚昧無知，哼。」

高老倌兒放走了「摸一把」，也沒有收他的禮物。第二天，老倌兒又趕集買回幾隻鵝，白鵝們這才不叫了。

關於「摸一把」上門道歉這件事，村裏有許多猜測。有人說，這是鄉派出所的主意。一方面教育了『摸一把』，另一方面，又沒有得罪他的姐夫。也有人說，什麼呀，這是「摸一把」的姐夫叫派出所這樣幹的。那人是個又明事理又公正的好人。——到底是怎麼一回事，誰也不知道。但無論如何，「摸一把」從那以後，著實老實了一陣子。

我和六指也被家裏人狠狠地數說了一頓，說我們這樣做跟「摸一把」沒有什麼區別。這讓我們非常臉紅。當我們走上大街，村裏人看著我們的傷「哄哄」地笑，羞得我們好久不敢人前走，不敢和小夥伴們一塊玩兒。

這一年，高老倌兒家的葡萄一粒也沒有丟，獲得了大豐收。村裏再沒有人笑話他養鵝做警衛隊了。有幾戶人家打算在院子裏種葡萄，也要養鵝。

四眼狗

我回頭，小四眼狗正怔怔地望著我們。是不知道我們一家要幹什麼呢，還是在思索牠該往哪裏去？「走吧，可憐的小東西。這一家人不喜歡你，去找你的家去吧。」我在心裏說。

一

爹從水裏撈起一條狗。

他沒費什麼力氣，只是騎在大柳樹最低的那根粗枝上，彎了彎腰。

他的腿就浸在水裏。

我們一家都騎在這棵大柳樹高高低低的粗枝上。

這是一條細腰細腿的小狗，濕淋淋的一身黑毛，兩隻眼眉上各有一塊小鈕扣般大的白斑。白斑圓圓的，像是濺上的兩點兒白漆，也像是香煙頭燙出的疤，還像是小狗翻著的另外兩隻眼睛的白眼。總之，這不是個叫人看了心裏舒服的長相。

弟弟卻很喜歡，咧著嘴，把小狗放在樹杈上。一會兒摁倒牠，一會兒又拉牠站起；一會兒教牠像人一樣敬禮，一會兒又教牠唱歌說話……小狗的身軀比貓大不了多少，簌簌地抖，身上的水便順著毛稍兒淌下去，淌到樹杈，又順樹幹淌到樹下渾黃的水裏。

樹下渾黃的水正滾滾東流，無邊無際。

這場大水說來就來了。

這是我上小學四年級那年的事。這純粹是一次意外事故。接連下了幾天雨，天已經放晴，上游的水庫卻決了堤，渾黃的大水一泄而下，周圍幾百里剎時變成一片汪洋。我們一家只來得及跑出村口，水便洶洶地漲到了腰部。慌亂中，爹把我們架上路旁的一棵大柳樹。

幸好是白天。

這是棵有些年歲了的大柳樹，樹身水桶般粗細。大水噴著泡沫、打著漩兒沖刷著樹身，大樹只是拂動樹枝，傲然屹立。

娘解下腰帶，把自己綁在樹上，一邊騰出手扶住身邊的弟弟，一邊唉聲歎氣。爹陰沈著臉，坐在最下面一根橫枝上，看著滾滾滔滔的大水，一聲不吭。我心裏沈甸甸的，在想，恐怕要有好多天上不了學了。

弟弟沒見過一家人都上樹，更沒見過這樣浩浩淼淼的大水，騎在樹枝上不是搖就是晃，一會兒又拍手打掌，嚇得娘一驚一乍。「狗，一隻小狗，哥，快看！」忽然，弟弟喊起來。

我坐在他下面。順著他的小手，我看到了，十餘丈以外，一團黑東西正漂過來。那是一隻小腦袋，沈沈浮浮，在渾濁的大水中掙扎……這小東西不知支撐了多久，看來也沒力氣了。

「爹，撈上牠，我要。」弟弟俯身向爹嚷。爹坐得最低，離水最近，腿就浸在水裏。

「嘿，這是什麼時候，狗屁不懂！」爹仰臉喝罵。

他平時話不多，也很少罵人。

是哩，這個危險時候人還難說保住保不住，還要狗！剛才，漂過了許多家具和大樹，爹也沒撈。

「不麼，我要，我要。」弟弟剛剛還興高采烈的腔調變了，摻進了哭音。

「他爹，撈上來吧，這麼大水……好歹也是條命呀。」媽摟緊弟弟，說。

娘說了話，我便從樹上往下出溜。「別動！老老實實坐好。」爹怒喝。

我不敢動了。

當小狗載沈載浮就要漂過樹下時，爹彎了彎腰。

「哼，四眼狗！」我聽見，爹咕噥了一聲。

二

弟弟餓了，沒心思和小狗逗著玩了，撇下小狗，一頭鑽入娘懷裏，又是哭又是鬧。娘沒辦法，又是拍又是打，不行再講故事，哄他睡……逃出來時倉促，沒帶吃的。這大水連天的，又到哪兒找食物呢？

小四眼狗沒有叫，戰戰兢兢地站在樹杈上，看看弟弟，看看娘，又仔細地低頭端詳我和爹的臉。牠的毛兒早乾了，小耳朵軟綿綿地耷拉著，小尾巴也軟綿綿地耷拉著……實在累了，站不穩了，牠便探頭看看樹下滔滔東流的大水，一點兒一點兒挪著，轉著，選一個比較可靠的地方，慢慢彎下後腿坐下來。

這時候，牠的小眼睛裏滿是憂鬱。而每當爹或娘怒聲呵斥，或是我們中的哪一個煩躁得拍樹幹，站起來，牠便也急忙站起，驚慌地盯住那個人。

牠肯定也餓了，肚子裏的水早排了出去，肚子癟癟的，腰兒更細了，可牠就是不叫。如果不計弟弟扳痛了牠的爪子，呻吟那兩聲，一天一夜中，牠連哼也沒哼過。

牠不過是個未滿半歲的小狗娃娃呀！

也許，牠知道，這是一場大災難，哼也沒用。也許，牠知道，眼前的這家人是初相識，還沒打算把牠也列入家庭成員中。

是的，這家人自己也餓著，煩惱得很，怎麼能顧到牠呢？

一天過去了，又一夜過去了。天剛濛濛亮，娘叫起來：「他爹，水退了，水退了哩！」她的聲音裏透著遏止不住的驚喜。

這一夜，她根本沒睡。

全家人都睜開了眼。真的，熹微的晨光裏，大樹下沒了波濤，大樹周圍也露出了小草。通向村子的路，淤積著一層泥漿，有些地方還汪著一小片一小片的水。

爹急忙解開腰帶，我也急忙解——夜裏，我們也學娘的樣子，把自己攔腰綁在樹上。我擡了擡頭，嘿，小四眼狗正俯身看我，歡歡地搖小尾巴。這一夜，不知牠怎麼過的，竟然沒有掉下去。「去！」我吆喝。小狗吠吠地哼著，急忙蹲下了。看得出，牠黑亮黑亮的小眼睛裏，也滿是高興。

樹下的泥漿稀溜溜的，冰涼。可稀薄的泥漿下面，畢竟是硬地。我和爹接下弟弟，又接娘。娘下來前，先把小狗遞給了爹，爹像扔一件東西，「噗」，把小狗扔在了泥漿裏。小狗沒有叫，爬起來，抖抖身子，抖掉渾身的泥水。

娘下來樹，一家人活動活動腿腳，便踹著泥漿，劈裏啪啦往家跑。我回頭，小四眼狗正怔怔地望著我們。是不知道我們一家要幹什麼呢，還是在思索牠該往哪裏去？「走吧，可憐的小東西。這一家人不喜歡你，去找你的家去吧。」我在心裏說。

我們跑遠了，小四眼狗也決定了牠的去向。牠撅著小尾巴跑起來，跑得飛快，像在泥漿中滾，一溜煙跟著我們跑進了家。

三

小四眼狗是暫時找一個棲身之處，還是想永久在我們家住下去？

沒有人研究這個問題，一家大小都忙得喘不過來氣，左鄰右舍也都忙得喘不過來氣。我們家的房子沒倒塌，糧囤和衣服被褥也沒沖走。我娘養的那群雞真機靈，大水漫上來時，都飛上了房頂。有一隻，還在房頂一角下了個蛋。看到我們歸來，雞們拍打著翅膀咕咕咯咯地大叫，像是非常高興，歡迎大家劫後重逢。

我家那口半大豬在我們進院後不久，也哼哼著，帶著滿身泥漿回來了。一進院，牠就直奔泡塌了的豬圈，連刨帶拱，像是在尋找心愛的東西……豬會游泳，大水沖進豬圈時，這傢伙浮水跑走了。一天一夜中，恐怕也找了個水淹不到的地方躲起來。

大水上得快退得也快，我們村地勢又高，沒有重災戶。只是，災後恢復生活和生產，實在太累人。

我們家的糧囤和櫃子浸了水。檢查完災情，我爹便吆喝我幫他曬糧食。我家沒有女孩了，糧食剛運上房，我娘又吆喝我幫她搬浸濕的衣裳被褥。櫃子也擡出去曬了，爹便招呼我同他一道清理牆上塌落的土，和屋裏落地的淤泥。娘呢？清理鍋竈，又叫我趕快攤曬燒火做飯用的柴草……

我那個弟弟也沒閑著，娘給他弄了點兒吃的喝的，拍拍肚皮，便和他那一撥光屁股小朋友滿街瘋去了。到處都是泥，到處都有小魚小蝦歡蹦亂跳的小水窪，他早忘了他要爹爹撈上來的那隻小四眼狗了。

我對小四眼狗的行蹤也不甚了了。

小四眼狗為什麼要到我家來？牠原來的家在哪兒？牠回不去了還是早被人遺棄了？誰也不知道牠的歷史。我被爹娘吆喝得頭暈目眩，被一個緊搭著一個的活兒弄得筋疲力盡，根本顧不上觀察觀察小狗的表情，也根本顧不上想一想有關小狗的問題。

我只記得，我們查看受災情況時，牠在院門口站了好一會兒，弟弟叫牠進來牠也不動。我和爹上梯子往房頂運糧食時，牠好像在院子裏，沿著牆根四處嗅。我和娘整理鍋竈，牠似乎闖進了廚房，嗅嗅麪缸，又嗅了嗅風箱。至於牠吃了點兒什麼沒有，臥沒臥一會兒，我就不知道了。

天黑時，一家人已經折騰得腰疲腳重、渾身軟綿綿的了。爹和娘掙扎著給我們弟兄倆鋪好炕，便去關屋門。這時候，爹怒喝了一聲，接著便聽到「嗚兒汪」的一連串哀叫，門「吱扭——砰」地關上了。

不消說，小狗也想進屋睡覺，被爹踢出去了。

我太睏乏，眼皮沈重得像墜了鉛，怎麼也睜不開。只一秒鐘，便睡熟了。

四

一天兩天，一個星期，小狗都在我家院子裏過夜。

看來，小狗不走了，在這兒安家了。

仍然沒有人歡迎牠。

天熱，牠在院子裏睡。下雨，牠就躲到門廊下。

牠可以隨意在這座院子裏安身，但若走，也沒有人會留牠。

雞有窩，豬有窩，小四眼狗沒有窩。爹不喜歡牠，不趕牠走，可也不給牠搭窩。娘無所謂，可她搭不了窩；我不給牠搭，我太忙。家裏的事兒田裏的事兒沒忙出個眉目，學校就通知我們返校了。學校離家七里地，早出晚歸，哪兒有時間呢？

至於弟弟，不折磨小狗就不錯了，能指望他？再說，他會做什麼？連積木也搭不好哩！

小狗長得很快。我和弟弟的個頭還沒見增高，小四眼狗已經變成條大狗了。當牠受到威脅，或者對誰不滿，常常像成年狗們一樣，從喉嚨深處擠出駭人的嗚嗚聲。見了母狗，牠也學會殷勤地搖動那根可笑的禿尾巴。

只是，牠的樣子還是不討人喜歡。細腰細腿，沒有狼狗那種凜凜威風；毛兒細軟，也不像獅子狗那般蓬鬆可愛。眉毛上方那兩塊白斑，不僅沒有讓歲月的風雨磨洗掉，反而更大更圓了，讓人一見就不舒服。

不過，自從四眼狗住進院子，我家的雞再也沒有被黃鼠狼抓走過。

看到四眼狗，我有時也納悶，牠長得這樣快，都吃什麼呢？

我問過娘，娘說：「咳，我沒有正經餵過牠。咱家的日子這麼艱難，涮鍋水也是稀啦啦的，豬都吃不飽，還餵牠？我倒是見過牠小時候，在豬食槽裏撿食吃。」

我知道娘。我家的雞她也很少餵糧食，總是一打開雞窩門，就把雞轟出去打野食。我們村其他人家也是這樣。村東頭一戶人家的雞，曾跑到我們學校操場上轉呢。

那個年代，生產隊的收成總是不好，人們分的糧食不敢有一點兒浪費呀。

可沒人餵四眼狗，牠怎麼能長大呢？

謎還是被我揭開了。

春天裏的一天，我上學去。走出村口，老遠就看見四眼狗在麥田裏走來走去。我叫牠，牠只是看看我，並不過來。我正生氣，牠飛快地跑起來，黑黑的身軀，在蔥綠的麥苗上躥來躥去。「這傢伙耍什麼瘋呢？」我一邊走一邊想。

忽然，麥壟間傳出「吱」一聲尖叫。四眼狗擡起頭，猛地一甩腦袋，一團黑乎乎的東西飛過來，「噗」地落到路上。我吃了一驚，嘿，一隻尾巴長長的大老鼠，鮮血淋漓，四爪顫顫，掙扎著要爬起哩。

四眼狗迅猛跑過來，一爪踩住，看也不看我一眼，咬住便跑回麥田，臥下吃起來。

我明白了，這是四眼狗的早餐，還是葷的。

怪不得四眼狗長得那樣快。

是啊，沒有人餵，牠也要活下去。小小年紀，饑餓逼迫牠學會了打獵。好在人民公社的田野裏打不出多少莊稼，老鼠卻成群成陣。

不知為什麼，我的鼻子裏酸酸的。

五

天氣悶熱得出奇。

動也出汗，不動也出汗，搖著扇子還出汗。扇子搧來的風，熱乎乎，潮膩膩，拂過人身體，照樣不爽快。

天黑下來，仍然一點降溫的意思也沒有。

娘在院子裏鋪上涼席，讓我們弟兄倆躺著，她和爹一人一張板凳兒，坐在旁邊，一邊給我們搧扇子，一邊說話。

四眼狗臥在離涼席不遠的地方，頭枕在兩隻伸出的前爪上，吐出長長的舌頭，咻咻地喘氣。狗沒有汗腺，天熱，比人還難受。

黑暗中，四眼狗突然昂起頭，豎起耳朵，快速搖動起來。片刻之後，牠一下子跳起，好像遇到了強大的敵人，瘋狂地怒聲大叫。我坐起來，爹娘也不說話了，大家順著狗的目光看過去，夜色沈沈，大門關著，牆頭高高，院子裏除了我們一家，什麼也沒有。

當我們把目光再落到四眼狗身上，這傢伙不叫了，搖搖尾巴，重又臥下了。

這傢伙耍什麼神經？這大熱的天！「壞蛋，我去打牠！」弟弟爬起來，揮揮小拳頭，娘又按倒了他。「牠叫牠的，你歇你的，幹什麼？」娘吆喝。

院子裏重又安靜下來。

大地熱騰騰的，涼席早烘透了，不再有一點爽氣。我和弟弟翻滾著打鬧了一會兒，汗水便順著頭髮往下淌。我們煩躁地抹一把汗，甩出去，誰也不再說話。悶熱，悶熱得如此邪乎，我們連玩的心緒都沒有了。

天上的星星不斷地眨眼，小樹的枝葉動也不動。村裏有狗叫，有驢鳴，有人在吵鬧。村子外，蛤蟆「咕呱，咕呱」叫成一片，叫得人心煩意亂。

「他爹，這模樣，是要下大雨了吧？」

娘問。

「嗯。」

爹應答。

「天這樣熱，一輩子也沒有遇到過。」

娘又說。

「嗯。」

爹還是哼。

「你去點艾蒿吧，早一點讓孩子回屋去睡，別淋了雨。」

爹沒動。他大約是想讓我們在院子裏多涼快一會兒。

艾蒿是一種有特殊臭味兒的野草，割來曬乾，點著熏煙，能夠驅趕蚊子。我們這一帶的農家，夏秋季節都用它來防蚊。

我睡著了。不知過了多久，我被身邊洶洶的狗叫聲驚醒。我聽見娘在驚慌地喊：「這狗，去！這狗，呵，這是怎麼啦？怎麼咬我哩。」

我急忙爬起來，睡眼惺忪，看到我娘抱著弟弟，要進屋，四眼狗堵著門口，正衝她狂叫。

剎那間，我的睡意全消。

爹在屋裏，可能在鋪炕，聽見娘喊，噔噔噔噔跑出來，看到娘的情景，猛然踹出一腳。四眼狗飛起來，重重摔到了院子裏。

爹這一腳不輕，四眼狗的大叫變成了慘叫。「嗚兒嗚兒嗚兒，」牠爬起來，夾起尾巴，害怕地躲到了院門旁邊。

爹身上一股艾蒿煙氣。他接過弟弟，抱進屋。娘轉身來叫我，我站在涼席上，剛要把腳伸進鞋裏，狗又竄過來，擋住我，膽怯地輕輕叫：「嗚兒，嗚兒。」我吃了一驚，「唰」地把腳縮了回來。

「咬著沒有?咬著沒有？」娘慌了，連連問。

四眼狗趕快夾起尾巴，躲到了一邊。

「沒有。」我說。

我進了屋，正要脫鞋上炕，四眼狗風也似地跑進來，一口叼住我的大褲衩。「嗚兒嗚兒，」牠叫著拖我。我趕快提住褲衩，一彎腰，下巴磕在炕沿上。

爹急了，跨過來又踢了一腳，四眼狗一跳，躲開了，我的大褲衩卻「嘩哧」一聲撕開一個大口子。

四眼狗很害怕，乘爹急急來看我屁股，「呼」地竄出了屋。

我的屁股沒事，只是褲衩撕了。「反了，反了！」爹鬆了一口氣，但仍然惱怒地叫。

「狗沒有咬我，牠是拖住我，不讓我上炕，」我解釋，「其實，你不踢牠，我的褲衩破不了。」

爹不吭氣了。

狗又在門口大叫起來，好像如臨大敵。遠遠近近的狗也都開始大叫，瘋狂的狗叫聲響成一片。

「這是怎麼了？要出啥事？」娘看看爹，看看我，燈光下，滿臉疑惑，「有點反常是不？」她反身趴到了窗戶上。

看了一會兒，回過頭，說：「看不到什麼呀？……那會兒，狗也不是咬我，是攔住我，不讓進屋。」

爹轉身到屋外去了。

我爬上炕，爬到玻璃窗邊，把臉貼在玻璃上向外看。夜色裏，狗不叫了，蹲在不遠處，警惕地看著爹。爹在屋門口站著，仔細巡視著院子，牆頭，天空。

天上沒有了星星，好像籠罩上了烏雲。

爹回來了，還沒有坐下，狗又在院子裏大叫起來。叫了一刻，狗也跑進了屋。牠怯怯地看看爹，看看娘和我，「嗚兒，嗚兒」，小聲地哼，像在呻吟。忽然，牠走向爹，低頭咬住了爹褲腳，「嗚兒嗚兒，」牠一邊哼一邊看爹臉色，接著便一下一下拽爹，要爹跟牠走。

牠竟然不怕爹再踢牠。

爹沒有動，可也沒有發怒。

「他爹，狗這個樣，是不是要鬧大水？」娘忽然想到，「這狗小時候差點淹死，最怕水……」

「不像。」爹說。

狗還在拽爹的褲腳。燈光下，狗的嘴角有一縷紅紅的東西淌出來。我看清了，那是血！

大概，爹那會兒踢傷了牠。

「嗚兒，嗚兒，」狗愈來愈焦急，哼著，像在乞求。

村子裏靜了下來。狗不叫了，蛤蟆不叫了，小蟲兒的鳴聲也沒有了，天地間一時靜得出奇，彷彿，只有我們一家的呼吸聲和四眼狗的哀求。

爹忽然抱起睡得死豬一般的弟弟，風一樣跑出了屋。「快，出去，都出去。」他嚷。

天空閃起怪異的藍光，大地深處響起駭人的轟鳴。我們坐在院子中，就像坐在波顛浪搖的小船上。我們面前，堅固的房子跳了幾下，轟隆一聲塌成一片廢墟……地震，幾輩人都沒有見過的大地震，發生了。

整個村子都在哭泣，呻吟。我們家沒有傷著一個。……弟弟醒了，見爹正一手摟著他，一手摟著四眼狗。

清涼的風兒開始吹起來。

雪山傻熊

老悶兒撓撓大樹，嗅嗅小草，冥冥中，忽然覺得活在這兒最好，這兒才是適合牠的世界。

不知怎麼，傻熊模模糊糊想起幼年時，媽媽帶著牠和妹妹在山林中的生活。立刻，牠對這個世界又從心底湧起一種久別重逢的感覺。

一

在長白山區的峰峰嶺嶺中，有一座高山聳入雲霄。

這座高山伸出許多條山脊和山谷，從隱沒在雲霧中的山頭輻射而下。

在高山曲折蜿蜒的山脊上和山谷中，到處生長著一望無際的森林。

在森林的邊緣以及林間空地，填補空白似地，生長著成片成片的灌木。

圍繞著大樹和灌木叢，是鬱鬱蔥蔥、開著各種花兒的一片片野草。

這些綠油油的樹木和高矮不齊的灌叢野草，覆蓋著大山，使大山終年雲蒸霞蔚，氣象萬千。

大山連綿起伏的溝溝谷谷，與茂密的樹林、灌草叢一道，爲野生動物提供了生活的樂園。

自古以來，有各種各樣的野獸和野鳥兒在樹林裏、灌叢間跑來跑去，生息繁衍。小熊就出生在這兒。

小熊的媽媽是一頭很普通的狗熊，同牠的同類一樣，也長著黑黑的毛，胖胖的身子，小小的眼睛。胸前一塊白斑，像白襯衣翻出的領子。

這頭母熊走路也像牠的親戚朋友，腳尖稍稍向內撇，屁股一搖一擺，「噗咚、噗咚」，留下八字形的大腳印。

狗熊的日子很平靜，這種動物沒有太多的幻想和奢望。如果吃喝不發愁，便知足常樂，悠閒地腆著肚子在樹林中蹓躂。

牠們不願與兩條腿走路的人發生衝突，甚至害怕那些闖入林子裏來的人，寧願躲避這種「怪物」，悄悄度過一天又一天。

小熊的媽媽毫不例外，牠也願意過寧靜平和的生活。特別是現在，牠帶著兩個孩子。每天，牠最重要的事情，就是帶著小寶貝出外尋找食物，讓牠們吃得飽，並且不受到傷害。牠希望牠才幾個月大的一雙兒女，能愉快幸福地長大，成爲兩頭比牠還漂亮壯實的狗熊。

這一天，牠又帶著牠的兩個寶貝出了門。

七月的山間一派繁榮茂盛。

草啦，花啦，還有高高的大樹，枝葉舒展，高高挺起胸脯；松鼠在大樹枝頭跳來跳去；白臉山雀和其他小鳥在灌木間飛翔；小鹿跟著老鹿爬上山坡，走下深谷，呦呦長鳴……

狗熊媽媽呼吸著清新芬芳的空氣，心情愉快，一路走一路掀翻路旁邊的石頭和倒木。

每當這個時候，牠的兩個孩子便會一擁而上，同牠搶吃石頭和倒木下亂爬亂跑的蚯蚓和螞蟻。

兩隻小熊胖胖的，像兩隻毛絨絨的圓球，蹦蹦跳跳跟著媽媽走。

牠們一會兒打鬧，一會兒尖叫，一會兒鑽進草叢，一會兒站起來，扶著粗粗的大樹，聽樹上黃鸝鳥兒的歌唱。這倆傻乎乎的小傢伙一邊聽，一邊伸出紅紅的小舌頭舔嘴巴。

牠們還不知道憂愁是什麼，小小的心兒無憂無慮，整個兒浸泡在媽媽的愛護裏。

就要走出林子了，狗熊媽媽站住身，警惕地昂起腦袋，在東一股西一股的小風中嗅。牠在捕捉可疑的氣味兒。

過了一會兒，熊媽媽扭回頭，「吭、吭」哼了兩聲，這才重又邁開腿兒。

牠在警告小熊當心……兩隻小熊安靜下來，不再打鬧，緊緊貼在媽媽腳旁邊。

牠們聽懂了媽媽的意思：走出林子，沒了大樹的遮掩，很容易被別的動物看到。

在大自然中，成年的熊沒有誰敢隨便招惹。

但只有貓一樣大的小熊，卻是許多凶禽猛獸襲擊的目標。熊媽媽一時遮擋不到，狼，猞猁，還有豹子、大雕，就會叼起小熊便跑。

小熊和牠的妹妹，每天跟媽媽到溪邊喝水，每當走出陰暗的林子，媽媽都要這樣警告牠們。

小熊緊緊跟著媽媽走。有幾次，媽媽的大腳就要踩到貼得太近的小熊頭上，但牠好像看到了，腳一撇，踏到了一邊。

天氣真好，雲兒舒適愜意地在碧藍的天空飄動。蟬兒爬在灌木枝上「知——，知——」地長鳴。幾隻臉頰有片白斑的山雀，在前面的草叢中一邊愉快地歌唱，一邊翹著尾巴蹦來跳去，尋找草籽吃。

小熊們看看這兒，看看那兒，漸漸地，膽子又大起來。

這時候一隻野蜂振動透明的小翅膀，嗡嗡響著從一叢野花間飛起，飛過小熊面前。

小熊不安分了。牠先是愣了愣，眨眨烏黑的小眼睛，接著，便離開媽媽，鑽進草叢，去追蹤野蜂。

牠的妹妹見哥哥跑向一邊，以爲哥哥發現了什麼好吃的，轉轉圓圓的小耳朵，也連蹦帶跳跑了過去。

冷不防，牠撞到忽然停住腳的哥哥屁股上。哥哥翻倒了。這個圓球似的小哥哥爬起來，扭回身，揪住妹妹耳朵，在妹妹頭上拍了一掌。

熊妹妹尖叫起來，也要拍哥哥。兩隻小熊開始你推我搡，扭在一起，在草叢中翻滾。

熊媽媽站住了，扭回頭，「吭，吭」，再次發出警告。

兩隻小熊不打了，爬起來，爭先恐後撲向媽媽。

就這樣，狗熊一家走走停停，好不容易穿過一片高高的越桔叢，到了三棱草叢生的小溪邊。草不高，只到熊媽媽的腿部。溪水涼涼的，不深，在大大小小的鵝卵石間激起碧玉般的浪花，淙淙流淌。

這兒已是山谷底部，除了滿溝石頭和石頭縫隙間生長的灌木雜草，沒有大樹。對岸也是這樣……只是對岸更平坦一些，灌木雜草長得又深又密。幾十米外的山坡上才生有樹林。樹林不算密，看起來林子裏很明亮。

熊媽媽不走了，在三棱草叢中站住，昂起頭，圓圓的耳朵在小風中轉動。牠帶著小熊，在這兒，必須格外小心。

這個看似祥和的地方，其實是個搏殺的戰場，動物們都要喝水，於是，猛獸們總是悄悄埋伏在溪邊，等著來喝水的動物。

兩隻小熊在熊媽媽身後站了片刻，也仰頭用濕潤潤的小鼻子東嗅西嗅。只一會兒，牠們忍不住了，躥過媽媽，衝向小溪，伸出小舌頭舔起清涼的溪水。

熊媽媽觀察來觀察去，沒有發現什麼危險，也幾步跨到小溪邊，抓緊時間低頭喝起水。

小溪邊很安靜，只有鳥兒、蟬兒在身後的樹林裏叫。

就在這一刻，不幸降臨了。

「砰」，山谷裏炸響了一個霹靂。

熊媽媽猛然跳起來，緊接著轟隆摔到了，壓倒一大片三楞草。但是，牠馬上又爬起來……牠的腦袋變了形，一塊頭皮連同上面的耳朵沒有了，腥紅的鮮血咕嘟咕嘟向外湧。

「嗷——，」牠狂叫一聲，接著開始嗚嗚咆哮。

牠的小眼睛瞪出來，血紅血紅。

兩隻小熊不喝水了，在溪邊哆嗦著擠到一起，害怕地看著媽媽。

牠們不知道剛才的巨響是怎麼一回事，媽媽怎麼會變成這個樣子。

巨響的回音還在山谷裏迴盪，寧靜的小溪邊一瞬間充滿殺氣，恐怖異常。

因爲劇痛，熊媽媽身上的毛在不停顫抖。但牠還在咆哮，還在艱難地瞪著充血的眼睛觀察。

牠不能逃跑，牠身邊還有兩個孩子。牠得看看打擊來自哪個方向，敵人在哪兒。

小溪對岸靜靜的，草和灌木都沒有搖晃。

離小溪幾步之遙，有一叢紅柳。紅柳旁有一塊大石頭，大石頭後面，嫋嫋升起一縷淡淡的灰煙。

灰煙若有若無，若不是陽光明亮，也許根本就看不到。

「嗡，吭」，熊媽媽把兩隻小熊一甩，哼了一聲。接著，跳進小溪，把水花踏得四處飛濺，向對岸衝去。

子。

牠已知道了危險在哪裏，以牠的經驗，知道對方極其可怕，自己不是對手，根本救不了孩子。

但牠必須衝上去，掩護孩子，讓牠們逃跑。

兩隻小熊摔倒了，在三棱草叢中「吭哧吭哧」亂叫。

牠們還太小，沒有碰到過這樣的事，不明白在這個突然的變故中媽媽的意思。

實際上，牠們那麼小，就是逃跑也來不及了。

熊媽媽剛踏過小溪，對岸石頭後面忽然閃過一溜火光，接著，又是一聲霹靂似的巨響。熊媽媽重重跌倒在水裏，身體開始抽搐。牠還想爬起來，但做不到了。牠的腿好像很軟，身體非常沈重，而呼吸變得又急又短促。

牠掙了掙，但那是牠的意識，牠的身體一點也動不了了。

溪水迅速變紅了，像抖開一匹紅綢子，向下游鋪開去。

熊媽媽愈來愈昏暗的小眼睛看到，一個人，一個面目兇狠的惡人，從對岸石頭後面跳起來，跳進水裏，踢起明亮的水花，向小熊們撲來。

明麗的陽光變冷了，變黑了。

二

「記住，你叫老悶兒，」那個兇狠的惡人說。

惡人說話的中氣十足，聲音嗡嗡的，彷彿帶著很大的壓力。

小熊渾身哆嗦，毛兒直顫，緊緊抱住樹幹，縮成一團。

這是在山腳下的一座小院裏。

小院孤伶伶的，遠遠離開村子。

小院旁邊就是上山的路，有兩條，一條通向這面的山坡，一條通向那面的山坡。

站在小院裏，能看到兩面山坡上密密的、無邊無際的林子。

晚上，能聽到狼嗥。

惡人獨自一個住在這兒，沒有家室，也不和別人來往，甚至，連條狗也沒有。

這個兇狠的人高高的個兒，膀大腰圓，一身力氣。

只要他願意，一棵茶杯口粗的小樹，他「嗨」一聲，就能連根都拔出來。

但他的心眼兒不大，這和他的身材很不相稱。他跟任何人都合不來，一句話不順心就要打架。

他家世代鑽林子，打野獸。他從小也是這樣。

他吃野獸，穿野獸，眼裏便時常滾動著一團團殺氣。看到這雙眼睛，莫說人，就是凶禽猛獸也會不寒而慄。

現在，這兒成了自然保護區，不准再進山打獵，他也種了一塊田。

但他根本種不下田去，聽不到槍聲，看不到動物流淌的血，他那種豹子一般的殘忍嗜好，就燒得他坐不穩，立不住。

他的小院裏曾經有過一條狗。政府不准打獵，他手癢得不得了。有一次實在憋不住，便把狗當靶子瞄。瞄著瞄著，他扣動扳機，「乒」，把狗打死了。這是一隻獵狗，很小就跟他進山。他把狗煮著吃了，狗肉還沒有吃完，又偷偷提著槍溜進山裏。

小熊現在就和這麼一個人住在一起。

小熊仇恨這個人，也害怕這個人。這個人躲在大石頭後邊，舉起那支叫做「槍」的鐵管子，把牠媽媽殺死了。

這個人在追趕牠和妹妹時，眼裏一瞬間曾消失了可怕的殺氣。但當他伸出手捉爬到樹上的妹妹，妹妹害怕，張開小嘴咬了他一口，他立刻拎住妹妹的一條腿，把妹妹掄起來，摔死在大樹上。

當時，小熊嚇得尿了一樹。

牠被這個惡人捉下山，捉到這座到處散發著可怕氣味兒的小院裏，用鐵鏈鎖在院子中的大樹下。

開頭幾天，小熊不吃食，只是哀哀地、像沒了家的小狗似地哭叫。

牠想媽媽，想妹妹，心裏淒淒慘慘，覺得天是暗的，地是涼的，到處是那個面目可怕的惡人。而牠那樣小，孤伶伶的，沒有保護，沒有依靠。

牠想過逃跑，逃離這個角角落落都陌生恐怖的院子。

可每一次逃跑，都在跑出幾步之後，被拴在脖子上的那根鐵鏈狠狠拉住。拉得牠猛跌一跤，舌頭吐出來，脖頸難受得半晌喘不過氣來。

牠咬鐵鏈，覺得這條蛇骨頭一樣的鐵鏈像惡人一樣可惡。

牠的小牙咬得鐵鏈咯吱咯吱響，可那盤來繞去的鐵鏈硬是不斷，甚至連渣兒也不掉。

牠的牙根又酸又痛，流出血。傻傻的小傢伙灰心了，絕望了，只好仍然坐在拴牠的大樹下，涕淚滂沱，哼哼哭著。

兩天，三四天過去了，小熊哭得眼淚乾枯，頭腦昏昏，渾身軟綿綿的，沒有一點兒力氣了。

不知什麼時候，牠胡里胡塗，吃了惡人拋在身旁的食物。

吃了第一頓就要吃第二頓，小熊自己破壞了絕食。在牠吃食的時候，牠看到，兇狠的惡人咧了咧嘴。

這以後，惡人給牠起了「老悶兒」這個名字。

小熊太小，不知道惡人在想些什麼。

這兇狠的人在殺死熊媽媽的時候，原是想賣熊掌熊膽給像他一樣兇狠的人的。

他要殺死熊一家，一個不留。

但當他看到胖墩墩、絨乎乎、天真活潑的小熊時，一時竟也捨不得下手了。不知怎的，他很想抱抱小傢伙。

對人的小孩，他也從沒有產生過這樣的感情。

他在心裏對自己說，讓我養一隻小熊吧。現在，牠給我做伴兒，等養大了，再宰牠。這麼做一樣能賣熊掌熊膽。沒準兒，還有人願意買活熊呢，那更賺錢。

惡人把小熊拎回了家。……既然要養小熊，讓小熊做伴兒，就得給小熊起個名字，這樣叫起來才方便。惡人想了想，叫小熊「老悶兒」。

這是個北方人的名字，有點兒滑稽逗趣的味道。

在這兒，「老」字並不表示年歲大。在北方，就是小孩子，有時人們也在他們的乳名前加一個「老」字稱呼，比如「老寶兒」，「老臭蛋」……

但加「老」字也並不總是表示親昵。比如人們把兇猛嚇人的虎稱爲「老虎」，把呼嘯而至、在人們面前掠走雞鴨的鷹，稱做「老鷹」……

「悶兒」這兩個字就有點兒貶意了，誰也不願沾這兩個字的邊。給誰起這麼個名字，往往就意味著被稱呼者有點兒傻，憨，不開竅。人們對叫「悶兒」的人，常會另眼相待。

小熊並不明白「老悶兒」的含義，牠不懂人的話——牠甚至對熊的語言也還不懂多少哩。

牠現在只有悲哀，只有害怕。

「我現在就叫你名字，聽好，」兇狠的惡人對小熊說，「老悶兒！」

惡人俯下身，放大了音量。小熊嚇了一跳，「噗通」，翻了個跟頭。趕快又爬起來，緊緊摟住大樹。

在這個院子裏，牠覺得大樹最親切，最可信賴。

惡人呵呵笑了，眼中的殺氣縮回去，淡了。

他一把揪住小熊崽後脖頸上的皮毛，像拎一隻兔子，把牠拎起來。

小熊的爪子抓下一溜樹皮，小爪子，特別是中指食指，很痛。

「叫你的時候，你要看我，」那人對著老悶兒說，「聽者，我要叫了……老——悶兒！」

聲音嗡嗡響，振得大樹上的葉子簌簌地抖。

小熊耳朵聾了，眼睛不停地眨動。牠的臉恐懼地對著惡人，像要哭。

惡人咧咧嘴，丟下哆嗦成一團的小熊崽兒，拍拍手，滿意地走了。

中午，惡人走過大樹下，小熊正抱著腦袋，蜷伏在樹蔭裏睡覺。惡人跺跺腳，又忽然大叫：

「老悶兒——！」

小熊昏昏迷迷，沒有動，只是圓圓的小耳朵轉了轉。幾天來，牠太緊張，而緊張使牠疲乏得直想睡。

惡人踢了小熊一腳，小熊「嗷」地慘叫一聲，一蹦跳了起來。

「老悶兒——」，那兇狠的惡人衝小熊叫。

「老悶兒？」小熊懵懵地看著那人。

「對，就是這樣，叫你就得看我，」惡人說。

接著，他又跺了一下腳。小熊崽頸子上的軟毛兒「唰」地豎起來。

小東西喑啞地嗚嗚叫著，飛快地拖著鐵鏈躲到大樹後，從樹後害怕地看著惡人。

三天裏，兇狠的惡人想起來就衝小熊叫老悶兒。

他不管小熊正在做什麼，他一叫，小熊都必須立即扭過臉來看他。

而小熊也漸漸意識到，惡人發出這三個莫明其妙的音節，是在招呼自己，牠必須回應，不然，會挨打。

熊從來不曾有名字，森林裏的熊也根本不需要名字。

牠們只根據氣味兒和形狀，認識和區別同類。

但是住在山腳小院裏的惡人，他讓一隻小熊在三天裏，接受了一個叫「老悶兒」的名字。

三

太陽和月亮在天空中起落，白天和黑夜在大山間交替。

一個月過去了。

小熊悲傷害怕，挨打受罵。但牠那麼小，沒有誰保護牠，要跑又跑不脫，沒辦法，只能苟且偷生。

漸漸地，牠習慣了被鎖在小院中，被惡人呼作老悶兒的生活。

牠饑一頓，飽一頓……惡人想起來，餵餵牠，想不起來，就餓著。

但這沒辦法，牠得忍受。

牠的苦日子才開頭呀。

有一天，惡人沒下田，沒進山。

他大約是想歇一歇了。

他舉著一塊鹹豬肉走到大樹下，對正煩躁得拖著鐵鏈走來走去的小熊說：「記住，老悶兒，你要做隻好熊。」

小熊站起來，高高舉起小爪子。

牠向惡人討食……牠不知道惡人惡聲惡氣在說什麼，牠餓了，此刻正饑腸轆轆。

惡人把手擡高了。

「想吃麼？鞠個躬，鞠躬是好熊，」他向小熊吆喝。

老悶兒不明白「鞠躬」是怎麼一回事，小鼻子裏儘是鹹豬肉的香味兒。

牠哼哼著，仍然人一樣地兩條腿站立，憨憨伸出小爪子。「嘓，」牠喉嚨一跳，咽下一口水。

惡人臉變了，眼中閃出殺氣。

他伸手一按小熊腦袋，小熊彎下腰，並且「噗通」栽倒在地。

「站起來，」惡人踢了老悶兒一腳，喝叫。

小熊站起來，傻傻地看著惡人。牠胸前有口水滴到的地方，沾上了塵土。

「鞠躬！」惡人嚷。

他拿鹹肉的手一推老悶兒肚子，另一隻手又按老悶兒腦袋。老悶兒腰彎了，沒有摔倒。

「記住，這就是鞠躬！」惡人俯身對著老悶兒耳朵嚷，並且又用力在牠頭上按了兩按。

惡人撕下一塊鹹豬肉，扔在地上。

老悶兒急忙四腳著地，把肉和沾著的土一塊兒吞進嘴裏。

肉還沒嚼爛，惡人又把牠拎起來。

「鞠躬！」惡人吆喝。

「鞠躬？」小熊怔了怔，急忙把沒嚼爛的肉咽下肚……牠不明白惡人吆喝的是什麼，看著惡人的藍色小眼睛裏一片茫然。

是的，鞠躬是怎麼一回事？爲什麼要鞠躬呢？

在熊祖先遺傳下來的所有習性裏，根本沒有彎腰討主人歡喜這樣一個動作影子的。

惡人用力按按小熊的腦袋，小熊沒有彎腰，又栽倒了。

惡人勃然大怒，彎腰提起小熊的一條腿就要掄。

如果不是拴在小熊脖子上的鐵鏈嘩啷響著拉了他一下，他的小夥伴就要被他摔死了。

他改變了主意，「噗」地把小熊丟在地上。

小熊脖子上流出血，那是鐵鏈勒的。

小東西嗚嗚哭著爬起來，惡人當胸給牠一拳，卡住牠的腰，另一隻手又按住牠的腦袋。

「你這個傻玩意兒，就該打死你！」惡人惡狠狠地低頭對小熊責罵，「記住，鞠躬是這麼一回事，這麼做叫鞠躬！」

他把老悶兒按彎腰，再按彎腰。

傻老悶兒的小腦袋終於開了點兒竅，明白惡人發出「鞠躬」這樣的聲音時，牠要向惡人彎下腰。

牠不這樣做，就要被按腦袋、卡肚子，甚至掄起來。

而牠這樣做，惡人就給牠扔下一塊鹹豬肉。

可是，這時吃鹹豬肉已經覺不出香了。

這一天，老悶兒學會了鞠躬。

後來，牠又學會了當惡人出門的時候，牠要彎腰送行。當惡人回來的時候，牠要彎腰迎接。

熊並不比其他動物笨，小熊孤苦無助，慢慢變乖巧了。

牠明白，被毆打是痛苦的，而有食物，肚子才不難受。

惡人教給牠的動作，牠愈學愈快了。時間不久，牠學會了打滾兒，拿大頂，把惡人扔下的東西拾回來，交給他。甚至，牠學會了跳舞。

跳舞就是像人一樣站著，兩條腿一踢一跳，一踢一跳。

然後，轉個圈兒，接著踢跳……惡人呵呵笑了，眼光在這時候柔和下來。

於是，小熊懸著的小小心臟落下來，落到了實處。

老悶兒在小院裏漸漸長大起來。

這一年冬天，牠已經有一條大狗那樣高了。若是站起來，跟惡人的個頭差不多。

只是，身體還瘦，還單薄。

下雪以後，惡人把牠牽進了屋。

他不是怕牠冷，而是要牠繼續陪伴他。

四

在老悶兒眼裏，惡人的屋子是個洞。

這不僅僅因爲小熊是隻野獸。還因爲牠是在洞裏出生的，那時候是冬天。

那是個土洞，在一堆腐朽的倒木下邊。

小熊睜開眼的時候，看到的就是土和木頭。

這座屋子也像那個土洞似的，地上是土，頂上是橫七豎八搭著的木頭，四周散發著土腥氣。

但是熊不是人，一般不鑽洞。只要天氣暖和，牠們就在樹林中跑來跑去。

吃飽了，隨便找一處草叢，或者就在岩石後邊，臥倒便睡。

風吹是這樣，雨打還是這樣。就是熊媽媽帶著孩子生活，也是如此。至多，雨下得大起來，牠把小熊往懷裏摟一摟。

只是天冷了，嚴寒的冬季到來了，熊才找一個隱蔽的洞，鑽進去冬眠。

這可能是個石洞，也可能是個土洞，還可能是大樹樹心腐爛後形成的一個樹洞。只要能容得下身體，熊就會鑽進去，簡單挖一挖，整理一下，然後扯幾團野草堵住洞口，倒下便開始呼呼長睡。

這是熊的生活習性。這一睡就是一冬。

母熊生小熊也是在迷迷糊糊的冬眠中。小熊生下來就在媽媽懷裏睡大覺，在睡覺中吃奶，在睡覺中長大。牠睜開眼睛，看到的就是媽媽冬天睡覺的洞。

現在，已經到了熊冬眠的季節。

小熊被牽進屋，拴在一張又笨又重的木桌腳上。牠的頭腦反應已有些遲鈍，眼皮也很沈重。本能告訴牠，該長長地睡一覺了。

但這是牠第一次進人住的屋子，還是很好奇。

牠先嗅嗅桌腿兒，張嘴啃了啃。接著站起來看桌面兒，桌面上蒙了厚厚一層塵土，牠嗅一嗅，接連打了兩個噴嚏。

揉揉鼻子，牠四腳著地，又去嗅小木凳。小木凳凳面亮亮的，很光滑。牠伸爪推來撥去，小木凳翻了，四腳朝天。

小熊愣了愣，丟開小凳子，踱到土炕邊。

牠前爪搭在炕沿上，站起來，嗅嗅炕上鋪的狼皮，用爪子扒了扒，沒有扒下來。牠想爬上這個暖暖的土台，鐵鏈嘩啷響著頓了牠一下。

惡人正盤腿坐在土炕上喝酒，罵起來，叫牠滾下去。於是，小熊嗷兒嗷兒哼著，回到了桌子下。

小熊很掃興，無精打采地圍著桌腿轉。

很快，這間又髒又光線暗淡的小屋，再也引不起小熊的興趣。牠想起了出生時那個彌漫著發霉氣味兒的潮濕環境。

牠不轉了，連連打起呵欠。實在有些難以支持，小熊蜷臥在桌子下，兩爪抱住鼻子，身體彎得像一隻大蝦，閉上了眼睛。

牠身體裏祖輩遺傳的冬眠基因早已在發揮作用。現在，在這個「洞」中，小熊要按熊族傳統習性睡覺了。

屋子裏很安靜。

小熊很快睡熟了。

如果沒有什麼意外，牠要睡到春暖花開時才醒……這沒有辦法，牠是熊。熊都是這樣，必須冬眠。

「老悶兒，」不知過了多久，有人吆喝。

聲音彷彿很遙遠。

小熊耳朵上的毛兒微微抖了抖，還是昏昏地睡。

牠依稀記得自己叫老悶兒，聽到呼喚，應該爬起來，把臉扭向惡人。

但是現在牠睏極了，一動不想動。

「老悶兒！」又一聲吆喝。

牠還是沒動。

牠太想睡了……現在這個時候，是誰這樣討厭？

「蓬，」牠身上一陣劇痛。

小熊叫了一聲，沒有睜眼。

「蓬，」牠又被重重踢了一腳。

小熊憤怒極了，眼睛還沒睜開，跳起來就咬，一邊咬一邊恨恨地嗚嗚叫。

此時牠仍然昏昏迷迷，腦筋連轉也沒轉一下。

「好呵，狗東西！」有人驚叫。同時，「蓬，」又一腳踢在牠身上。

這一腳踢得重極了，「蓬！」老悶兒飛起來，重重撞在牆上。

「哀兒哀兒哀兒」，牠痛得失聲尖叫，醒了。

可是，痛打並沒有到此爲止……牠又被從桌子下拎出來，按住腦袋，一下一下往地上撞。

可憐的小傻熊眼黑了，很快失去了知覺。

待小熊悠悠緩過來一口氣，牠看見，惡人坐在炕沿上，眼裏閃著凶光，正盯著牠罵：「你這個狗東西，還敢咬人！……來，來，你再咬我看看。」

惡人身上散發著一股強烈的酒精氣，一張嘴就噴出來。

老悶兒覺得天地還在旋轉，想嘔。

「你個狗日的，牽你到屋裏來是請你享福？……記住，在這兒不許睡大覺！」惡人繼續高聲罵。

小熊的眼角淌下淚珠，熱熱的。

牠的腦袋碎了似地痛，耳朵嗡嗡響。

「叫你做隻好熊，偏不做。再咬人，看我不宰了你！來，把鞋給我拾過來。」

惡人平時話不多，也許今天酒喝得多了，責罵個沒完沒了。

「拾……拾鞋？」

小熊這一回聽懂了，但牠渾身骨架酸痛，四肢軟軟的沒有一點兒力氣。

牠掙了幾掙，才爬起來，趔趔趄趄，去叼拋得東一隻西一隻的臭鞋。

惡人穿上鞋，惡狠狠瞪老悶兒一眼，披上衣服，出了門。

小熊趕快扶住桌腿站起來，彎下腰，衝惡人的背影鞠個躬，再鞠一個躬……光線暗淡的小屋裏靜下來。

老悶兒稍稍鬆了口氣，重新臥在桌子下，閉上了眼睛。

但牠不敢再睡，也根本睡不著了，牠頭痛得厲害。

牠的小圓耳朵高高豎著，不時轉一轉。

牠不知道惡人什麼時候回來，也不知道他會叫牠做什麼。

小熊渾身都痛，火辣辣的。牠提心吊膽，只想抓緊時間養養神。

黑黑的、土洞一樣的屋子裏真乏味，還不如在外面。

外面雖然冷，但是有雲，有星星，有飛來飛去的鳥兒，有掉光葉子、卻還沒死的大樹，有悠長陰森的狼嗥。

這種遠遠傳來、在夜空中迴盪的嗥叫聲，常在小熊心中引起一陣陣莫明其妙的衝動。

那叫聲有哀怨，散播著恐怖。但是聽得出，在叫聲傳來的地方是自由的，很有誘惑力。

天愈來愈冷，一盆水潑出屋，立即凍成亮晶晶的一片冰。

小熊愈來愈想睡，腦袋裏昏昏沈沈，走路不是碰這便是撞那。

可牠再不敢睡，努力支撐著，時刻隨惡人轉來轉去。

這個兇狠的人，硬是逼小熊丟失了熊族的習性。

惡人出門的時候愈來愈少。他把土炕燒得熱熱的，終日坐在土炕上喝酒。

他吃肉，讓老悶兒啃骨頭……喝醉了，他就吆喝老悶兒打滾兒，拿大頂，踢踢踏踏跳舞，然後便是呵呵地笑。

老悶兒只有在他睡著了，才能臥下躺一會兒。

牠甚至養成了習慣，就是在睡夢裏，也能分辨清惡人吆喝的是什麼，本能地跳起來鞠躬、叼鞋、翻跟頭，逗惡人呵呵笑。

「老悶兒，這才像頭好熊。」那人拍拍小狗熊的腦門兒，呵呵笑著誇獎。

小熊漸漸明白了，惡人說的好熊，就是必須溫馴，乖巧，不能咬人。

五

冬天過去了。

又一個冬天過去了。

老悶兒兩歲半，長起了個兒。

再不是惡人吆喝一聲，便嚇得「噗通」跌個跟頭的小熊崽兒。牠成了一個相貌堂堂、膀大腰圓的熊族小夥子。

在小院裏休息，大樹下像臥著一頭黑色的健牛。

在門口迎接出去歸來的惡人，牠站起來比個兒高的惡人還高出一腦袋。

更驚人的是牠的力氣……有一天，兇狠的惡人進山偷獵，兩天沒回家，老悶兒餓得肚皮貼到脊梁骨上。牠坐立不安，用力搖晃起拴牠的大樹。

那是棵大榆樹，根深葉茂，樹幹已有人的腰那麼粗。大樹搖晃起來，樹梢「嘩」地倒向東，又「嘩」地倒向西，樹枝「劈哩啪啦」狂搖猛擺，樹葉亂落如雨。

一會兒功夫，小院的地面上積了厚厚一層有小鋸齒的橢圓形綠色榆葉。

有兩股胳膊粗的樹枝折了，掉下來，把房簷和窗戶都砸破了。

惡人回家嚇了一跳，還以爲是刮了十二級颱風。急忙看老悶兒，老悶兒正坐在大榆樹下，津津有味兒地撕大榆樹的皮吃。

惡人趕快給老悶兒換了一條粗鐵鏈。

老悶兒力氣大，吃得也多。煮一大鍋玉米渣粥，呼嚕呼嚕幾口就吃得精光。扔半隻野豬肉，牠連撕帶扯，不僅把肉吃得一點兒不剩，細骨頭也嚼得咯嘣咯嘣響……牠一邊嚼一邊哼哼，像小時候一樣看著惡人，向他伸出爪子討吃的……

惡人發愁了。

他發現，憑他種田和偷獵，根本養不起這個大肚子漢。有時候他也想，養這麼一隻大狗熊，到底合算不合算。

這一天，他向剛長起個兒來的年青小公熊舉起了槍，他要殺死老悶兒，賣這隻熊的掌和膽。

平心而論，他不想殺死牠。他覺得，這頭小熊已經馴熟了，熟得賽過了小院中曾有過的那條狗。

那條狗只會跟他打獵。而小熊，卻給他寂寞的生活增添了許多樂趣，成了他不可缺少的一個夥伴兒。

但是，當他看到小熊日長夜高，變得那樣魁梧，那樣強壯，成了大熊，他又從心裏害怕。

當老悶兒鞠躬、打滾兒、跳蹋踏舞的時候，他一邊笑，一邊暗暗戒備，總是擔心鐵鏈「嘣」的一聲斷了。

他很少再踢打老悶兒。

但他看小熊，眼裏又常常滾動起殺氣。

這一天，兇猛的惡人終於下定了決心。

起因是，他到十幾里外的小鎮去喝酒，正喝得面紅耳熱，酒店老闆拉著一個矮個兒到了他的桌前。

「喂，大炮手，」酒店老闆笑咪咪地招呼他。

他有名有姓，但他很少與人來往，也很少把姓名告訴別人，人們只好以「大炮手」稱呼他。而他聽了這樣的稱呼，也覺得舒服。

「大炮手，發財的機會來了。……這位老闆是關裏來的，想找點兒山貨。」

酒店老闆介紹身邊的矮個兒。

惡人放下酒杯，瞥瞥陌生的關裏人。矮子正笑嘻嘻地向他點頭致意……看到他的眼光，矮子吸了口冷氣，笑容在臉上僵住了。

「價錢麼，好商量，」老闆仍然興致很高，「這位關裏老闆有的是錢，只要貨稀罕。」

「對，對，有、有貨吧，」矮個兒舌頭有些硬，急急忙忙接上話。

他沒吭氣。

他小屋裏的那點兒山貨早賣光了。

「有，有，」酒店老闆拍拍他的肩膀，替他說了話，「這是我們這一帶有名的炮手，別人沒有，大炮手能沒有？」

「炮手」是個老詞兒，幾十年前常用。老一輩兒的東三省人都知道，「炮手」就是獵人。自二十世紀六十年代以來，政府封山育林，禁止打獵，炮手這個詞兒已經失去了存在的基礎。但是不知爲什麼，改革開放以來，這個詞兒又回到山裏一些人的嘴頭上，在一些半明半暗、煙霧騰騰的場合開始流通。

「沒有，」他哼一聲，像扔出一塊硬梆梆的石頭。一仰脖，「滋兒」，喝乾了那杯酒。

惡人這不是故意賣關子，以便擡高價錢。他實在是拿不出矮個兒關裏人要的東西。政府封山禁獵，進山偷獵要冒風險。更主要的是，山裏稀罕的東西愈來愈少。

比方說，虎鞭虎骨出在老虎身上，可老虎已經在這兒絕了。就是過去常見的飛龍鳥——榛雞，現在也很少見到。

酒店老闆雖然是在替他說話，但這個傢伙的話說得太輕鬆，好像他偷獵多麼容易，就像喝口涼水似的，不費一點力氣。而「別人沒有，」他「能沒有？」又好似在揭發他，似乎他偷獵偷得最多。這不能不讓他反感。

「有一點兒也行。人參猴頭，豹皮熊膽，我都要。舊的也行，現在新採到的也行。」矮個兒有點兒失望，但還不甘心，口齒忽然伶俐起來。

惡人的酒興沒有了。「砰」，放下酒杯，晃蕩著高大的身軀站起來，出了門。「把賬記上，」他撂下一句話。

他常在這個酒店喝酒，有時不帶錢就賒賬。老闆不怕他不還錢，他打的野味兒常到這個店裏賣。

「回去找找，看看還有點什麼沒有。……關裏老闆眼下不走，還要住幾天。」

酒店老闆衝著他的背影兒喊。

回到家推開門，鎖在院子裏的老悶兒正扶著樹，竭力踮起腳，抓榆樹高處的皮。見他回來，傻熊放平腳，鞠了一躬，一邊鞠，一邊「嗷嗷」地哼。

大榆樹下部光光的，露著白白的木色。

惡人知道，老悶兒這是在向他討食……熊肯定早餓了，早晨出門的時候，他扔過去幾根帶皮的玉米棒棒，那點兒東西，根本不可能填滿牠的胃口。

惡人回到屋裏，找出幾穗紅高粱，拿出來逗熊。——這不是他的田裏種的，是別人家的田邊長著的。路過的時候，他順手折了回來。……他的手舉得高高，一揚一揚，老悶兒便張大嘴，一蹦一蹦。

看著狗熊笨拙的模樣，他呵呵笑起來。

見惡人臉上綻放笑容，老悶兒也很高興。

牠膽子大起來，見蹦來蹦去，總是吃不到紅紅的高粱穗，忽然舉掌一抓。惡人的手猛地一縮，高粱穗掉了下來。笨拙的熊四腳著地，急忙去搶。

傻熊饑腸轆轆，又急又躁。牠已經餓了一天，害怕惡人只是逗牠，不給牠吃香噴噴、沈甸甸的高粱穗兒。

惡人嚇得一顫，驀地向後一跳。他覺得手痛，擡手看看，他的手背被熊抓了一下，破了，有一溜血印子。

惡人的臉變了色。

這不是老悶兒故意抓的。而且，牠的爪子也沒尖兒。牠的爪尖一長出來，就被惡人剪掉了。牠只是輕輕地一搶……牠知道自己的力量，怕傷了人。

惡人用嘴嘬嘬手背，把淌出的血都「滋兒滋兒」嘬進肚子。看老悶兒低著頭，用前掌按住高粱穗，嗚嗚哼著捋紅紅的粒兒吃，他沒說話，轉身進了屋。

他找出獵槍，麻利地頂上子彈，扭轉身倚在門框上瞄準……這時候，他忽然想起離開酒店時，老闆在身後說的話。

「媽的，找死！」他惡狠狠地罵。

天上，太陽滑到西山山尖上，隨時準備藏到山背後去。

六

無意中，老悶兒擡了擡頭。

牠停止了嘴嚼。

「這是幹什麼？」牠問自己。

牠認得惡人手中的玩意兒，這是槍……這種散發著淡淡鐵銹和硝煙味兒的東西，只不過像牠的前腿一樣長，卻蓄藏著閃電和驚雷。

惡人舉起來，手指頭一勾，耀眼刺目的閃電就躥出來，震耳欲聾的驚雷就發作。於是，槍前面被指著的動物就流血，就喪命。

這種輕飄飄的玩意兒就是這麼可怕！在這個院子裏生活了兩年，老悶兒多次看到槍的威力：

惡人帶回的每一隻血流遍體的野獸和野鳥，幾乎全都是槍殺害的。

牠的媽媽，那樣大的一隻狗熊，也倒在槍口前。

老悶兒小時候，曾幾次聞過惡人不經意靠在大樹上的槍，還啃過槍管兒……牠不理解，這麼一根短短的東西，沒有牙沒有腿，甚至乾巴巴的連血肉都沒有，怎麼就追得上野獸，夠得著鳥兒，並且無論多麼大的鳥獸被咬一口就死了呢？

牠反覆用小牙啃，用掌子拍打撕扯，但牠怎麼也弄不明白。而愈不明白，愈不理解，牠愈覺得可怕。

現在，這玩意兒就對著牠。

牠的心哆嗦了一下。

惡人的眼睛瞪著牠，滾動著一團殺氣。

看到這雙眼睛，老悶兒反而心安了。

是的，這雙眼睛冷漠兇殘，誰看到都會不寒而慄。但老悶兒在這團殺氣騰騰的眼睛前生活了兩年，不是安然無恙，而且由小熊長成大熊了麼？

捉老悶兒來的時候，有這團殺氣；踢老悶兒打老悶兒，有這團殺氣；現在，老悶兒會鞠躬，會打滾兒，不咬人，已經是一頭好熊了，有這團殺氣，還能怎麼樣呢？

「沒事兒，鬧著玩兒。」年青的公熊判斷。和惡人一起生活，惡人常有嚇唬小熊，拿小熊鬧著玩的時候。

只一瞬，老悶兒又開始了咀嚼……這時候，耳朵一陣刺痛，牠猛然一抖，又擡起頭。

有一隻牛虻飛過來，在牠耳朵下叮了一口……一瞥之間，牠看到，惡人的手扣動了槍的扳機。

一溜灼燙的火光從槍口飛出來，閃電般撲到老悶兒的脖頸上。老悶兒「噗通」翻倒了，像被一隻有力的拳頭狠狠一擊。緊接著，小院裏爆響一聲霹靂。

老悶兒連叫也沒叫，牠的嘴裏含著剛剛捋下的高粱粒兒。

年青的熊在地上翻滾，脖子拉得鐵鏈嘩啷嘩啷響。惡人放下槍，從綁腿上拔出一把匕首，撲了上去。

匕首不長，卻鋒利無比。割熊掌，剝熊皮，不會有一點兒問題。

挖熊膽必須快。據說，趁熊活著時挖最好。這時挖出的膽汁充盈，質量最好。

惡人相信自己的槍法。在院子裏，這樣近，用不著開第二槍，老悶兒的頭蓋骨準被打碎了。他躥上前，按住老悶兒就要下手。

這時候，老悶兒仰了仰頭。「媽呀！」惡人嚇得抖了一下。老悶兒沒死，頭上一滴血也沒有。那雙乳藍色的眼睛看著他，似乎在問：「這是幹什麼？你想殺我？」他怔了怔，年青的熊一軲轆爬了起來。

牠一爬起，纏在牠身上的鐵鏈嘩啦脫落了，沈甸甸地砸在地上。

真是見了鬼了！惡人嚇壞了。來不及細想，他揮手向小熊刺了一刀。

也不知刀扎在小熊什麼地方，他慌慌張張扭頭就向屋裏跑，隨手「哐鐺」關上了門。進門時，靠在門框上的槍也沒顧得上拿，槍被門一撞，掉在院子裏。

惡人知道，匕首不長，無論扎在熊什麼地方，都不會讓熊一刀斃命的。而猛獸受了傷，紅了眼睛，就要跟他拚命。

這時候的野獸，將比平時兇猛千百倍！

何況，這時候自己已赤手空拳……他手忙腳亂插上門，倚著門板簌簌發抖。又覺得不行，門板會被狂怒的狗熊一下撞碎，他的兩眼瞪得像牛眼，在黑暗的屋裏急急搜尋。

屋裏空空如也，再沒有什麼鐵器和粗大的木棍……惡人的眼睛看到，地上有一張小木凳。他一步躥過去，抄起了木凳。

然而，屋子外並沒有驚心動魄的咆哮聲，很久，老悶兒也沒有來撞門。惡人舉著小木凳，舉得手酸，讓他提心吊膽的那一刻始終沒有出現。他小心地湊近門板，從門縫中望望，熊沒有在大樹下，也沒有在院子裏。

樹下有一把帶血的刀，門前有一支頂著子彈的槍。

惡人不相信，又悄悄爬上炕，從炕上面的小窗戶望出去。當他確信老悶兒沒在院子裏，這才下地開了門。

他一把抄起槍，小偷似地四處望望……然後跑到大樹下，拿起刀，再四處望望。他拿刀在大樹樹身上抹著，抹掉血跡，插入綁腿。

拴老悶兒的鐵鏈像一條死蛇，癱在地上。他俯身拾起，看到鐵鏈拴熊脖子的一端斷了一環。摸一摸，掂一掂，惡人心裏明白了。

他太自信了。沒有想到，他那一槍沒有打中熊腦袋，朝左下方偏了一點兒，打在鐵鏈上。飛速旋轉的彈頭，「錚」的一聲鑽透鐵環的一邊。老悶兒在地上滾動時一拉，鏈環直了。

這真是，煮熟的鴨子，忽然又飛了。

惡人懊惱異常。

但是，老悶兒怎麼跑走了，爲什麼沒有紅了眼睛去破門找他拚命呢？

他沒有再想……像惡人這樣的人，是不會有深邃思想的。他們從來不能站在被傷害的一方立場上考慮問題。這也就決定了他們頭腦簡單，性格孤僻乖戾，沒有同情心，沒有完美的人格和修養。

老悶兒也很傻，牠沒有死，只是嚇了一跳。牠被擊倒在地，但子彈打中的不是牠，是牠脖子上的鐵鏈……那隻牛虻叮牠叮得正是時候，牠一擡頭，腦袋沒有被打碎。

熊痛苦地在地上滾，脖子上的皮肉被斷鐵環劃得火辣辣地痛。牠很驚訝，這個眼中時時滾動著殺氣的惡人，真的向牠開了槍。

牠的心受到震撼。

若是山林中的野熊，這時候早循著槍聲撲上去了。老悶兒沒有，牠現在沒有那麼大的脾氣。這頭傻熊只是痛苦地一邊滾一邊想，惡人真的要殺牠……惡人叫牠做什麼，牠沒有按吩咐去做呢？牠翻身爬起來，正要看看惡人命令牠做什麼，惡人又扎了牠一刀。這刀不長，又是慌亂中扎的，只在前腿上深深劃了一道，不是重傷。

但這更加重了熊的恐懼，惡人真的不饒恕牠，決心要殺牠了。

牠揮掌打開刀子，大叫一聲，拔腿就逃……院子門沒有關，牠一逃就上了山。

牠不想死，牠太年輕，牠還沒有活夠……牠一邊跑，一邊痛苦地哼哼，並且不斷扭頭向後看。牠不知道自己要逃到哪兒，只是由著四條腿順路跑。牠覺得，逃得愈快，跑得愈遠，愈安全。

小路曲曲彎彎，夾在茂密的野草灌叢中。離得遠一點兒，根本看不出有路。老悶兒不管這些，只是埋頭傻跑。

路邊的灌木叢伸出長長的枝條攔阻牠，抽打牠，不斷發出劈哩啪啦的響聲，這更加重了牠的恐懼，驅趕牠玩了命地逃竄。

牠從沒跑這麼快過，也從沒有跑這麼遠。二年多來，牠總是被一根鐵鏈拴著，在小院裏轉。有一瞬，牠覺得奇怪，鐵鏈呢？但當牠想起惡人拿槍拿刀，惡狠狠地殺牠，奇怪立刻又被恐懼代替了……還管鐵鏈幹什麼，跑呵，快快跑！

太陽落山了，夜的帷幕開始徐徐遮蓋小路、灌叢、峰峰嶺嶺。山腳小院裏，惡人提著槍，小心從院門探出頭，看看左右兩條暮靄籠罩的小路，以及山坡上莽莽蒼蒼的山林，猶豫片刻，很快又縮回頭，「哐」，關上了院門。

七

老悶兒跑呵，跑呵，如果不是一隻貓頭鷹突然飛下樹，嚇了牠一跳，還不知道牠會跑到哪兒。

貓頭鷹飛得輕快極了，無聲無息，從樹枝上一躍跳下，斜著箭一般飛過傻狗熊面前，翅膀尖兒幾乎拍到牠的鼻子。

這隻大鳥掠過小路，栽進深深的草叢。

熊驚愕地站住了。

草叢裏傳出搏鬥聲和「唧唧」的驚叫。片刻之後，貓頭鷹拍打著草梢飛起來，又飛過老悶兒面前，落到大樹枝上。

夜色朦朧中，貓頭鷹爪子好像抓著什麼。

喘吁吁的老悶兒眨眨眼，看清了，那是一隻尾巴長長、腦袋尖尖的大老鼠。

貓頭鷹睜著圓圓的大眼睛，腦袋左歪歪，右歪歪，打量樹下胸脯劇烈起伏的熊。

看了一會兒，貓頭鷹放心了。低下頭，用鈎子似的嘴喙，一下一下撕食起老鼠。

老悶兒認得老鼠，惡人屋裏就有。沒有想到，這兒也有這種灰不溜丟、賊頭賊腦的東西。

牠更沒有想到，羽毛蓬鬆、臉盤像貓的大鳥，會捕食這種東西。

嘻嘻，真有趣。

老悶兒忘了自己是怎麼跑到這裏的，全神貫注、極有興致地仰頭看起了貓頭鷹撕吃老鼠。過了一會兒，牠一轉身，走下小路，鑽進草叢。

傻熊要看看臉盤圓圓的大鳥，在哪兒捉住了老鼠。

天色愈來愈黑。老悶兒不怕。牠的眼睛晚上也看得清，這同所有的猛獸都一樣。草叢中有一片草倒伏了，草棵下灑著幾滴血。

旁邊不遠的草葉上，還掛著兩片醬黃色、灑著黑點的鳥羽毛。

老悶兒嗅嗅血，打了個噴嚏。血腥味兒濃烈，這是剛剛灑下的……熊擡頭看看羽毛，擡爪抓下，低頭嗅起來。

哈，這是那隻大鳥掉落的。就在這兒，這兒就是大鳥捉老鼠的地方！

熊很爲自己的發現興奮，小眼睛閃爍出愉快的光。

「咕呱呱呱呱呱」，小路那邊的樹上，貓頭鷹叫起來。這鳥兒的叫聲，像一個男人肆無忌憚的大笑。老悶兒吃了一驚，脖子上的硬毛「刷」地豎起來。

牠擡起頭，看一會兒貓頭鷹，又人一樣用兩條後腿站起，高高立在灌草叢間，向四處張望。山林裏靜悄悄，沒有誰呵斥牠。遠遠近近，看不到惡人的影子，也看不到其他任何一個人的影子。熊的耳朵慢慢搖著，脖頸後的鬃毛漸漸倒伏下去。

貓頭鷹叫過之後，森林靜了一刻。

馬上，又有許多聲音傳來。樹葉在摩擦；昆蟲在淺吟低唱；「吱啞——啞——啞，啊」，有動物在叫。

前面樹木深處，好像還有追逐奔跑的響聲。

老悶兒驚奇極了，垂著兩隻爪子，大腦袋一會兒轉向這邊，一會兒轉向那邊，竭力地聽，竭力地看。

接著，牠四腳著地，邁開腿跑起來，把草和灌木碰得嘩嘩啦啦響。

這是一個嶄新的世界，這頭傻熊又忘了生死之劫，要去看看發出叫聲和奔跑聲的動物……熊都好奇，熊沒有想到，山林裏會有這麼多動物。

牠沒有再踏上小路，哪兒有聲音就往哪兒闖。牠一邊闖，一邊不時擡頭嗅嗅空氣，或者低頭嗅嗅草根，接著又跑。

牠忽而向東，忽而向西。忽而跑得很快，忽而又停下來。牠有些失望，沒有看到任何野獸——牠闖過去，野獸早跑走了。

但牠仍然感到新鮮極了，興奮極了。山林裏原來有那麼多的氣味兒，那麼多的蹤跡……愈是看不到野獸，牠愈覺得神秘，有趣。

牠忘了惡人，忘了恐懼。只是貪婪地嗅，看，聽……牠像一個沒見過世面的小孩子，突然闖進一個生機勃勃、氣象萬千的大世界，這兒所有的東西都讓牠癡迷、眼花撩亂。

沒有月亮。一棵棵大樹默默無聲地伸展開枝葉，把山林遮擋得更爲黑暗。一片片灌叢野草隱沒在夜色中，只露出黑黝黝的輪廓。

狼嚎起來；松鼠在樹上偷偷丟下松毬果；山貓躲在灌叢間，晃動黃幽幽的眼睛……

老悶兒不怕。除了人，牠還不知道害怕什麼。這也像一個沒有見過世面的小孩子，牠甚至敢摸燒紅的鐵，敢向帶電的插銷孔伸出手指頭。

牠把石頭踏得軲轆轆滾下坡，把野草灌木撞得嘩嘩啦啦搖擺不定。有灌木條戳在前腿內側的刀口上，牠「嗷」地痛叫一聲。但接著又興奮起來。傷口不深，牠那樣大的個子，這點兒小傷小痛，完全承受得住。

脖子上的鐵鏈沒有了，牠現在想走到哪兒，就走到哪兒。沒有緊緊包圍的圍牆，天地是如此遼闊。

灌木和野草鬱鬱蔥蔥，高大的樹木竟相生長，貓頭鷹飛來飛去狩獵，其他動物也自由自在地活著。

老悶兒撓撓大樹，嗅嗅小草，冥冥中，忽然覺得活在這兒最好，這兒才是適合牠的世界。不知怎麼，傻熊模模糊糊想起幼年時，媽媽帶著牠和妹妹在山林中的生活。立刻，牠對這個世界又從心底湧起一種久別重逢的感覺。

年輕的老悶兒不是詩人，不是哲學家，不會感慨，也不會議論。現在，這頭自小受到人類傷害的熊，牠的許多感覺，彙聚到一起，就是，這兒比小院裏好多了，牠希望在這兒跑、跳，過日子！

有一股小風從黑暗中吹來，傻老悶兒抽抽鼻子，嗅到一股水靈靈的氣息。立刻，牠的涎水流出來。

牠像狗似地嗅著地面，走走停停，停停走走，很快，在灌木荒草間發現一片草莓。

牠沒有吃過這種低矮植物的塔形果子，但牠嗅嗅，張嘴便吃。草莓的漿果已經成熟了，老悶兒嚼著滿是小籽兒的漿果，滿嘴都是酸甜爽心的汁液。牠的喉嚨舒服極了，胃舒服極了。

熊急不可待，又叼起一個果兒，連葉兒一塊兒揪進嘴裏……牠吃了一棵又一棵成熟的草莓，草莓也在招攬牠，挽留牠。這種紅紅的果兒告訴自小被拴在小院中的熊：放心吧，你完全可以在山林裏活下去。

老悶兒在山林裏逛來逛去，許許多多的新鮮事物，使牠目不暇接、耳不暇聽。牠的神經始終處在緊張、亢奮的狀態。牠東嗅西嗅，到處觀察、研究，逛到半夜，累了，連連打起呵欠。

應該睡一覺了。

但是，在哪兒睡呢？

牠站住了，久久望著山腳小院的方向。

從小到大，牠都是在那兒過夜的。那是家，牠不是野熊，睡覺都是在家裏。

可是，能回去麼？牠想起惡人的眼睛，想起瞄著牠的槍……年青的熊不知該如何辦才好了。

興奮漸漸消退下去，目光中充滿憂鬱……牠在原地踏步，轉來轉去。

一大片野草被踏倒了，灌木枝條折斷了許多。牠臥下來，接著又站起。小傻熊望望山腳，靜默片刻，再次開始沒完沒了地轉。

牠的眼皮愈來愈沈重，腦袋愈來愈睏乏。終於，牠邁開腿，顛顛小跑著離開了灌叢。——這頭被瞌睡折騰得頭腦昏昏的熊，到底不習慣像野獸一樣隨地躺下就睡。

回去的路不難找，牠的鼻子是嚮導。嗅著自己留在小道上的氣味兒，牠匆匆忙忙回到小院旁。高大的榆樹看到了，圍牆看到了。牠高興起來，加快腳步，一邊跑，一邊唔唔叫，像離家很久，又找回家來的小狗。

家，這就是培育老悶兒長大的家。一到這裏，牠甚至覺得惡人也有些親切了。

小院的門緊緊關著。

傻老悶兒拱拱門，有些失望。嗚兒嗚兒哼著，招呼惡人開門。

院子裏一點動靜都沒有，仍然靜悄悄的。牠耳朵轉轉，站起來，又嗚兒嗚兒小狗似地叫。

沒有誰理睬牠，小院的門依舊板著冷漠的臉。

夜風從門縫裏吹出來，帶著年青公熊熟悉的味兒。牠抽動鼻子，嗅嗅，急躁起來。牠一邊嗚兒嗚兒哼叫，一邊用爪子撓門，推門……門吱吱嘎嘎響，還是不開。

「嗷嗷——」，牠吼。

沒有誰回應牠。

周圍靜悄悄，連風也不刮了。

老悶兒在扶著門的前掌上用了力，猛一推，「吱嘎，咣——」，木板門不結實，一下子向裏倒了，「砰」地砸在院子裏。

院子裏掀起一片灰塵……老悶兒迫不及待，沒等灰塵落定，就四腳著地，從洞開的門口走進去。

院裏，大榆樹不搖也不動。小屋黑乎乎的，小屋的窗口也黑乎乎的。

忽然，黑乎乎的窗口閃過一道火光，一束灼燙的氣流嘶叫著，疾掠過回家的傻熊兩耳中間。霹靂響了。

熊嚇了一跳，「怎麼會這樣？」腿一顫，「嗷」地大叫一聲，一下趴在地上。

「砰——」，小屋窗口又噴出一團火光。

老悶兒頭頂濕漉漉的，似乎有血湧出來。牠不睏了，頭腦清醒起來。牠急急爬起來，扭頭就跑。

牠知道自己受了傷。黑乎乎的窗口裏，有一枝槍正對著牠，要殺死牠。

風在耳邊呼呼響，灌木枝條瘋狂地抽打牠的臉。

涼涼的空氣衝擊著頭頂，長長的傷口鑽心似地痛。

牠比第一次跑得還快，並且跑上了另外一條路，跑上另一面山坡……這是無意的。牠並沒有想該往哪兒跑。

「惡人要殺我，惡人不饒我。」這頭被馴服了的好熊痛苦極了。

「這是爲什麼，這是爲什麼呀？」牠嗚咽起來，眼角湧出鹹鹹的淚水。

淚水和頭頂淌下的血混和在一起，灑在幾乎看不到的山道上。

牠翻過一座山坡，又翻過一座山坡，跑進一條大峽谷。這兒的樹更多，林子更密。

直到此刻，牠才意識到，這不是牠上半夜去過的那片山谷，不是，絕對不是！但牠管不了那麼多了，只是跑。

牠的心情壞透了。兩槍，剛才打了牠兩槍！在這之前，還打過牠一槍，扎過牠一刀。

惡人教牠做好熊，惡人又要殺死牠！

這確確實實是要殺死牠呀！

牠要逃。可牠沒有家了……在哪兒過夜呢？

今後，必須自己在山林裏流浪嗎？

牠想了許多。腦袋瓜裏亂糟糟的，心裏滿是悲傷、恐怖、茫然、還有憤怒。牠的最後一縷幻想，也像蜘蛛絲遇到大風一樣，斷了。

牠不知道該如何發泄自己的情緒。沒有誰教牠怎樣發泄。牠於是便跑、跑、跑……

灌木和野草攔擋牠，纏繞在大樹上的藤條絆阻牠。天快亮的時候，精疲力竭的老悶兒鑽進一片密密的蒿草叢，躺下睡了。

牠實在支持不住了。

這是在野外。

八

離蒿草叢不遠的一棵老橡樹上，有一隻戴勝鳥在叫：「候潑，候潑，于潑，于潑，希兒兒兒兒……」

戴勝的鳴聲清脆悅耳。

特別是最後的一串顫音，像是在敲打玉磬。

老悶兒搖搖耳朵，醒了。

陽光強烈地照耀著蒿草，蒼綠色的枝葉散發出濃濃的草藥氣息。

老悶兒抽抽濕潤潤的鼻子，詫異地看著面前密密麻麻的野生植物。

終於，牠想起昨天夜裏的遭遇，心情憂鬱起來。

可這有什麼辦法呢？牠不能不逃跑啊。

過了一刻，牠開始舔前腿上的傷口。牠的舌頭粗糙又靈巧，濕濕地擦過匕首劃傷的皮肉。牠一聲不響，忍著痛，一下一下，把凝固的血，還有夜間沾上的塵土草屑，慢慢都舔掉。

牠頭上的傷口沒法兒舔，但那兒也不再流血。惡人的槍彈劃過表皮，只撕去一溜皮毛。

蒿草的氣味兒嗆鼻子，牠不時皺皺眉頭。牠還不習慣這股味兒。

蒿草叢在森林中的小空地上，這兒有一些腐爛倒下的大樹。小空地四周，各種各樣的樹木正旺盛生長，蔥鬱的枝條把空氣都染綠了。

許多鳥兒在小空地上空飛來飛去，一邊飛一邊鳴叫。

老悶兒擡起頭，目光追蹤著歡快輕捷的鳥兒，心情好了一些。

「咕咕，咕咕」，一隻杜鵑鳥搧動灰色的大翅膀，飛過頭頂，飛進密林，圓潤的叫聲在小空地上空久久回盪。

老悶兒的肚子彷彿被感染了，也「咕——，咕——」地唱起歌。

牠餓了。從昨天早晨到現在，一共只吃過幾根玉米棒棒和一捧草莓。牠那樣大的個子，又闖蕩了一夜……牠咧咧嘴，爬起來，抖抖身子，習慣性地想起山腳下小院裏的大榆樹，擡腿就走。

一根壓彎的蒿草猛地彈起，細枝抽在老悶兒舔得濕乎乎的傷口上，痛得牠「嗷」地叫了一聲。牠一揮掌，拍下去，把蒿草拍斷成幾截。疼痛激起的憤怒，這才平息下去。

牠看看傷口，再一次想起惡人的刀，以及那一雙滾動殺氣的眼睛。牠的心情又沈重起來。

已經沒有家了。

兩歲半的熊默默站在蒿草叢中，看著眼前一棵棵倒伏的蒼綠色野生植物慢慢站起，伸展開枝葉，挺直身軀。牠的眼光中充滿憂鬱。

將近中午，牠闖進了綠油油的森林。

想起昨天夜裏吃到的草莓，牠決定去找這種酸甜可口的東西。

這是一座針闊葉混交林。有葉子寬寬的楊樹、柳樹、柞樹、白樺，也有長著一簇簇針狀葉兒的黃花松、紅松、落葉松……。每一棵樹都高大挺拔、根深葉茂。

樹林裏陰暗潮濕，地面上叢生著茸茸的苔蘚，像一片片鋪開的破爛綠地毯。陽光漏進比較多、比較明亮的地方，樹與樹間長滿灌木叢和野草。而在灌叢野草到大樹樹枝間的空中，不時有一條條繩索般的藤本植物垂掛著，攔擋著，這更增加了通行的困難。

這是忍冬、野葡萄，或者是五味子、紫薇、獼猴桃……老悶兒一邊走，一邊嗅。遇到氣味兒清新水靈的草葉灌木葉，牠不由自主地就站住，咬下來，慢慢嚼碎，咽下喉嚨。

沒有誰告訴牠這些葉子可以吃，但牠吃了。

在小院裏的時候，牠就吃過大榆樹的樹皮、樹葉。

在陰暗潮濕、長滿苔蘚的地方，牠走得快一些。在陽光明亮、雜草叢生之處，牠折來繞去，走走停停。潮潤清潔的空氣，使牠胃口大開。

牠品嘗著野草野菜，心情又漸漸愉快起來。

牠沒有森林生活經驗，不會捕食，但這並不重要。熊的主要食物是植物，這不需要搏殺拚鬥。牠來得正是時候，只要能向遍地都是的植物張開嘴，就能解決饑餓問題。就這樣，牠不自覺地開始了兩年多來的第一頓野餐。

老悶兒「哄夫夫，哄夫夫」嗅著，走過一棵棵大樹，一片片灌叢草叢。牠沒有找到草莓，但讓牠開胃的東西，牠吃了不少。有苦的，像蒲公英；有酸的，像敗醬草；有甜的，像醋栗和山葡萄……牠還搬起石頭，推翻倒木，尋找石頭倒木下的螞蟻、蚯蚓和金龜子。

這是牠的小點心、小香腸……小時候的事，牠還隱約記得，媽媽曾經這樣做過。

熊也不是看到什麼吃什麼。有的東西，牠沒有一點興趣，連碰也不碰一下。有的東西，牠嚼一嚼，又吐出來。

這些東西，或者有股怪味兒，讓牠厭惡；或者苦得要命，澀得要命，品一品便舌頭發痛發麻。而這樣的植物或昆蟲，也往往有毒。

中午，白花花的太陽光照進山林。小公熊的肚子，已經不叫喚了。但牠還沒有吃飽，還得吃。

在一株枯樹旁，老悶兒嗅到一股甜絲絲的味兒。

這股味兒特別叫牠喜歡，對牠有特別的吸引力。一嗅到這股味兒，口水就湧出來……牠舔舔嘴唇，在樹下東一頭、西一頭地轉起來。

一隻小山雀落在枯樹枝上，「籽黑，籽黑，籽籽黑」地叫。見老悶兒擡起頭，撲楞飛走了。

老悶兒發現，頭頂正上方，有幾隻蜜蜂正在一個枯樹洞旁飛，像正在著陸的飛機……忽然，蜜蜂飛進樹洞，消失了。

老悶兒興奮起來，不愉快的心緒完全消散了。牠咽下湧滿口腔的口水，匆匆站起來，抱住樹，開始一下一下向上爬。

牠爬得很笨拙，但牠會爬，只是現在不熟練。當牠努力爬到枯樹洞下面，聽到樹皮中傳出嗡嗡的轟響時，牠急躁起來，哧啦一爪撕開了樹皮。

樹洞擴大了，露出了裏面的蜂房。千百隻蜜蜂「嗡」一聲飛出來，像一團突然炸開的黃黑色煙霧。……蜜蜂們發現了撕開牠們家牆壁的老悶兒，憤怒地在老悶兒身上亂螫。

老悶兒哪兒還顧得上這些？好吃的就在面前。牠趕快伸進去嘴，在蜂房上又吸又舔。吸舔了沒幾下，牠又嫌這樣太慢，乾脆張開大嘴，把蜂房咬成一塊一塊，連樹洞中的木屑和泥土一起嚼碎，匆匆吞進去。

沒有誰教牠找蜜吃蜜，傻熊天生就會。牠一邊嚼一邊唔唔哼，不時吸一下淌出嘴巴的琥珀色蜜汁。牠身上粗硬的毛兒抵擋著蜜蜂的尾針。可毛兒稀疏的鼻尖、臉上，槍彈撕去皮毛的頭頂傷口，卻中了不少蜂兒的箭簇。

終於，牠挺不住了，大叫一聲，鬆開爪子……老悶兒重重跌在枯樹下，嘴裏還嚼著蜜蜂們的最後一塊房子。

牠顧不得哼哼，吸一下淌出嘴的蜜汁，爬起來就跑。憤怒的蜜蜂們不依不饒，亂轟轟追趕貪吃甜食的熊，一邊追一邊飛下去猛螫亂刺。老悶兒不叫痛，也不反抗。

太陽偏西的時候，鼻青臉腫的年青公熊闖進山谷底，來到一條淙淙作響的小溪旁。

牠吧嗒吧嗒喝起水，喝得肚子脹脹的……牠還想跳下去，走到水深處，讓涼涼溪水浸浸腫得發燙的鼻子和腦袋。這時牠忽然聽到，身後有「霍潑霍潑」的腳步聲。

牠站住了，轉過身，嗅到一股熱烘烘的氣味兒。

有野獸來了！

不知爲什麼，嗅到這股氣味，傻熊心裏立即升起一種親切的感覺。「嗚兒嗷嗷嗷嗷」，牠不由自主撒嬌似地叫起來。

果然，牠面前十餘步遠處的一叢小榆樹棵子，「嘩啦」分開了，一頭大狗熊跳出來。

老悶兒忘了頭上的腫痛，高興得在小溪邊又是搖脖子，又是擺腦袋，並且仍然像小狗似的嗚兒嗚兒叫。

自從被捉進小院，牠沒有見過任何一頭狗熊。但是現在，兩歲半的小公熊不知爲什麼知道，這頭毛色黑黑、有一雙小眼睛的野獸，跟牠是一類，是同族……兄弟！

牠沒有想到，被趕得無家可歸、到處流浪的時候，會在這兒遇到本族兄弟。

自從媽媽和妹妹被打死，牠和人生活在一起。長這麼大，在哪兒能見到同類呢？牠以爲，天地之間，就只有牠一頭熊呢！

啊，真好！老悶兒不孤單了，有同類兄弟了。

老悶兒站起來，按照小院中惡人教的規矩，深深鞠了一躬。

對面的大公熊兇狠咆哮起來。

滿心歡喜的老悶兒準備再鞠一躬，但嚇了一跳，怔住了……因爲是同類，語言相通，牠聽出，對方沒有因牠的衷心歡迎而高興，反而在警告牠，叫牠……滾！

年青的傻熊直起腰，疑惑地看著對面那頭同族兄弟。

這是一頭又高又大的熊。腿比老悶兒的粗，爪子比老悶兒的長，臉頰上長著長長的鬢毛，像一圈硬硬的鬍鬚，這使牠的腦袋看起來也比老悶兒的大。

這頭熊老哥見熊傻不唧唧地看自己，又張開大嘴，嗚嗚咆哮起來。

老悶兒聽得很清楚，對方的憤怒似乎又增加了幾分。這一回，是在命令牠……快滾！

「怎麼會這樣呢？」牠四腳著地，「嗚兒嗚兒」小聲小氣地叫。

長鬍鬚的公熊沒有回答牠，樣子更憤怒了。這傢伙怒沖沖向前一撲，「啪」，搧了牠一掌。

老悶兒沒有防備，跌倒了，腦袋裏「蚊兒蚊兒」響。

可憐的好熊不知道還手，爬起來還是嗚兒嗚兒叫……牠仍然在問：爲什麼打我，爲什麼？

大公熊一點也不留情，又搧了老悶兒一掌，並且在跌倒的年青熊兄弟身上亂撕亂咬。

可憐的老悶兒！牠不知道，這是頭性情暴躁的傢伙，沒有耐心。這傢伙不了解老悶兒，還以爲老悶兒在故意搗亂。

在熊族中，有這樣的規矩：成年的公熊都有自己的領地。牠們佔據一片山林，做上標記，這片山林便成了某一頭熊神聖不可侵犯的領地。其他的公熊闖進來，就要發生你死我活的廝打。

大鬍子熊早就佔據了大峽谷，在大峽谷上下到處做了標記。今天中午，牠發現有熊入境了，立刻開始拚命追蹤……在牠看來，熊族的規矩，誰能不懂呢？

初進山林的老悶兒，牠哪兒知道這些？牠被咬得遍體鱗傷，一邊打滾兒，一邊「哀兒哀兒」慘叫。實在受不了了，牠掙扎著爬起來，逃跑了。

牠跑得飛快，撞得灌木嘩嘩響。跑啊，快跑，牠的同族老兄太凶了，跑得慢就要被這位老兄咬死了。……離大鬍子熊遠了一些，牠扭扭頭，跑慢了。

大鬍子熊嗚嗚咆哮著，昂起頭，看老悶兒逃走。見老悶兒腳步慢下來，又急了，吼的音量大起來，並且勇猛追上去。

老悶兒只得再次加快速度。……牠不明白，大鬍子熊怎麼連跑慢一點兒也不允許？

就這樣，跑跑停停，牠一直爬上峽谷山脊，被大鬍子兄弟驅逐出境。

牠心裏滿是怨氣。惡人殺牠，蜜蜂螫牠，同類也不容納牠。這天地間還有沒有老悶兒存身活命的地方？

牠喘吁吁、氣哼哼地爬過山脊，進入另一條山谷。

這兒，離山腳小院更遠了。

九

惡人提著槍，很早就進了林子。

夜裏，他沒有睡好。

老悶兒回來過，把院門推倒了。

其實，老悶兒就是不回來，沒有毀壞院門，他也要找牠。

就像一個以屠殺爲業的人，在一頭牛的胸脯上捅了一刀。牛沒有死，掙脫繩子跑了。這時候，這個屠夫會怎樣？

當牛掙脫繩子的時候，他會怕得要命。而當牛跑了，他便會惱羞成怒。他要不顧一切地追牛，直到把牛放倒在地。

屠夫會說，媽的，你還跑！跑吧，你跑哇？老子殺了一輩子牛，就不信殺不死你。

現在，惡人就是這樣一個心理。他覺得，他養大了小狗熊，小狗熊的生死就得由他來執掌。而他，一個遠近聞名的大炮手，在自家的院子裏，沒打準狗熊腦袋，反而打斷了鏈子，放跑了狗熊，這已經叫他恨恨不已。晚上，老悶兒回來，毀壞了院門，可這時候，他連打兩槍，又沒有打死傻東西！這更叫他顏面掃地。今後，他還怎麼再進小酒館，再進鎮子呢？

他什麼也不再考慮。甚至，賣熊掌熊膽給關裏那矮個兒老闆的打算也不那麼重要了。他只有一個念頭：老悶兒，我就不信放不倒你！

天太早，灌木和野草的葉兒上還掛著晶瑩的露珠。一碰，便軲軲轆轆滾下來。惡人的褲子濕了半截兒。鞋濕得更厲害，像從水裏撈上來的，腳在裏面唧咕唧咕打滑。

惡人更生氣了，牙根咬得酸疼，眼睛通紅，殺氣愈發重了。他一邊撥開野草灌木查看，一邊暗暗發誓：要是找到傻熊，絕不能叫牠痛痛快快就死，一定要好好出口氣，再把牠的腦袋打個稀巴爛。

太陽升起來，鳥兒們叫著在樹林裏飛來飛去。一隻貓頭鷹臥在一根大樹枝上，睜一隻眼睛，閉一隻眼睛，斜睨著狼狽走來的惡人。

惡人看到了，氣惱異常，舉起槍，瞄一瞄就要放。可剛剛扣動扳機，又把槍放下了。他拾起一塊石頭，使勁扔出去。距離很近，「啪」，打了個正著。

貓頭鷹「咕——」地慘叫一聲，一個後滾翻，掉下樹，在草叢裏撲打起翅膀。羽毛像雪片似地脫落，紛紛揚揚，飛得到處都是。惡人急走兩步，伸手按住掙扎的鳥兒。另一隻手揪住鳥兒的脖子，用力一擰。「咯吧」，貓頭鷹的脖子折了。

他攏攏軟軟垂下的翅膀，把死鳥兒塞進背著的獵囊，氣兒這才稍稍消了一些。

離這棵樹不遠，有一大片草被踩踏過。草挺了起來，但不整齊，有的傾斜著，有的折了葉和稍兒。惡人小心地看看周圍，觀察了片刻，俯下身。

「該死的東西，在這兒停留過，」他撥動著草判斷。

他站起來，踏著曾被踩過的草，又邁開了步。山林裏到處都有老悶兒留下的痕跡：高高的野草被踩倒了；叢生的灌木枝條被碰折了；許多大樹樹身上有被剪過爪尖的爪子抓過的印痕……惡人仔細地檢查這些痕跡，一邊警惕地觀察四周。

他跟著這些痕跡走，緊緊握著槍，槍膛裏頂著能炸開花的子彈。

這一片山林面積不算大，樹木也比較稀疏。老悶兒走過的痕跡卻曲曲折折，沒有盡頭。惡人的褲子乾了，鞋也乾了，肚子嘰哩咕嚕響個不住。他一路跟蹤著走到太陽偏西，始終沒有發現老悶兒的身影。

山林裏不熱，空氣很清新。惡人心裏的火卻再也壓不住，一陣陣往上躥。

他發現，傻老悶兒在山林中不急不慌，像在蹓蹓躂躂地逛公園。這兒有幾叢老悶兒吃剩下的野草，那兒有幾枝老悶兒掠過的灌木枝……「這該死的東西餓不著，」惡人心裏說。

他的肚子響得更厲害了。

有一片野生草莓，成熟的果兒被摘吃了個乾乾淨淨。只有幾個草綠色的生果悄悄從葉子下探出腦袋，彷彿在向惡人挑釁：你餓吧？渴吧？可惜晚了，你吃不著好果子！

惡人摘下一個綠果嘗了嘗，狠狠摔在地上，接著，把幾棵草莓踩了個稀爛。

在山林裏轉啊，轉啊……有幾次，惡人要吼：「傻東西，你在哪兒？」但他怕驚跑了老悶兒，只是腮幫子繃了繃，沒有喊出聲。

黃昏，惡人跟著老悶兒的蹤跡回到了家門口。他恍然大悟了：這一天走過的路，是小熊推倒院門以前走過的。

「真笨！」白跑了一天，他又恨又急，「叭」地摑了自己一個耳光。

第二天，他追進另一片山林。

這是一個大峽谷。

在一棵枯樹下，他發現有許多螞蟻跑來跑去，正在拖死去的蜜蜂。惡人急忙擡起頭，看到，樹上的一個樹洞被扯豁了，掛著幾溜棕黃色的黏汁。

「呵，狗東西吃了蜜！」那傻傢伙竟然能吃到這樣的好東西，他心中的邪火又呼地躥起來。

在一片茸茸的苔蘚地上，惡人看到幾隻大腳印。

腳印像沒穿鞋的人踩的，但比人的腳印肥大。

「這是熊的，」他立刻判定。

他蹲下來，撥一撥腳印裏的苔蘚……苔蘚新鮮，還沒枯萎。他緊張起來，提槍的手濕漉漉的，出了汗。急急直起腰，四處查看。光線暗淡，除了樹，什麼影兒也沒有。

他再低下頭，用手指比量比量腳印間的距離……距離均勻。而每一個腳印的深淺，大體上也一致。

他稍稍心安了一些。

他知道，留下腳印的這頭熊剛過去不久，步履安詳，沒有受到一點兒驚動。

惡人不敢走了，甚至連呼吸也摒住。他在原地蹲下來，高高豎起耳朵，睜大眼睛，慢慢轉動腦袋，小心地、不發出一點兒聲響，觀察四周。

這兒的幾棵樹下很黑暗，沒有灌木也沒有草……不遠處，有枯枝折斷的「咔嚓」聲響起。那兒比較明亮，有幾叢灌木，灌木周圍長著草。

他急忙檢查一下槍，貓一樣弓起腰，躡手躡腳摸上去。他那麼個大個兒，走路竟然一點兒聲音也沒有。

前面的灌木枝條在搖動，又「咔嚓」響了一聲。這時候，茂密的山林裏沒有風。

近了，更近了……他悄悄撥開野草，謹慎地向前邁出腳。他彷彿聽到了老悶兒「哄夫夫、哄夫夫」的喘氣聲，心情又緊張又高興。

「傻東西，你跑哇？你跑，你還能跑出如來佛的手掌心麼？」他心裏恨恨地責問。

山林裏寂靜異常。鳥兒們不知飛到了哪兒。松鼠也不在枝頭上跳躍。就連樹葉草葉，此刻都凝立不動，好像繃緊了纖維和葉脈。

灌叢後的喘息聲已經清晰可聞，惡人舉起槍……但他還沒有看到目標，比劃比劃，又放下了。

他悄悄撥開草，想換一個位置看看。左邊那兒灌木枝條稀疏一些，他的腳動了動。「嘩啦」，一根藤條彈起來，發出驚心動魄的響聲。

這是一根忍冬藤，細如筷子，橫張在草叢裏……也許，是熊過去時，把這根藤踢到了這兒？

惡人出了一身冷汗，握緊槍，不敢動了。野草停止搖擺，灌叢那一面沒了聲音。

惡人站了許久，冷汗漸漸消退下去。他又開始悄悄移動，還是向灌木枝條稀疏的地方。終於，他挪到了那兒。踩倒的草在他腿旁悄悄彈起，慢慢拂過他的褲腿兒。

透過稀疏的枝條看，那一面也沒有老悶兒的影子。「傻東西跑哪兒去了呢？」他心裏說。他撥開灌叢枝條，想看看灌叢下面。就在這一刻，一頭龐大的動物倏地從灌叢後站起，揮爪向他抓來。

他有心理準備，但還是驚駭得停止了呼吸。他沒有想到，熊離得這樣近，就在他撥動的枝條下面蹲伏著！

連順槍的時間都沒有，他本能地向後退了一步。「嗷——」，那熊大吼一聲，聳身壓倒灌木枝條撲過來。熊的吼聲震耳欲聾，他心膽俱搖，轉身就逃。但荒草阻攔著他，他怎麼也跑不快。跑到發現熊腳印的大樹下時，熊的爪子幾乎抓到他的屁股。這位大炮手無奈，只好繞著大樹轉起來。狗熊緊跟在身後，只有一兩步之遙，他繞著大樹竄，憤怒的狗熊便跟著繞樹追趕。腳下的苔蘚鬆軟滑膩，有幾次，他幾乎跌倒。狗熊四腳著地，比他穩當，但狗熊身體太重，轉著圈兒跑，總有向外甩的趨勢。這樣，狗熊緊追著他，才一直差著那一兩步，咬不到他。他氣喘吁吁，呼吸粗重如牛，可他不敢離開大樹一步。「完了，完了，」他恐怖至極，心裏連連哀歎。

他沒有想到，他惡狠狠追殺老悶兒，卻要死在熊的爪下。

這是一頭野熊，他已經感覺到了。追趕他的熊不是老悶兒，老悶兒沒有這麼大的塊頭，臉頰上也沒有這麼長的鬢毛。

另外，他記得老悶兒那雙乳藍色的眼睛。他向牠瞄準，那雙眼睛看到了，還是充滿信賴。那樣一頭傻熊，能躲在灌叢下，突然跳起來打他嗎？

後面的這傢伙才是真正的熊。這傢伙也在喘息，但喘息聲比他輕得多。並且，照樣奔跑如飛，彷彿是一輛不知道疲倦的汽車或者坦克。

看樣子，這頭悍熊是不會放過他的。這樣跑下去不行，這樣跑下去，他勢必會倒在熊的嘴前。惡人心裏充滿悲哀，卻又心有不甘。

漸漸地，他從最初的恐慌中鎮定下來。「媽的，拚了！」這個屠戮過許多熊的炮手橫下了心。

大樹下的苔蘚被踩成了黑綠色的泥，四處飛濺。有的就沾在樹幹上，往下滑溜。惡人和狗熊還在飛跑，像兩頭被拴在磨上、不知怎樣才能解脫的驢。

三十圈，四十圈……忽然，惡人伸臂推一下大樹，身子「啪」地平摔出去，在地上翻滾起來。惡人的胸被緊抱著的槍硌了一下，痛得出不來氣。

抱著槍的胳膊也痛，是這條胳膊先落的地。

惡人不顧這些，一邊滾一邊竭力掙扎著，把槍交到另一隻手中。

狗熊沒有料到，同時身體也太重。當牠刹住腳，扭回頭，站起來，像山一樣向爬在地上的惡人撲去，惡人已經贏得了時間。

這時候，「噹」，槍響了。狗熊搖晃一下，站住了。接著，「嗷——」地狂吼一聲，一跳，彎腰就抓地上的惡人。

「噹」，又一聲槍響。隨著槍聲，惡人敏捷地一滾，滾到了一旁。

大鬍子狗熊栽倒了，胸口咕嘟咕嘟冒出猩紅的血。牠掙了掙，爬起來，腿一軟，又「咕咚」

栽翻在地。惡人急忙推開槍，從腰後摸出一把獵刀，緊緊握在手裏。

這把獵刀鋥亮，一尺多長……惡人很清醒，他的槍一次只能裝兩顆子彈，已經打完了。

狗熊嗚嗚吼，暴怒地划動四條腿，還想站起來。但這是徒勞。兩顆大號獵槍子彈把牠的心臟打得粉碎。牠每用一下力，胸口都噴出一股血水，「嘩」地射出很遠。很快，狗熊的腿划不動了，憤怒的咆哮聲也小了下去。

終於，血泊中的狗熊腿顫了顫，蹬直了。

山林裏寂靜下來，靜得連掉張樹葉也聽得到。惡人眼裏的殺氣漸漸小下去，但他仍然握著刀。

他癱軟如泥，索性像一條大蟲子一樣完全趴在地上。過了很久，他掙扎著用刀拄地，跪起來，又要站起，一用力，嘴裏哇地吐出一口血水。

這時候，山林外已是中午。

十

老悶兒走出不遠，肚子和腿上的毛便被露水打濕了。

牠不得不站住，在一塊乾燥的大石頭旁臥下，一下一下舔起傷口。

這兒草不多，也矮，露水不重。

牠的眼光很是憂鬱。本能告訴牠，露水不潔淨，傷口被漬泡了可不好。

現在，肚皮上、胸脯上新被大鬍子熊咬的傷口痛，前腿上已經舔過的刀傷也在痛。

牠得清理傷口，免得發炎。

牠一邊用力舔，一邊想小院和大鬍子熊。

在小院裏，惡人要殺死牠。那眼神，牠會牢記一輩子。可在離這兒一條山脊之隔的大峽谷，大鬍子熊爲什麼也不認牠這個同類，惡狠狠地咬牠呢？

看得出，大鬍子熊並不是有意爲難牠，也並不是一定得打牠一頓才痛快。好像，只是要趕牠走，不願意留牠在大峽谷裏。

這是爲什麼呢？

牠想不通，牠還沒有到想通的那個年齡。可牠由此想到了現在……現在，牠來到的這條山谷裏是不是也有熊？這兒的熊是不是也會趕牠走？

牠不舔了，急忙一躍而起……但當牠在灌叢青草中慌慌張張走出一段路，傷口又被露水浸漬得疼痛起來。牠只好再次找一個乾燥的地方，臥下舔。

整整一個早晨，老悶兒沒能走出多遠的路。在這段路上，牠嗅著、看著，卻也沒發現其他熊的蹤跡。

牠的心稍稍安定了一點兒。

太陽愈升愈高，露水漸漸少了，乾了，老悶兒顛兒顛兒跑起來。

一隻長著灰藍色羽毛的松鴉，盯著年青的熊，一路跟蹤。這鳥兒從這根樹枝飛到那根樹枝，一邊飛一邊衝老悶兒「嘰嘎嘎，嘰——嘎嘎」地叫。

牠不認識這隻熊，不知道這個大傢伙闖到這片山林裏來幹什麼。

有一刻，老悶兒站住了，擡頭看看在頭頂上又飛又叫的鳥，並且習慣地站起來，要鞠一躬。那鳥兒卻慌忙飛到高高的樹梢上，躲進密密的樹葉中，不讓老悶兒看到牠，連聲也不再出。

老悶兒怔了怔，立刻開始討厭這隻鳥兒，決定不理牠。年輕的熊又顛顛跑起來。

「嘰——嘎，嘰——嘎嘎，」那鳥兒又飛出來了……直到熊跑進一座又黑又潮濕的紅松林，那鳥兒才拍拍翅膀拐了彎，沒了蹤影。

老悶兒扭回頭，看了一會兒，眼光裏滿是憎惡：你要看我就大大方方地看嘛，怎麼這個樣子？還衝著我叫！山林裏真奇怪，竟然有這樣的東西！

紅松林裏也沒有找到熊的蹤跡。

可牠有了新發現：一棵大松樹的樹皮有一溜抓痕，露著斑斑點點的痕跡，從樹根直上樹梢。牠圍著大樹轉轉，嗅嗅，研究起來。

抓痕很深，好像是一隻身體很大很重、爪子又尖銳又有力的野獸，爬上樹時抓的。

這是隻什麼野獸？這麼有勁兒？

「嗷——，」老悶兒扶著樹站起來，竭力向樹冠又高又密的枝葉中看去。牠一邊看，一邊探尋似地吼。

牠希望認識這隻大野獸……森林裏又黑又靜，沒有誰理睬牠。

老悶兒注意聽了一會兒，有些失望。牠四腳著地，扭搭著屁股走了兩步，又在潮濕的苔蘚地上發現一隻大腳印。

這腳印像貓的，腳掌和腳趾排列成圓形，卻比貓的大許多倍。老悶兒低下頭，呋呋嗅起來。

這個腳印和松樹上的抓痕有相同的氣味兒，這也就是說，腳印和抓痕是同一隻野獸留下的……那麼，留下這些痕跡的野獸在哪兒呢？

年青的熊仰起頭，到處找，小眼睛裏滿是好奇和疑惑。

山林裏儘是些奇怪的事。

離這兒不遠另一棵紅松樹上，有兩隻幽幽的黃眼睛。這雙眼睛透過茂密的枝葉，緊緊盯著樹下的狗熊。當熊的視線移過來，這兩隻眼睛急忙伏得低低，躲在了樹葉後面。

剛剛闖進山林裏來的老悶兒傻傻的，什麼也看不到。站了片刻，只好跑走了。

走出紅松林，是一片灌叢和野草。

這兒的陽光很強烈，年青的熊停住腳，連眨了幾次眼睛，才適應。牠信步走起來，邊走邊啃吃灌木葉和草。有時，牠也鑽進荊棘叢中找野果，很久才出來。

一叢茂密的灌木後，傳來吱吱的尖叫和嗚嗚的咆哮。老悶兒停止嘴嚼，豎起耳朵。誰在那兒？在幹什麼？

牠聽了一會兒，好奇起來，擠開灌木和深深的草闖過去。灌木枝條和草莖你碰我，我撞你，「唰啦劈啪」地亂響。一隻毛色黑黃的長耳朵兔子，「嗖」地竄過來，從老悶兒身邊跑走了。

老悶兒愣了愣，這一瞬牠又瞥到，另一面一隻毛色火紅的身影一閃，鑽進一片茅草叢……綠色的長葉子唰唰搖動起來，像波浪似地湧向遠方。

唔，是兔子和狐狸打架。老悶兒明白了。

牠認識狐狸，但那是惡人打死的，扔在小院裏，不會跑。現在這隻卻是活生生的。牠有些遇到故知的感覺，小眼兒閃射出興奮的光。

「得追上牠，結識這種野獸，」老悶兒伸長脖子嗅嗅味兒，鑽進草叢跟著狐狸留下的蹤跡跑起來。

早晨的憂悶，年青的熊全忘了……狐狸腿兒不長，但是跑得很快。蓬鬆的、有個黑尖兒的大尾巴，在草叢中一閃一閃。只是在跑過開闊地，狐狸扭頭望望的時候，老悶兒才能看到這隻美麗野獸的模樣。但是狐狸接著又跑起來，並且總是鑽草叢和繞灌木叢。這讓老悶兒又著急，又覺得神秘。

一般在老悶兒這個年齡的熊，對山林早就應該很熟悉了。但老悶兒不行。牠的山林知識辭典中，大部分頁碼都是空白的。在牠應該學習這些知識的時候，惡人把牠鎖到了小小的院子裏。現在，牠要在山林中生活，就必須趕快補課。

狐狸沒了蹤影，老悶兒眼裏儘是悵惘。

狐狸和兔子爲什麼把牠看得像惡人似的，要躲避、逃跑呢？牠不知道。牠伸長脖子看了一會兒狐狸消失的方向，很無奈，低頭「哄夫夫、哄夫夫」嗅起來。

嗅石頭，嗅灌木，嗅大樹……牠一邊嗅，一邊慢慢走。牠的鼻子很好使，異常氣味哪怕只有一點點，也可以嗅出來。

牠靈敏的鼻子是遺傳的。狗熊的視力不怎麼好，牠們在大自然中尋找食物、辨認道路、發現敵害，主要靠鼻子。

這一天，老悶兒嗅到許多氣味，看到許多腳跡和動物的影子。牠追蹤這個追蹤那個，走了不少路，弄得自己又忙又疲乏……有一次，牠嗅一條盤成圈兒、躲在灌木下休息的蛇，差一點兒被惱怒的蛇咬到一口。

還有一次，牠追刺蝟，刺蝟忽然抖起渾身的長刺，猛然停住腳向後退，在牠鼻子上刺了一下。刺得牠嗷嗷亂叫，捂著鼻子在地上坐了好久。

傍晚，疲乏的熊早早鑽進草叢，睡著了。

夜裏，有一隻狼走過老悶兒睡覺的地方，嗅到熊的氣味兒，「啪」地跳開了。那狼的尾巴夾得緊緊，全身的毛兒都炸起來……狼緊緊盯著草叢，隨時準備逃跑。

但牠沒有。牠弄清熊在睡覺，皺皺鼻子，眨一眨綠森森的眼睛，在草叢前來回走了幾遭，才走。

老悶兒睡得很死，對這事兒一點兒都不知道……這很危險。幸虧牠是一隻成年熊，長了那麼大的個子。而狼，對牠也還心存疑忌。

如果是一隻孤獨的小熊闖山林，後果就不知道怎麼樣了。

這一天夜裏，還有一群野豬經過附近。野豬們嗅到老悶兒的氣味兒，「吭、吭」哼了幾聲，互相看看，然後搖一搖很有勁兒的小尾巴，繞道走了。

第二天，老悶兒嗅到狼和豬留在地面上的氣味，才知道了夜裏發生的事。不過傻熊不害怕，還很興奮。牠圍著腳印轉來轉去，嗚嗚叫，招呼留下腳印的傢伙折回來。直到斷定沒有誰理牠，才出發去繼續探尋每一片山林，每一叢灌木和野草。

山雞突然從牠面前撲楞楞飛起，兔子和老鼠有時也「唰」地蹦出來，箭一般竄過眼前。牠還看到了膽小的麅子，矯健的野羊，以及在山林上空「嘰兒——，嘰兒——」叫著盤旋翱翔的大雕。

只是，牠仍然沒有看到另一隻熊的蹤影。

牠有時也有些憂鬱，呆呆地看一會兒南方的天空……那片天空下面，有一個長著一棵大榆樹的小院子。但憂鬱的時間都很短暫，很快就過去了。

山林裏每時每刻都有新鮮事物轉移牠的注意力。於是，牠又興致勃勃地嗅、看，顛顛地小跑起來。

第三天還是如此。

牠的心太忙，身體明顯瘦了。

山林裏的事物也太新鮮太神秘，大量的氣味兒、聲音、色彩、形像，需要牠探索、分析、研究考慮，這樣，牠根本就顧不上好好吃一頓飯。

狗熊的食物雖然主要是植物，可總是吃樹葉草葉，食欲會減退。而吃了帶露水的草和樹葉，肚子會脹、會拉稀。

可是，這時候的老悶兒比在小院裏精神多了。

牠的爪子開始長長並且尖起來，腿上也有了勁兒。牠爬樹爬得利索了一些，並且也不像剛來時爬不高就呼呼地大聲喘粗氣……更讓老悶兒愉快的是，牠的腿和肚子上的傷口結了痂。這就不必再怕水浸漬，行動自由更大了。

幾天裏，老悶兒走遍這條山谷。沒有誰對牠咆哮，搧牠耳光。也就是說，這條山谷裏的熊，只有牠自己。

牠放心了。可以安頓下來，不必再擔心被驅逐了。

這條山谷沒有山脊那面的大峽谷大，地形比較陡峻一些。但一樣有山石、小溪、草甸、針闊葉混交林、針葉林……；一樣有鳥，有獸，有昆蟲……

老悶兒已經初步勘察了山谷，了解了山谷裏的地勢和動物。可牠走來走去，心裏仍然時常飄起憂鬱的陰影。這自然不再是懷念山腳下的小院，懷念產生的那種憂鬱愈來愈淡。現在，牠是在進入一種正常熊應該有的、對牠卻是陌生的、前途未卜的生活，牠常常不知道自己該怎麼辦。

牠在山谷裏的一片青草中臥下來，把下巴枕在前腿上，打了個呵欠。

但牠很快又翻了個身，側躺著，把腿腳完全伸展開，並且開始嗚嗚哼哼。

牠睡不著，肚子裏半饑半飽，咕咕嚕嚕響。

十一

大雨下了一夜。

風也很大，一陣陣發狂似地掃過山坡。

大樹小樹，灌木野草，一會兒被風吹得趴伏在地，一會兒又不甘心似地猛地彈起。枝條呼嘯著，彙成倒海翻江般的巨響。

風和雨配合著，把山林裏裏外外，上上下下，澆了個透，洗了個透。

這一夜，老悶兒沒有睡好。

牠抱著頭，像一隻巨大的刺蝟蜷伏在草叢中，雨幕下，不時發出不滿的唔唔聲。

牠身上流著水，身下也流著水，冰涼的雨水冷得牠不住哆嗦。

閃電像大蛇吞吞吐吐的長舌頭，在天空亂抖。而轟轟隆隆的巨雷，特別是猛然炸響的霹靂，更讓牠想起乒乒乓乓的槍聲，驚得牠脊背上的毛兒一陣陣豎起。

有幾次，牠爬起來，想換個地方睡覺。看看周圍，到處是水的世界，小眼睛眨幾眨，轉個身，又臥下了。

就這樣，闖進山林來的年輕熊，接受了大自然的風雨洗禮。

天亮了，雨停了。

濕漉漉的老悶兒，走出濕漉漉的草叢，用力搖搖腦袋，長長打了個呵欠。然後，抖動起身子。牠抖得很有勁兒，以至沈重的身體發出「噗落噗落」的響聲。

毛兒中的泥水雨點兒般甩出去了，旁邊的灌木野草好像又經歷了一場大雨。……老悶兒不管這些，還抖。牠感到暖和了一些。

精神也好起來。……抖了一會兒，牠吭吭噴氣，清理清理鼻子，接著，邁開了腿。

地面上的落葉和落葉化成的腐土，還有綠茸茸的苔蘚，全都浸透了水。走上去一踏，水就流出來。頭頂上的樹枝樹葉也是濕漉漉的，不住向下滴水。老悶兒信步走在樹叢間，森林裏到處是啪嗒啪嗒的滴水聲。牠不小心撞一下樹，或者一陣風吹過，樹上滯留的水便會嘩嘩落下，像又來了一陣急雨。

年輕的熊不得不時時搖搖身體，把落在身上的水抖出去……當走得暖和起來，牠不搖了，索性就讓身體濕漉漉的。牠吃了幾口帶水的灌木枝葉，滋味兒不大好，牠不吃了，又向前走。

在一處地勢抵窪的地方，有幾條拱出地面的蚯蚓，在泥地上翻滾。老悶兒嗅嗅，張嘴撿起來，吃了下去。——前面說過，牠吃蚯蚓，就像吃小灌腸、果子條。

雨後，泥土中浸滿水，蚯蚓呼吸不通暢，便會拱出地表。老悶兒吃得高興，沿著這條低窪的、滙水溝似的地帶走起來，不時把積水踏得四處飛濺。

大雨後的森林到處都濕淋淋的，枝條垂著頭，沒有什麼生氣。動物留下的氣息也都被大雨沖洗掉了……新留下的氣息，由於空氣潮濕，又傳不遠。

老悶兒邊走邊撿蚯蚓吃，漸漸有些煩。聽到遠處有嘩嘩的流水聲，精神一振，擡頭望望，一滑一跌跑起來。

走出滙水溝，看到水了。老悶兒來過這兒。這是山谷底部的小溪，順著山谷曲曲折折流向山外。

現在，這兒變了樣。

鋪滿溪底的鵝卵石不見了，小溪變得很寬。許多原來長在岸邊的灌叢，現在都到了水裏，只露出個樹梢，在嘩嘩奔騰的水流中搖擺。有幾棵柳樹原本離溪水很遠，現在也到了水邊。溪水變渾濁了，不知有多深。翻捲著浪花，打著一個個漩兒迅疾流過。

年青的熊吃驚地看著小溪，怎麼也不相信自己的眼睛。牠在小溪邊走來走去，嗅嗅這兒，又嗅嗅那兒，以爲自己到了一個陌生的地方。

上游什麼地方傳來吱吱啞啞的大樹傾倒聲，牠站住了。慢慢搖動耳朵聽聽，沿著小溪向上游走去。

兩邊山坡上的水順著許多條小溝流進小溪，帶著枯葉，帶著泥土。有的地方地勢比較陡，水流得比較急，於是，岸邊的土崩塌了，小草落進水裏，灌木和大樹露出了深藏在地下的、密密麻麻的根。

失去泥土的根支持不住沈重的大樹，有的大樹慢慢倒伏下來。這些樹一邊倒，一邊吱吱呀呀地響。這是樹在悲歎，在呻吟。

老悶兒小心地沿著溪邊向上走，恐懼地看著山林的變化。牠沒有想到，一場暴風雨，會給生機勃勃的森林帶來這麼多的災難。

在一處地勢比較平坦的地方，牠停下來。這兒水流很寬，流得比較慢。

在水邊，也有一棵大樹倒了。樹根留在岸上，樹幹漂在水中。龐大的綠色樹冠被水浸沒了一半，枝葉在土黃色的洪水中搖擺。

樹幹旁邊，有一頭小野獸正在水中一起一伏地掙扎。小野獸的身體被樹幹攔擋住了，牠正用力露出腦袋，把兩隻前腿搭在樹幹上，要爬到橫躺在水面的樹幹上去。

這是一隻鹿，圓圓的腦袋，黑黑的鼻子，頭上挺著兩根毛茸茸的短棒棒。——這是牠還沒有長足的角。

小鹿兩隻細細的前蹄扒住樹幹，灑著白斑點兒的身子在水中弓起，努力向上攀。嘩嘩作響的水面上，聽得到小鹿咻咻的喘氣聲。

老悶兒驚訝地看著小鹿，呆住了……牠看到過鹿。這種動物吃草和樹葉，成群在稀疏的林子和灌叢間生活，「嘔嘔嘔呵」地叫。但牠那是遠遠看到的，不像現在，離得這樣近。

那時候，還離得很遠，鹿們便撒開輕捷的四蹄，風一樣跑走了，只給傻老悶兒留下一片每個都是兩瓣的蹄印……現在，這頭憨憨的年青熊，看著幾步之外的小鹿，忘了呼吸，忘了周圍的一切。

濕淋淋小鹿終於爬上樹幹，累壞了。牠的肚子風箱一樣劇烈起伏，四肢得得地哆嗦，彷彿支持不住身體，隨時都可能再掉進水中。這個不幸的落水者，連身體都沒有力氣抖，任憑身上的水嘩嘩向下淌……牠身上有一塊傷，那兒淌下的水是紅色的。小鹿擡起頭，看看岸邊。牠想喘口氣，就沿著樹幹上岸去。

就在這一刻，牠看到了樹根後面一動不動盯著牠的兩隻小眼睛。天啊，那是一隻猛獸，大狗熊！小鹿的心狂跳起來，想跑，但腿邁不動步。身體一搖，一屁股坐下了。就坐在樹幹上，像一條蹲著的瘦狗。

老悶兒覺得有趣，甦醒了，活躍起來。小眼兒連眨幾眨，嘴巴咂了咂，連聲哼哼……牠這是高興。沒有想到，會在這個時候，這個地方，遇到這種纖秀敏捷的動物。老悶兒從樹根後站出來，一下一下鞠起躬。

牠在對尊貴的客人表示歡迎。小梅花鹿不理解這種動作，更害怕了，驚恐地看著又粗又壯、彎腰的黑熊，不知道這頭猛獸要幹什麼。牠想跑……其實，這時候牠若能沿著樹幹一竄，還來得及。

可惜牠四肢抖得更厲害了，身體晃了幾晃，差點兒掉進水裏。傻老悶兒憨憨鞠完躬，吭哧吭哧爬上樹幹，喜孜孜地向小鹿走過去。粗大的樹身晃動起來，在水中載沈載浮。

老悶兒要去嗅嗅小鹿。這可是天賜的好機會！最好是能夠摸一摸，拍一拍，仔細研究一番這種森林裏跑得最快的動物。可憐的小鹿！牠再一次掙扎著擡起屁股。這時候已經晚了，沒有用了，三面都是水，高大粗壯的黑熊已經把上岸的唯一通道堵住了。

「噗通」，小鹿腿一滑，終於站不住了，一下子趴在樹幹上。「各夫，各夫，」狗熊的嘴一張一合，打著招呼。粗壯的四條腿在樹幹上挪動，一步步走過來。樹幹承受不住大狗熊的重量，根那端吱吱啞啞作響。

小鹿這一端一點一點向水中沈下去，傻狗熊不管這些，還在哼著向前走。小鹿已經趴在水中，渾身抖作一團。牠頭腦中一片空白，只是極度驚恐地看著狗熊，不知道自己該怎麼辦。

大狗熊站住了，咿咿唔唔哼著，盯著小鹿。接著，伸過來嘴。小鹿歪歪腦袋，哀叫一聲，用最後一點兒力氣一躲，翻進了水裏。

渾濁的水流一下子吞沒了小鹿，打個漩兒，推著一團白色泡沫，向下游流去。

老悶兒呆住了，咂咂嘴，唔一聲，久久望著奔流的溪水。

怎麼會是這樣呢？小鹿爲什麼寧願翻進水裏，也不願意讓自己嗅一嗅？

老悶兒想不明白。牠的前爪也已經浸在水中。牠長久盯著奔流的水面，有些頭暈。牠低頭嗅嗅發黃的水，打個噴嚏，小心扭過身，緩緩沿著樹幹向岸邊走去。

十二

老悶兒爬上一棵大樅樹，爬得高高的，幾乎爬到樹尖上。人似的在一根粗樹枝上坐下來，一掌摸摸肚子，一掌扶往樹幹，開始享受風搖樹擺、在空中悠來蕩去的樂趣。

天熱，牠常常選一棵大樹，爬上去風涼。

現在是三伏天氣，森林密不透風，又潮濕，中午前後悶熱難當。野獸們喘不過來氣，都停止了活動。

爬上樹就不一樣了。這兒敞亮，似乎總是有風。而有一點兒風，樹梢就擺動不已。

老悶兒坐在這兒，就像坐著一條飄浮在綠色海洋中的小船，緩緩的、悠悠的蕩，又涼快，又愜意，還沒有蒼蠅牛虻打擾。頭上藍天如洗，白雲似羽，金色的陽光透過稀疏的枝葉灑下來，落在身上暖烘烘的。

遠處，一條小溪閃著光，在樹林間蜿蜿蜒蜒，忽隱忽現。身邊，一片墨綠鋪展開去，起起伏伏，就像一波一波的湧浪。風稍微大一點兒，綠色的湧浪開始捲動翻騰，發出嘩嘩呼呼的濤聲。

老悶兒感覺，這一大片山谷好寬闊呵。

年青的熊在大樹枝上坐著，任憑風搖樹擺。享受了一會兒，又站起來，眺望山光雲影，沿著樹枝挪來挪去。一邊挪，一邊嗚呶嗚呶發出感歎。

樹上沒有誰回應牠，就牠自己。樹下也沒有誰應和，野獸和鳥兒們都躲起來。

老悶兒在樅樹上風涼了很久，享受了很久。也許是樂極生悲，漸漸地，牠的感歎變成嗚嗚聲，牠開始用力搖晃面前的一根樹枝。這根樹枝並沒有遮擋牠的視線，不知爲什麼，牠跟這根樹枝過不去。

樹枝劈哩啪啦拍打別的樹枝，和別的樹枝碰撞、摩擦，許多樹葉和細枝折了，雨點般掉下樹……樹枝愈搖，擺動幅度愈大，最後「啪」地脆響一聲，耷拉下去。

老悶兒差點兒栽下樹，急忙扶住樹幹……牠怔了一會兒，情緒稍稍穩定了一些。算了，不乘涼了。慢慢地，牠順著大樅樹滑下來。

樹林裏光線暗淡。老悶兒眨眨眼，悠閒地邁開步。遠處，西斜的太陽從樹隙間射進混交林，光柱顯得那樣明亮、刺目。老悶兒扭動屁股，蹓蹓躂躂地走，一邊走，一邊嗅大樹、苔蘚和石頭。

牠不著急。已經在這兒生活下來，還急什麼呢？牠不斷「吭吭」噴氣，清理鼻孔……森林裏光線暗淡，到處是大樹和灌木野草。就是有一雙好眼睛，也看不了多遠。世代居住在森林中的動物們，眼睛便有些退化。而鼻子，卻鍛練得格外靈敏。

老悶兒已經能夠靠鼻子分辨各種植物和動物。不同的植物和動物，有不同的氣味兒。儘管有時候這種差異很小，但仔細嗅嗅，還是能分辯出來。

在一座土丘上，老悶兒站住了。

牠嗅出，這兒有一股淡淡的臊氣，風一吹就消失了。牠疑惑地抽抽鼻子，又抽抽鼻子，開始在土丘上來回走。

牠把叢生的忍冬、紫荊撞得劈叭響，帶刺兒的野薔薇，也叫牠弄斷了好幾枝。終於，牠站在一叢開白花的雛菊前面。

雛菊的氣味兒很強烈，熏得頭腦一陣陣發涼。老悶兒皺著鼻子，注意地打量雛菊叢下面的一個土洞。淡淡的獸臊味兒，正從那兒一點點、一縷縷地冒出來。

土洞黑黝黝的，有小盆口大。土洞口光光滑滑，沒有蜘蛛網，也沒有土渣。老悶兒把頭探過去，開始「哄夫夫、哄夫夫」地使勁吸著氣兒嗅。牠興奮起來，眼睛射出熱烈的光。

已經弄清楚了，洞裏有一頭大獾。現在，這頭大獾沒有出門，就在洞裏。

這傢伙好狡猾，竟然把洞打在雛菊下，用強烈的雛菊味兒遮掩自己的獸臊氣！

老悶兒把前爪伸進黑乎乎的洞口，撓了撓。洞很深，什麼也沒有碰到。牠換了一隻爪子，又伸進洞。

「嗚——，吼吼，嗚，吼，」，洞裏傳出咆哮聲。老悶兒趕快縮回爪子，後退一步。然後摒息靜氣，瞪圓小眼睛等待……牠見過獾，自然，那半大狗般大小的傢伙沒容牠走近就跑了。

腦袋尖尖，一身灰毛，脊背上長有三道長長黑縱紋的野獸沒有鑽出來。甚至，洞中一點聲息都沒有了，變得靜悄悄。

逃走了？不可能吧？老悶兒緊張地等了一會兒，沈不住氣了。低頭「吠吠」嗅嗅，又向黑黝的土洞探了探爪子。這一回，在抽回爪子時，牠在沒有一點土渣的洞口壁上撓了撓。

只撓了這一下，土便掉下來一大塊……洞口變寬敞了，再不是原來那副小裏小氣的模樣了。

「嗚——吼吼，嗚——」，洞裏傳出憤怒至極的吼聲。一頭大獾突然竄出半個身子，伸爪向年青黑熊的鼻子抓來。老悶兒嚇得一凜，慌忙倒退了幾步。大獾的爪子又長又尖利，像一把閃著寒光的鐵叉子。

看來，大獾並不喜歡狗熊幫助牠修理門口……「嗚嗷嗷嗷嗷」，年青的熊委曲地叫，像被踢了一腳的小狗。

「嗚——吼吼，嗚——」，大獾縮回洞裏，仍然餘怒未息地咆哮。忽然，大獾「嗖」地又鑽出來，竄過老悶兒身邊，一溜煙兒跑了。

牠的這個舉動，實在出乎客人的意料。老悶兒半蹲半立，垂著前爪，扭臉看著逃走的大獾，半晌才咿咿唔唔地哼出聲……受到驚擾，大獾放棄這個洞，永遠不回來了。

驚跑大獾，這不是熊的本意。牠發現獾洞，是想拜訪這位土著居民的……牠還打算向這位脾氣不好的大獾鞠個躬，可惜沒來得及。

黃昏，太陽落到西山尖上。失去炎威的夕陽光線斜斜照進林子，林子裏比中午時亮了一些。「的克的克」，「嘰哩嘰哩」，「籽黑籽黑籽籽黑」，鳥兒們空前忙碌，到處是牠們的叫聲。這些鳥要抓緊時間，尋找更多的食物，餵飽早就出殼、正在飛快發育的幼鳥。天就要黑了，牠們怕幼鳥們餓著肚子上床，閉不上眼。

一群羽毛黑黑、嘴喙強健的烏鴉在林間空地上空盤旋，邊飛邊發出刮刮的叫聲。正在草叢中摘覆盆子吃的老悶兒擡起頭，眨眨眼，看了一會兒，離開灌叢，顛顛小跑起來。牠聽出，烏鴉們的叫聲既歡喜，又不耐煩。

烏鴉是一種饞嘴的鳥兒，喜歡參加大動物的盛宴。雖然大動物從不邀請這種鳥兒，牠們卻常常不請自到。牠們盤旋在開懷大吃的大動物上空，方便時便飛快地衝下去吃點白食。現在，可能牠們又發現了一席宴會。

果然，林間空地的邊緣，一叢接骨木的枝條下，一隻深灰色皮毛、身上灑著黑色斑點的動物，正在撕吃一隻麅子。一邊吃，一邊興奮地發出唔唔聲。

這是猞猁……這唔唔聲是猞猁在麅子的肚子裏發出的。麅子的內臟已被掏空，猞猁把頭鑽進去，想看看還能不能再找到一段腸子，或者一塊肺。

老悶兒跑得很輕，並且是在大樹蔭影裏，逆風接近林間空地，烏鴉和猞猁太專注，都沒有發現這頭黑熊。老悶兒已經掌握了一些簡單的森林知識，有了經驗：大搖大擺跑過去，往往會把要結識的動物嚇跑。

看到大吃大嚼的猞猁，以及空中盤旋的烏鴉，老悶兒興奮極了。這塊空地多熱鬧呵，大家都在這裏。牠的饞涎湧出來，牠不得不一次次把淌到嘴邊的口水吸流回嘴裏，「嘓，」使勁兒咽下去……牠也想開開葷，吃點肉。

跑進山林以來，牠吃的都是樹葉和草。當然，也有數量不多的昆蟲。狗熊是雜食性動物，雖然有的動物學家統計，牠們的食物四分之三是植物，但牠們必須經常換換口味，補充一些肉食方面的營養。老悶兒很長時間沒開葷了，有這樣一個機會，怎麼能不眼睛發亮呢？牠興致勃勃，兩步竄到接骨木下，準備參加熱鬧的晚宴。

「嗚嗚，嗚嗚，」牠哼哼。並且邊哼叫，邊吧唧吧唧呱噠嘴巴……烏鴉最先看到老悶兒，飛得高了一些，邊飛高邊刮刮驚叫。猞猁聽到黑烏兒報警的聲音，慌忙從麅子肚子中退出滿是血污的腦袋。一瞥之間，看到一頭又高又大的熊站在身邊，正打量牠，嚇得牠幾乎要尿尿。「喵嗚」，牠顫叫一聲，「啪」地跳到一旁，「哧哧溜溜」爬上一棵大榆樹。

「嗚——，嗚——，」這隻短尾巴大貓，俯下耳朵尖上豎有一小束黑毛的腦袋，憤怒地向接骨木叢旁的不速之客咆哮。

老悶兒也嚇了一跳，不知道這頭滿臉血漬的猞猁，怎麼能那麼麻利地跳離自己，又那麼利索地爬上樹去。怔了一刻，一股麅子肉味鑽進牠的鼻孔，牠醒過來，急忙站起，向躲在高高榆樹上的猞猁，一下一下鞠起躬。牠一邊鞠，一邊「格夫、格夫」哼叫著招呼大貓。

牠想和猞猁共進晚餐……在山腳小院裏的時候就是這樣，惡人吃牠也吃，大家都吃，誰也不必躲開。儘管惡人吃肉，牠吃骨頭。

猞猁愣了。但牠很快看出，熊的動作沒有惡意，似乎是在表達某種熱情。熊的小眼睛裏，閃動的是善良。猞猁膽子壯了一些，「嗚——，嗚——，」牠的咆哮提高幾個音階，變得充滿威脅。

老悶兒不鞠躬了，驚訝地看著猞猁。牠聽出，這頭大貓並不友好，在嚇唬牠，要趕牠走……傻熊是傻，牠不知道，這個世界上的的確確有一些傢伙，是勢力小人。你比他強大，對他厲害，他會討好你，處處巴結你。而你尊重他，對他客氣，他便會欺負你。傻熊怎麼會知道這些？「怎麼可以這樣呢？」牠嗚兒嗚兒哼哼著抗辯。

烏鴉早不耐煩了，根本不聽牠們的爭論。見傻熊和猞猁都把美食晾到一旁，紛紛收斂翅膀落下地。有幾隻膽大的看看老悶兒，跳幾跳，幾步跑到麅子身邊，開始大啄大撕。老悶兒吃了一驚，不吭聲了。看了一會兒，再也顧不得招呼猞猁，趕快四腳著地，正式入席。

烏鴉跳開了。老悶兒用力一甩腦袋，把麅子翻了個身，烏鴉們刮刮驚叫起來，亂紛紛躥上天空。老悶兒斜眼瞥瞥黑鳥兒，覺得這些鳥兒實在太膽小……一瞥之間，牠看到，猞猁唰唰下了樹，又「嗖」地返身爬到了樹上。

「嗚，嗚嗚，」牠擡起頭，疑惑地哼。

「嗚——，嗚——，」猞猁俯下腦袋，咆哮重又充滿驚恐。

這傢伙想下樹，看到烏鴉受驚，也害怕了……麅子肉的鮮美香味誘惑著老悶兒，牠不再考慮禮數，把嘴裏的麅子肉大嚼幾口，咽下喉嚨。接著叼起麅子一摔，把麅子摔到林間空地的中央。那兒比較寬敞，沒有那麼多礙手礙腳的灌木枝條。老悶兒撲上去，大撕大扯、大咬大嚼起來。

麅子肉也確實是又細又嫩，讓牠滿口生香。牠吃得又貪婪又粗魯，把麅子撕扯得翻過來，滾過去，沾上許多草葉和泥土，牠不在乎，連骨頭也嚼得咯嘣咯嘣響。

老悶兒陶醉了，天空烏鴉刮刮的詛咒叫聲聽不到了，榆樹上猞猁的恫嚇也聽不到了，半隻麅子很快進了這頭壯漢的肚子……大榆樹上的猞猁愈來愈著急，也愈來愈憤怒。牠在榆樹上躥來躥去，一邊躥一邊咆哮。

看看麅子整個兒都要被熊吃掉，這頭大貓瘋了，嚓嚓竄下樹，竄到狗熊屁股後，張嘴咬住狗熊後腳跟。老悶兒大叫一聲，慌忙扭回頭。天！是猞猁！這頭怎麼招呼也不下樹的大貓，不知什麼時候下來了……現在，大貓已經跳開，正站在幾步之外，兇猛地向自己吠叫。

大貓灰色的脊背壓縮得短短，全身繃得像一張弓，似乎，隨時都會撲上來。

「嗷，嗷，嗷，」老悶兒哼哼。牠的後腳跟針扎似地痛，流著血。「怎麼回事？」一起吃……吃肉，不好麼？

「嗚——，嗚，」猞猁面孔猙獰，惡狠狠咆哮，並且，向前衝了衝。

老悶兒有些害怕，心裏忽然生出一種做錯事的感覺。牠唔唔哼著向後退退，接著扭身離開鼉子，顛著後腳一溜煙跑了。

十三

穿過一片面積不很大的樟子松林，翻過一條長滿杜鵑灌叢的土坎，是一片莽莽蒼蒼的針葉闊葉混交林。

在森林裏散步真有意思，每走幾步，風景就換一副面孔。

在樟子松林裏，光線比較強，樹下的灌叢野草很茂盛。在這兒不能跑得風一樣快，但可以分開灌叢慢慢走，一邊走一邊思考問題……由於樹木稀疏，鳥兒不多，嘰嘰喳喳的吵鬧也少。

到了針葉闊葉混交林，想走快一點兒就不用擔心枝條劃破皮膚了……這兒樹的種類繁雜，雖然有些地方樹木密集，灌草叢和藤本植物交織，但還有許多地段，樹下寸草不生，甚至連苔蘚地衣一類緊貼地皮生長的低等植物也沒有。在有些地方，陽光強烈，一道道光柱從樹冠枝葉間漏下來，照得動物們瞇細了眼睛；有的地方卻樹冠交叉鑲嵌，像張起幾層厚厚的蓬布，寸光不漏，林下一片黑暗。在這樣的林子裏，獸多鳥也多。只要是晴天，嘰嘰啾啾的鳥叫就不絕於耳。

在這兒，可以野馬似地穿過樹空兒跑一會兒；也可信步蹓躂，邊蹓躂邊聽鳥叫……

看著山林不斷變換的風光，再憂鬱的心情也會好起來。

老悶兒鼻翼搧動著，「哄夫夫、哄夫夫」地嗅每一棵樹、每一塊石頭。牠有時站起來，緊緊靠住大樹，在樹皮粗糙的大樹上蹭癢。

牠總是這樣……牠席地而臥，塵土、草籽兒鑽進亂蓬蓬的毛兒中，每天早晨的露水又打得牠渾身濕淋淋的，這樣，牠的皮膚就常常發癢。現在，牠吃了幾簇蘑菇，舔了一些螞蟻，走了一段路，感到皮膚又騷癢難耐。於是，牠選中一棵落葉松，用力蹭起來。

牠的皮毛在乾裂的樹皮上摩擦，發出有節奏的嗤嗤聲響。牠的皮很厚，不用擔心蹭破。牠蹭了脊背蹭肋部，蹭了這面蹭那面，閉住眼，覺得皮膚舒服了一些。忽然，有什麼東西在身旁一竄而過，帶起的風吹動了牠腿上毛兒。

牠睜開了眼睛。嗨，原來是一隻小松鼠。

小松鼠慌慌張張跑過去，一躍，「唰、唰」，爬上不遠處的一棵大樹……小東西剛跑過去，一隻黑色的小動物緊跟著跑過來。「唰」，小動物也一躍追上大樹。

這模樣像黃鼠狼、皮毛閃閃發出黑紫色光的小動物，是紫貂。老悶兒認識。牠不蹭癢了，好奇地仰頭看起來。

小松鼠很靈活，紫貂也不怠慢。小松鼠吱吱叫著在樹上亂躥，紫貂不聲不響，閃電般緊跟其後。牠們忽而竄上這根樹枝，忽而躍上那根樹枝，踩得樹上的碎屑塵土，唰唰往下落。

小松鼠擺脫不了紫貂，急了，一聳身，從樹上跳下來……牠那毛蓬蓬的大尾巴，像一具降落傘，拉著牠，不讓牠像石頭一樣摔下地。

紫貂愣了。老悶兒見牠站起來，張大了嘴。但這只是一剎那，驀地，紫貂也一躍跳離了高高的樹枝。

「噗，」紫貂像一段木頭跌下地。可這黑紫色的小動物身體彈性極好，就勢一滾……幾乎沒有耽擱一秒鐘，又一躍而起，撲向近在咫尺的松鼠。

松鼠也剛落地，驚叫一聲，沒頭沒腦，圍著老悶兒和大松樹飛跑起來。是走投無路，還是覺得老悶兒沒有危險？不知道，誰也不知道。

紫貂毫不放鬆……松鼠在前，紫貂在後，兩隻小動物像一盤磨，緊緊圍繞著老悶兒和大松樹旋轉。老悶兒看著風車一樣轉圈的小動物，看得眼花撩亂。牠十分驚奇，身上一點也不癢了。這時候，牠若拍一掌或者踩一腳，肯定能打死兩隻小動物中的一隻。

但牠沒有。現在牠還只是會鞠躬，不知道、也不會打獵。這頭年青的熊左右搖擺腦袋，高興地嗚嗚哼。牠覺得，兩隻小動物在同牠鬧著玩，做遊戲。幾隻鳥兒飛過來，落在樹枝上，不啼叫了，驚訝地看著樹下的一幕。

整個森林彷彿都安靜下來，注視著這兒。

松鼠到底腿兒短，不適宜在地面奔跑。終於，牠跳開了，想再次爬上樹。就在這一剎那，紫貂衝上去，撲翻牠，一口咬住後脖頸。

紫貂咬得很準……松鼠一邊扭動著掙扎，一邊吱吱尖叫。紫貂用力擺擺腦袋，隨即把松鼠按在地上。松鼠四肢抽搐一會兒，漸漸伸直了。

老悶兒不哼了，頸上的毛兒豎起來。

兇殺就在眼前發生，牠看得很真切……剛剛還活蹦亂跳的一條小生命，頃刻間就在另一隻獸的牙齒間完結了。

而小兇手很平靜，彷彿這事本來就該如此，天經地義……甚至，紫貂還擡起頭，烏油油的小眼睛和老悶兒對視了一會兒。當小松鼠不再抽動的時候，紫貂叼起松鼠跑了。

鳥兒又開始歌唱，森林恢復了平靜，好像什麼事也沒發生過。

弱肉強食，優勝劣汰，大自然既廣闊自由，又殘酷冷漠，就這樣給老悶兒上了一課。

地面上有一小灘紅紅的液體，很黏稠。老悶兒走過去，低頭舔了舔。液體還有些溫熱，鹹鹹的，很對傻熊的口味兒。牠把那處地面舔得濕乎乎，光溜溜，凹了下去。

老悶兒走出針闊葉混交林，山林又換了一副風景。這兒已是山谷底部，樹木稀疏起來，到處是灌木和野草。

老悶兒最喜歡來這兒。這兒光線充足，視野開闊，漿果、嫩枝、草根，還有各種昆蟲，都比較多，可以一邊找食吃，一邊曬太陽。

老悶兒走累了，在一片葉兒長長的莎草叢中躺下來。這時候正是中午，太陽當頭。山谷底部沒有什麼風，莎草軟軟垂下葉梢，一動也不動。陽光很強烈，曬在脊背上，熱烘烘的燙。

年青的熊覺得舒服。——這種日光浴對所有的動物都是很重要的，可以堅筋強骨，促進血液循環，防止關節傷濕。

陽光刺目，牠閉上了眼睛。可陽光還是透過厚厚的眼皮，讓牠覺得眼前一片火紅……老悶兒開始做夢，夢見林中空地上的草莓長得又紅又大。牠大吃起來，滿心歡喜。林中的動物們來了，牠邀請牠們吃草莓。牠們笑嘻嘻地看著牠，每一隻對牠都很友好。

小鳥在牠身邊飛來飛去，婉轉歌唱；兔子和狐狸跟著牠散步，一會兒跑到前面，一會落到後面。只有猞猁不大對勁兒……這東西躲在灌叢中，眼睛黃幽幽地窺視牠，時刻準備竄出來，咬牠後腳跟。

老悶兒急忙扭過身，護住後腳。敏捷的猞猁跳起來，從牠頭頂躥過。牠耳朵一陣刺痛，慌慌擡掌就打。「啪」，爪子落在頭頂上。

牠完全醒過來，睜開眼。莎草叢中靜靜的，沒有猞猁。只有一隻土黃色大蒼蠅般大的牛虻，在「營營」飛舞。肯定是這東西攪擾了老悶兒的好夢。

熊揮掌趕趕，牛虻飛開了。放下掌子，牛虻又飛回來。老悶兒很氣惱，走出莎草叢，想換個地方睡覺……山谷底部什麼都好，就是牛虻蒼蠅太多。

牠邁開步，扭動屁股，走過一片有水的小窪地。剛爬過一塊大石頭，跳下地，前面草叢中飛出一隻大鳥。

大鳥抓著隻什麼東西，歪歪斜斜向上飛。那東西很重，大鳥翅膀拍得啪啪響，還是要墜落下來。無奈，大鳥只好把抓著的東西拋下……那東西掉在前面的三棱草叢裏，三棱草晃起來。

哈，什麼東西?老悶兒跑過去，分開草，嘿，砸倒的綠草上躺著一隻兔子。老悶兒高興極了，踩倒草，圍著兔子吠吠地嗅。兔子耷拉著耳朵，一動不動。背上黃褐色的毛兒濕了，洇著殷紅的血。

老悶兒舔舔兔子，伸出爪子，剛要把兔子翻個身，一團黑影疾速掠過頭頂，帶起的風吹得眼睛酸。「嘰呀，嘰——呀」，黑影叫。

老悶兒頸上的毛唰地豎直了。

牠擡起頭，那黑影飛上天空。轉一圈，一收翅膀，落在不遠處的一棵椴樹枝上。

這是一隻大鸞，鷹族中的一種。……這隻鷹炸開翅膀，俯身伸下腦袋，「嘰呀，嘰呀，」怒沖沖地衝著老悶兒叫。牠頸部的黑褐色羽毛因爲發怒，全部豎起來。彷彿，老悶兒若再敢動兔子一下，牠就要箭一般撲過來，同老悶兒拚命。

老悶兒不敢動了。牠已經明白，鷹剛剛捕獲了這隻兔子，是牠闖過來，驚動了鷹……那麼，若沒有驚擾，在前面那叢草叢裏，鷹就要吃兔子了麼？

兔子身上濃烈的血腥氣衝擊著老悶兒鼻子，牠的口水很快溢滿口腔。「嘓，」傻熊咽了下去。

「嘰呀，」鷹威脅。

身邊的兔子動了動。老悶兒急忙低下頭，兔子又不動了。

怎麼回事？

老悶兒剛才好像瞥見，兔子還睜了睜眼，那眼是乳藍色的。牠有些疑惑，嗅了嗅兔子。

「嘰呀，」鷹又怒叫了一聲。

老悶兒擡起頭，看看大鸞，嗚兒嗚兒哼。接著，站起來，向椴樹枝上的大鸞鞠了一躬。兔子身上的血實在有誘惑力，牠想吃兔子，但牠不願腳後跟再被咬一次，要邀大鸞一塊兒來吃。

老鷹見傻熊站起，嚇了一跳，一仰頭，沿著樹枝挪了挪身子。「嘰呀，嘰呀，」鷹驚慌地叫。

兔子又睜開眼睛，嘴邊的長鬍子悄悄搖動。牠正窺視周圍的動靜，老悶兒看到了，俯下身。鼻子還沒有觸到兔子，兔子「啪」地蹦起來，閃電般竄出三棱草叢。接著一折身，繞過幾塊石頭，一頭鑽進一片榛子棵裏。

這一切發生在一瞬間。

大鸞嘰呀高叫一聲，聳身撲過來，大翅膀搧起的風，吹得老悶兒直眨眼。大鸞掠過傻熊頭頂，在榛子叢前「唰」地拉起來，飛高了。

老鷹爪下空空……牠不敢鑽榛子叢。密密麻麻的枝條，會把牠的翅膀扯爛的。

老悶兒怔了怔。牠已經知道兔子沒死，但沒有想到狡猾的兔子，會在牠不注意的時刻逃跑，並且，逃得那樣快。

牠跑過去，探頭看看陰暗的榛子棵下……那兒，什麼也沒有了。

「唔，唔，」傻老悶兒咂了咂嘴。

本來，牠又可以有一頓肉吃的。

「嘰呀，嘰呀，」大鸞捨不得飛走，在榛子叢上空盤旋，一邊飛一邊憤怒地叫。

十四

森林裏的動物好像多起來。

剛跑進這條山谷時，老悶兒見到的只是鳥兒和松鼠。這些小動物活動在高高的樹冠中，佔據的是森林上部的空間。在綠色的樹冠下面，在地面上，牠很少看到其他動物。

牠嗅到許多腳印，追蹤腳印，追出去很遠很遠，也看不到動物的影子。就是看到了，那動物一閃，又跑得沒了蹤影。

有時候，牠身邊的草叢和灌木叢中，會「劈哩啪啦」或者「沙沙」作響。牠很興奮，急忙跑過去，闖進草叢灌木叢。但這時候，又什麼都沒有了，牠什麼都沒有看到。

那是剛闖進山林時的情景，現在不是這樣了。

牠在森林中走，野獸和鳥兒都不再躲避。牠站起來向牠們鞠躬，牠們只是冷淡地看牠一眼，該幹什麼還幹什麼。

現在，牠們都知道了牠是一頭只會鞠躬、不會攻擊的傻熊。

牠曾經看到一隻刺蝟——這是第二次看到這種東西了。這東西個兒不大，慢吞吞地鑽在灌木下找蟲吃。在經過柞樹叢的時候，牠幾乎踩到樹根下的刺蝟身上。刺蝟驚叫一聲，縮起脖子。但是片刻之後，那大毛栗般的東西又把腦袋探出來。一雙小綠豆眼打量一下老悶兒，滿不在乎地找起蟲兒。

年青的熊小心地按住牠，用力壓了壓，大毛栗這才邁動四條短短的腿兒，慢慢跑起來。

老悶兒還看到一隻野羊。

當時牠扳彎一棵小山毛櫸樹，正摘吃嫩嫩的樹葉，山羊出現了。這個長著彎彎抵角，嘴巴下掛著一小片鬍鬚的傢伙，遠遠看到是老悶兒，膽大起來，跑過來就和牠搶奪食物。

那傢伙個子矮，人一樣站起來，還搆不到葉子，於是便一跳一跳地蹦。不料，一蹄子踩在老悶兒腳背上。老悶兒嗥叫一聲，痛得放開板彎的小樹。「刷」，樹幹伸直了，山羊吃不到了。那傢伙先是哆嗦一下，跑了開去。待回過神，竟然一低頭衝過來，挺角就頂老悶兒。

彷彿，老悶兒不是一頭猛獸，只是一個不會打架、誰都可以搧一耳光的傻瓜。

最可恨的是松鼠。

這小東西，森林裏到處都是。

牠們用吃光了果肉的果殼果核，投擲過路的老悶兒。老悶兒散步的時候，牠們竄下樹，也不管老悶兒情緒怎麼樣，心裏煩不煩，在牠腳前腳後吱吱尖叫著跑來跑去。有一天，老悶兒站起來，搆一串掛在藤上的山葡萄。松鼠突然跑過來，很利索地順著牠的腿、背，爬上牠的前臂。然後，就站在牠的前掌上，拉住葡萄藤，搶吃葡萄。老悶兒不動了，好奇地看著牠，小東西「咔哧」一聲，一下咬斷葡萄串的柄，跳下地，拖起來就跑。

連松鼠這樣的小不點都敢這樣對待老悶兒，年青的熊現在不寂寞了，牠每天都會遇到一些新鮮事，但牠漸漸感覺到了煩惱。

牠看到過一隻巨大的貓。這是金錢豹。這種巨大的貓科動物是森林中的王，活動很隱蔽，平時很難看到（這其實是老悶兒的感覺。實際情況是，豹也很活躍，只是很陰險。森林裏的動物只要遇到牠，便會一下子永遠消失）。

那是在一個黃昏。

老悶兒很煩，要找一個僻靜的地方休息。走啊走，繞過一叢越桔叢，冷不防，一隻渾身灑滿黑色斑點的巨貓出現在眼前。這傢伙正在張著大嘴，打呵欠。

這隻貓大得像隻小牛，嘴裏的獠牙像四枚粗粗的鋼錐……金錢豹瞥一眼怔在那兒的傻狗熊，站起來，抖抖身子，一躍竄上身後的石壁。然後，拖著又硬又長的花尾巴，不慌不忙走了。

好像，在牠眼裏，老悶兒根本就算不得什麼！

金錢豹只是瞥了老悶兒一眼，給老悶兒留下的印象卻十分深刻：那雙眼睛是冷冷的，無所畏懼的，也像山腳小院中的惡人一樣，滾動著團團殺氣。

老悶兒脖頸和脊背上的毛「唰」地豎起來，喉嚨裏滾動出「嗚——，嗚——」的咆哮……牠不是怕這隻兇惡威風的東北豹。除了惡人，牠還沒有真正怕過誰。牠只是被那不屑的眼神，以及似曾熟悉的殺氣激怒了。

這是牠闖進山林以來的第一次咆哮。

這次咆哮也確實給金錢豹造成了印象。——那傢伙抖了一下，「刷」地扭回頭，緊緊盯住了老悶兒。接著，加快腳步，消失了。

老悶兒瘦了。雖然牠毛色油亮，肌肉發達，能搬起幾百斤重的石頭、推翻幾千斤重的倒木，但牠的肚子始終癟癟的，沒積攢起多少脂肪。

長白山的秋天降臨在溝溝谷谷。

山林裏的顏色漂亮起來。

盛夏時的濃綠收縮了地盤，只掛在紅松、落葉松、冷杉等針葉樹的樹枝上。其他的樹變了顏色：山毛櫸變得金黃，白樺塗得棕黃，楓樹、槭樹和花楸染得一片火紅。椴樹在萬紫千紅的樹叢中看上去是黑色的，顯得很高傲。

灌木和草的葉子也變得五彩繽紛，有綠，有紅，有淡白，有深紫，有棕黃和金黃。草籽兒成熟了，漿果成熟了，山野裏彌漫著馨香。

野獸和飛禽卻無暇欣賞美麗的山色，牠們都忙碌起來，收藏過冬的食物。

這時候，瘦老悶兒受了傷……一頭野豬把牠的肚子戳破了，差點兒戳出腸子。

那是個中午。老悶兒走走停停，不時站起來鞠個躬，應付飛來飛去的鳥兒和四處亂跑的野獸。

穿過針闊葉混交林，翻過長滿杜鵑灌叢的土坎兒，走進頭頂是濃綠、身旁的灌木草叢卻是五光十色的樟子松林，牠才安閒了一些。

這時候已是正午，陽光熱辣辣的。——雖說進入了秋天，中午還是很熱。並且由於雨水少了，空氣十分乾燥。

牠喘口氣，又急急走起來。

牠想去吃點兒鹽土。這些日子，吃什麼也沒胃口。草籽兒和樹葉淡淡的，沒一點兒滋味。牠心煩，動不動就心慌氣喘，老想發脾氣。腿腳也沒勁，無緣無故便抽筋，肌肉僵得硬梆梆，關節不敢打彎兒。

牠喝不下水，總想吃點兒鹹的東西……本能告訴牠，該去舔吃一些鹽土了。

森林裏的野獸都要吃點兒鹽。在又熱又燥的天氣，尤其是這樣。

天熱，出汗多，身體中的鹽分消耗就大。特別是食草動物，不喝別的動物的血，不吃別的動物的內臟和肉，而夏天植物的汁水又多，牠們身體中的鹽分便得不到及時補充。因此，牠們更需要不斷去啃吃點兒鹽土。

熊是雜食性動物，可以從獵獲的動物血肉中補充鹽分。可老悶兒不是一般的熊，牠跑進山林，跟食草動物一樣，每日的菜譜全是素的，所以，牠也必須不斷到有鹽土的地方去轉一轉，舔一舔。

牠已經發現，森林裏的動物常到樟子松林外去，那兒有一片小水窪。水窪邊的泥土被太陽曬過，常常泛起一層亮晶晶的白霜。這白霜是又鹹又苦的，這便是鹽土。天氣愈乾愈熱，這兒的鹽土愈多。圍著這片小水窪，有許許多多的動物腳印，還有一些野羊和鹿拉的糞球。

老悶兒穿過樟子松林，走近小水窪，離著很遠，就聽到嘩啦嘩啦的濺水聲。牠停了停，顛顛兒跑起來……牠聽出，有一頭野豬正哼哼著，在小水窪中打滾。有伴兒，傻熊很高興。

轉過一片灌叢，老悶兒看到，小水窪中的水已經渾了，成了泥湯。野豬看到牠，急忙站起，身上的泥水嘩嘩往下淌。隨著，一股又鹹又臭的味兒飄過來。看到野豬打滾，老悶兒身上癢起來，牠也想洗個泥水浴。牠跑過去，伸下一個爪子，在泥水中划了划。

如果野豬不反對，牠就要下去了……只要有可能，動物們都願意在這種鹹臭的泥水中打打滾，泡一泡。這是動物保健的一種清潔方法。用這種方法，可以清除掉躲藏在皮毛中的蝨子跳蚤一類小昆蟲。

「嗯哼，嗯？」看老悶兒伸下爪子，野豬「啪」地跳上岸。但牠沒有逃，就站在對岸觀察老悶兒，哼著。一邊哼，一邊轉動蓮蓬似的鼻子在空氣中嗅。

老悶兒看看野豬，想起來了。急忙抽回爪子，站起來，隔著水窪，向野豬鞠了一躬。牠耷拉下的一隻前爪，滴滴嗒嗒滴下渾濁的泥水。

野豬認出來了，對岸鞠躬的，果然是傻熊老悶兒。牠脊背上長長的鬃毛慢慢倒伏下去，泥乎乎的小尾巴甩了甩。「嗯，哼，」野豬不滿地哼了兩聲，扭身又踏進泥坑，打起滾兒。

牠還沒有洗夠……老悶兒看野豬氣定神閑，這才四腳著地。牠瞥見水窪邊一片白花花的鹽霜，很潔淨，忽然改變了主意。牠要先吃鹽土，再洗泥水浴。牠咂咂嘴，兩步走過去，跨過一蓬堿草，在白霜最多最厚的地方舔起來。

野豬一邊打滾，一邊盯著老悶兒……剛才被嚇了一跳，牠心裏有一股火氣在滾動。牠不怕這隻大狗熊，總覺得闖進林子來的這傢伙多餘。忽然，牠想趕走正舔食鹽土的老悶兒，牠不願意這頭傻不拉唧的熊再在眼前晃來晃去。

野豬按捺不住惡念，突然吼一聲，跳起來，把泥水踏得四處飛濺，奮力向年青的熊衝去。

老悶兒低著頭，舌頭嚓嚓地舔著鹽霜，把地面都舔濕了。鹽霜苦鹹苦鹹，漬得舌頭和嘴唇又痛又麻，牠依然興奮地「呋呋」喘著氣舔。牠沒有防備野豬，甚至連向水窪中看也沒看一眼。當聽到野豬的吼聲，意識到這個獠牙彎彎伸出嘴唇的傢伙不懷好意的時候，野豬已經衝到身邊。

牠慌了，急忙轉了轉身。野豬擦著老悶兒屁股衝了過去，蹭得牠屁股和後腿上都是泥。

野豬的勁兒很大，獠牙也非常厲害，幸虧老悶兒及時轉轉身，不然，被野豬撞上，一拱一挑，肚皮非劃開不可。

野豬兜回身，又噠噠飛跑著衝過來……這傢伙沒撞著老悶兒，更惱怒了。這一回，勢在必得。年青的熊還沒完全清醒，不明白野豬爲什麼會這樣。見野豬又怒沖沖撲到了，趕快一閃。

野豬早防備著這一招，一扭頭，「嗵」，緊隨著撞過去，把狗熊撞了個仰面朝天。老悶兒嚇了一跳，「嗷——」地大吼一聲。一邊吼，一邊趕快掙扎著爬起。

野豬很得意，乘勢探出大嘴就來拱。慌忙中，老悶兒躲閃不及，借勢站起來，這才避免了肚子被劃開膛。但牠的肚子還是被野豬向上彎的大獠牙戳破了，雖然沒露出腸子，卻也痛得厲害。

野豬有股蠻勁兒，歪歪大腦袋，蹦跳著，還要在老悶兒肚子上撞、挑。老悶兒很害怕，肚子又痛，急忙揮了揮爪子。「蓬」，爪子打在野豬腦袋上，野豬軲轆翻倒了。

打了野豬？打了野豬！「怎麼會這樣？」事出意外，老悶兒怔了怔。一剎那間，牠又急忙伏下身，四腳著地，一溜煙逃離水窪邊。

牠一邊逃，一邊不斷扭頭看……牠沒有打過誰。牠曾經不小心劃破過惡人的手，招來一場殺身之禍。現在，牠居然打了那麼厲害的野豬，野豬會放過牠嗎？牠害怕極了。

野豬嗯兒嗯兒哼著，要爬起來。牠爬了兩次，都是剛剛支撐起前半身，又摔倒了。傻老悶兒的爪子很重，打得牠眼黑耳鳴，頭懵懵的……野豬站起來，老悶兒早跑遠了，牠憤怒地望著狗熊逃跑的方向吼，卻根本不可能再追上狗熊。

可從這兒以後，老悶兒也沒敢再去吃鹽土。

由於缺鹽，牠不斷啃揪身上的毛，把兩肋和腿上的毛揪得這兒禿一片，那兒禿一片，像得了癩癧病。看到別的動物撒尿，牠便跑過去舔。動物的尿是鹹的。……羊和鹿不讓牠舔喝，用角頂牠、撞牠，牠就等牠們尿完走了，再去舔食熱乎乎、散發著尿臊味兒的泥土。

老悶兒不怕羞。——總得活下去吧？為什麼要讓身體缺少鹽分呢？

十五

傻熊老悶兒不給野獸和鳥兒們鞠躬了。

牠不敢彎腰，一彎腰傷口痛得厲害。

野豬獠牙戳的傷口不算大，但是很深，舌頭舔不到裏面。牠哼哼著在山林裏走來走去，小心地避免牽扯肚子上的皮肉。

遇到野羊、鹿或者其他野獸，以及山雞戴勝一類鳥兒，牠就站住，友好地唔唔兩聲，行注目禮。

牠曾經站起來過，要鞠躬。那是迎面來了一群梅花鹿。

牠很激動，站起來，剛彎腰，肚子痛得牠大吼了一聲。梅花鹿們嚇得蹦起來，你擠我撞，大步竄跳著跑了。年青的熊痛苦地唔唔著，久久看著飛逃的鹿，一直看到牠們沒了影子。

這以後，牠就不再給其他鳥獸鞠躬了。

其實，老悶兒在這之前也鞠躬鞠得煩惱起來……牠發現，在山林裏鞠躬有點兒不合適。不鞠躬沒有誰呵斥；而鞠了躬，也沒有誰誇獎，讓牠吃點兒東西……肚子餓了，還要自己花力氣去找，鞠躬解決不了一點兒問題。

不僅如此，牠鞠躬致敬的那一方，在牠鞠躬的時候，或者嚇一跳，或者無動於衷，像看一個小丑或傻蛋耍把戲。

森林裏也有自己的禮節。這禮節跟小院裏的一點兒不一樣：野獸們見了面，會激動地快步跑過去，你嗅嗅我，我嗅嗅你，碰碰頭或臉，然後便你跟我走或我跟你走。如果是不同種不同類的動物見了面，那就什麼也不要說，趕快扭身跑開……跑得愈及時，愈遠，愈好。

如果都是食草動物，比如兔子和羊，大家見了面，那就不必跑了。只要擡頭看一眼，禮數就到了。

老悶兒是一頭熊，原本不會鞠躬。這種彎腰表示卑下的動作，是惡人逼迫牠、強制牠學的。後來牠這樣做，有時是爲了討點兒吃的，有時是出於高興——牠真誠的歡喜看到對方。在森林裏生活，時間久了，牠肯定會丟掉這個習慣的。但是現在，野豬戳破牠的肚子，迫使牠提前放棄了這個禮儀。

肚子上的傷使老悶兒的活動受到了限制，牠不能上樹，不能下水，不能鑽堅硬有刺的灌叢。疼痛使牠不斷呲牙咧嘴，有時還大叫。再加上缺鹽，牠的情緒很不好。

森林裏的野獸看牠變得面目猙獰，脾氣暴躁，有許多離牠遠了。見牠嗚嗚哼著走過來，或者聽見牠的叫聲，趕快悄悄躲到一邊，跑了。

也有的動物不怕，比如松鼠和一些小鳥。這些小玩意兒沒有眼力，看不出會鞠躬的熊有什麼不痛快。在老悶兒從石崖下拉起葡萄藤時，松鼠照樣跑上前去搶吃。老悶兒生氣地趕走牠們，一扭身，牠們又回來了。這使年輕的熊不得不惡狠狠地一邊叫，一邊揮動雙爪驅趕牠們。

秋風愈刮愈冷，下霜了。早晨爬起來，鼻子呼出的氣變成一股一股的白霧。

戴勝、黃鸝、杜鵑，還有大雁野鴨等等鳥兒，集成群，一夥一夥的飛向溫暖的南方。留下的鳥兒，以及獾、貉、老鼠等等動物，都開始拚命搜集草籽兒、漿果、蘑菇一類的食物。

老悶兒也覺得很緊張，不知爲什麼意識到，寒冷、缺乏食物的季節快來了。

這時候不多吃下些東西，變成脂肪貯存在身體裏，到那個季節會凍死的。

這種壓力，更加劇了牠的煩躁。

牠的肚子變得很大，吃多少草籽兒和樹葉彷彿也不飽……由於缺乏鹽分，吃東西時還是沒滋沒味兒。但牠還得吃，沒滋沒味兒也得吃。

牠上不了樹，肚皮不敢在樹皮上摩擦，眼睜睜地看著香噴噴的松籽、橡籽和紅通通的花楸果，被松鼠、交嘴雀吃掉、摘走，只能咽唾沫。

於是，牠每天睡覺睡得很晚，到處急慌慌地轉著找食，直到實在睜不開眼，才放開爪中的灌木枝條，隨便鑽進一叢草中打盹。

牠的睡覺時間愈來愈少，白天活動，晚上睡眠的規律漸漸改變了。

這一夜，牠又睡得很晚。

天愈來愈冷，灌木和草的葉迅速變色變老。失去水分的草葉灌木葉，乾巴巴的，更難下咽了。草籽兒已經成熟，但一成熟就被秋風搖落，撒在泥土中，被愈來愈厚的落葉覆蓋起來。老悶兒轉了一天，肚子還是饑餓。但是沒辦法，已經過了半夜，牠太累，就是餓也必須睡一會兒了。

牠鑽進一片艾蒿叢，打倒一片已經有些枯乾的蒿杆，臥下來。

艾蒿毛茸茸的葉子黃了，無力地垂掛在蒿杆上。夜色中，仍然散發著淡淡的藥香氣。現在，牠很喜歡聞這股藥香氣味兒，這氣味兒讓牠心神安定。牠抽抽鼻子，閉上了眼睛。

沒有風，星星在天空眨動眼睛。遠遠近近，蟋蟀、紡織娘在「嚶嚶」、「哈哈」地低唱。「吱——啞——啞，吱——吱——啞——啞」，森林中，有一隻麅子在叫。

有經驗的野獸聽得出，這是一隻離了群的麅子，正在邊叫邊走，尋找同伴兒。

老悶兒的耳朵慢慢搖著。漸漸地，牠的呼吸均勻起來，輕輕打起了呼嚕。牠打了個滾兒。大約是蒿子杆碰了傷口一下，牠痛苦地咧了咧嘴。

年輕的熊沒有醒。

不知過了多長時間，牠忽然一軲轆爬起來，張開大嘴，「嗚嗚」咆哮。——酣睡中，牠忽然覺得恐怖。

冥冥的感覺中，好像有一雙眼睛充滿殺氣，正惡狠狠地打量牠……這雙眼睛在牠腦袋和咽喉上轉來轉去，讓牠不由得渾身緊張。

這雙眼睛中射出的目光，同山腳小院惡人的差不多。

眼睛在哪兒？是誰的？老悶兒急急轉動腦袋……周圍漆黑，一切都朦朦朧朧，沈浸在夜色中。

星星還在眨眼。但遠遠近近的昆蟲不唱了，山林中的麅子也閉住了嘴。除了老悶兒嗚嗚的低吼，萬籟俱寂，世界彷彿一下子陷進真空。

老悶兒驚恐地搖著耳朵，搧動鼻翼……沒有風，身旁是一片爽心爽肺的艾蒿香氣。別的味兒聞不到，沒有。「吼嗚」，牠叫得聲音大了些，並且叫完後閉住了嘴。

牠想試探試探周圍的反應。現在的寂靜實在可怕。

什麼動靜也沒有，周圍的灌叢草叢仍然靜悄悄……沒有什麼東西搖動碰撞它們，它們就不會發出「沙沙」或「唰唰」聲。老悶兒聽了一會兒，頸子上聳立起來的毛慢慢倒伏下去。

「蛐蛐，蛐蛐蛐，」有一隻蟋蟀試探著振動了翅膀。很快，遠遠近近的昆蟲又開始淺吟低唱。

傻熊打個呵欠，慢慢臥下了。「什麼也沒有，自己嚇唬自己吧。」牠把頭枕在蒿子杆上，兩爪摟著鼻子，咂了咂嘴。

就在這一刻，艾蒿叢旁一棵黃花松樹上，「嚓」地傳來一聲輕響……這是堅硬的爪子劃過粗糙樹皮的聲音。

老悶兒聽到了，輕輕抖了一下。但是，這一回，牠沒有動。只是耳朵悄沒聲兒地慢慢搖起來，眼睛竭力向傳來聲響的方向搜索……牠看到了：透過黃花松仍然茂密的枝葉，一雙黃幽幽的眼睛像兩盞燈，正偷偷向牠張望。

果不其然，有誰在打牠的主意！這東西就藏在樹葉後面，藏在頭頂，一撲就能撲到身上！

「爲什麼要這樣？爲什麼要這樣！」老悶兒脊背上的毛兒「唰」地豎起來，每一根都豎得筆直筆直。牠「謔」地跳起來，「嗷——」，衝黃花松枝葉間的傢伙怒吼了一聲。

這吼聲是從牠心底發出來的。這一聲吼中氣十足，憤怒至極，震得艾蒿枯黃的葉兒「唰唰啦啦」直響……牠恨那雙叫牠恐怖的眼睛。而且這一向情緒不好，心裏正有火。

黃花松上的黃燈籠顫了顫，光芒收斂了許多。

藏在枝葉後面的傢伙聽出，老悶兒雖然有傷，仍然雄壯有力，結實得很！並且，此刻已經暴跳發怒。牠站起來，靈巧地轉過身。黃花松的樹枝晃動起來，劈哩叭啦響……這傢伙順著樹杆哧溜滑下，接近地面時一躍，悄無聲息地拖著長尾巴走了。

黑黑的夜色中，老悶兒看出，這是那隻大貓，金錢豹。

這東西一直在盯著老悶兒……會鞠躬的熊剛剛闖進這條大山谷的時候，牠就看到了老悶兒，這以後一直監視著這頭黑大個在山林中的行蹤。牠看出，這頭熊傻傻的，沒有多少野性。但這頭年青的傻熊能搬起幾百斤重的石頭，推翻幾千斤重的倒樹！這又不能不讓牠吃驚害怕。牠是這條山谷的霸主，森林之王，容不得跟牠一樣有力量的動物。現在，老悶兒跟牠還沒有什麼衝突，但牠感覺，將來勢必有這麼一天！

剛才，熊在睡覺中無意露出咽喉和肚腹，這使牠殺機頓起，差點兒撲下來。但又猶豫，怕熊沒有睡死。牠還沒有摸透這頭憨熊，還不敢冒然和熊攤牌。豹兇狠暴躁，卻又很會算計。

老悶兒已經認識了這頭東北豹，牠從心裏討厭這頭巨貓。這個眼神陰陰、時時滾動著殺氣的傢伙像一頭小牛，不肥，卻十分驃悍……這傢伙走在灌叢野草間，腳步穩健有力，卻又輕捷得很，一點兒聲音都不發出！這傢伙很有搏殺力，十分威風，卻又總是偷偷躲在暗處，突然襲擊！

老悶兒不怕，只有憤怒。牠吼一聲，嘩嘩啦啦闖出艾蒿叢，向強健的豹子衝了衝。牠不知道這樣做會有什麼後果，牠從沒有同誰打過架，可牠不知道現在為什麼要這樣做。

豹也不怕，聽到艾蒿叢響，沒有跑，甚至連頭也沒回，依舊穩穩地走自己的路。老悶兒站住了。豹消失在黑暗中。

老悶兒扭回身，向另一個方向走去。一邊走，一邊憤怒地嗚嗚低吼。走了很久，胸中的怒氣才慢慢平息下去。黑夜逝去，太陽升得很高了。疲倦的老悶兒找了一個自認爲安全的地方，鑽進一片灌叢臥下來。

臥下之前，牠反覆查看了周圍，又是嗅，又是聽……。白天，兇猛的野獸一般都不出來活動。但老悶兒提高了警惕。牠不願意在睡覺時被窺視、打量，這會叫牠睡不安穩。

年輕熊白天活動，只在晚上睡覺的規律，被進一步打破了。

十六

老悶兒肚子上的傷終於好了。

牠可以上樹、下水、毫無顧忌地鑽有刺的灌叢找食吃了。

但這時候，嚴寒的冬天已經降臨在長白山區。

牠還沒有胖起來……東北的秋天實在太短暫了。牠還在山林中闖蕩，獨自一個走來走去。

在這時候，其他長白山區的熊，都找個暖和又隱蔽的洞子，鑽進去冬眠了。

牠也有些睏，想找一個避風的地方睡覺。但不行，冥冥中總有一個聲音提醒牠：你太瘦，還得多吃一些東西。不然，你會熬不到明年春天的。

牠只得打起精神，再到處去尋覓食物。

牠不知道，冥冥中來的那個勸告，其實就是出自牠這一族生存的本能：在漫長的冬眠中，熊不吃不喝，完全依賴身體裏貯存的營養抵禦寒冷，延續生命。如果貯存的營養不夠，是挺不過冬天的。

牠一座林子一座林子地走，仔細尋找還沒有落盡的野果。牠常去的針闊葉混交林比夏天時明亮了許多，遮蔽天空的山楊、橡樹、白樺等，都落下了葉子，只剩下光禿禿的枝條迎著凜厲的北風搖擺、呼嘯。

樹下的灌木、藤條，大多也凋零了。枝條密密的灌叢下，壅積著厚厚的枯黃色葉子。原本生機勃勃的五味子、山葡萄，此時更像一根根粗細不同的繩索，亂七八糟張掛在樹木間，隨風蕩搖。

牠爬上樹，在搖動的枝條間攀來攀去，尋找松鼠和鳥兒們沒吃盡的橡籽、花楸果和三角形的山毛櫸堅果。

牠也在山林邊緣和林間空地上的灌草叢間出沒，「呋呋」地嗅野草以及落地的枯葉，看看草叢和枯葉下面有沒有掉落的榛子、醋栗和橙紅色的越桔。

牠還挖蚯蚓、找蝸牛、舔螞蟻，不斷搬動石頭和翻動倒木。但這也往往是白費力氣……石頭和倒木下空空如也：季節變了，蚯蚓、螞蟻不知躲到哪兒去了。

有時候，牠不得不採摘辛辣苦澀的松柏樹針葉吃。這些東西富含油脂，冬天也是綠油油的。牠把這些樹葉塞進嘴，嚼得滿口都是墨綠色的汁液。當散發出濃烈松節油味兒的汁液咽下喉嚨，牠的腸胃一陣陣痙攣，總想嘔吐。

這個時候，熊類冬眠的好處誰都能看清楚了。——在冬天，以植物爲主食的大肚子熊，要找點兒食物，吃飽肚子，是多麼難呵。

饑餓和寒冷，使老悶兒的生活失去規律。只要挺得住，牠不分白天黑夜，都在轉著找食。

冬天還在走過來。

一陣比一陣凜厲的寒流，把季節一步步吹向隆冬。

接連下了幾天大雪，氣溫更低了。老悶兒從一叢杜鵑灌叢下爬出，抖抖皮毛中的雪粉，扭扭噠噠向混交林走去。

杜鵑灌叢後是一道土坎。灌叢下有一個土窪。土坎遮擋住尖厲如刀的北風，土窪中積了厚厚的一層落葉。下大雪的這幾天中，老悶兒拱開潮濕、散發出腐朽氣味兒的落葉，一直蜷伏在這兒。

雪停了，天還是陰沈沈的。風小了，但還是斷斷續續。

老悶兒在避雪的這幾天沒有吃東西，又冷又餓，情緒很不好。

雪很深，許多地方都沒到膝蓋以上。年輕的熊拔出左側的腿，又拔出右側的腿，慢慢的在雪地上移動。

潮冷的北風捲著牠噴出的大團大團哈氣，撲上臉，常常使牠看不清眼前的景物。牠的鬃毛上結了許多冰珠，一晃嘩嘩啦啦響，使牠的皮膚十分疼痛。牠又漸漸煩起來，開始顛顛小跑。一邊跑，一邊「吭哧、吭哧」哼。

在一片灌叢前，老悶兒停下來，逐棵挨著嗅，白色的團團哈氣噴在灌木枝條上。牠在一棵灌木下刨了刨，刨出一堆枯葉。撥一撥，很生氣，把枯葉打得四處亂飛。牠爬上一棵樹，樹杈樹幹上都堆著白白的、鬆軟的雪。牠怔一怔，小心地伸出一隻前爪，把雪掃掉，然後費力地翻上去。

喘了一會兒氣，牠開始沿粗大的樹枝向樹梢走。那兒有幾根細枝上的葉子沒落盡，壓在鬆軟的雪下，不知藏沒藏果子。

樹枝晃動起來，大團大團的雪從上面的樹枝落下。有一團雪「撲」地掉在老悶兒頭上，遮住眼，牠看不清了。擡爪一撥，凍得僵硬的身體搖晃起來，「咕嗵」，牠像一塊石頭，跟著落雪跌下了樹。

老悶兒在雪地上滾，雪塵飛揚起來。鑽進皮毛中，涼涼的。牠沒有跌傷，但是身上很痛，更惱怒了，「嗷——」，牠憤怒地大聲咆哮。

寂靜的山林裏迴盪著年青熊的吼聲。一些樹上的雪撲撲落落掉下樹。……老悶兒爬起來，用力晃動眼前的大樹。大樹搖動了，樹上的積雪開始紛紛揚揚撒落。樹枝劇烈地拍打起來，拋下許多折斷的細枝。

山林震驚了。

遠遠近近的松鼠不知發生了什麼事，從樹洞中跑出來，在積雪的樹枝上亂竄。於是，傾刻間，沈浸在寒夜中的山林，又開始大雪飄飄。

老悶兒不搖了，驚訝地看著雪光映照的山林……牠的怒氣消散了一些，用力抖抖身子，又邁開了腿。

樹上的積雪還在紛紛揚揚飄落，夜色中閃著點點銀光。有些松鼠驚魂未定，仍然懵懵地在樹上跑來跑去。經過一棵大樹下，一片蘑菇隨著雪粉落下來，掉在老悶兒面前。牠站住了，小心嗅起來。

蘑菇是曬乾了的，此時有些潮濕，不怎麼脆了，在這寒冷的冬夜裏，散發著特有的香氣。老悶兒的肚子咕嚕咕嚕響起來，急忙把蘑菇吞進嘴裏。

「吱——，吱」，樹上傳來松鼠的叫聲。老悶兒嚼著蘑菇，擡起頭，眼睛倏地亮了：天，頭頂乾枯的樹枝上掛著一串串蘑菇，像一串串灰白色的風乾肉！

蘑菇串在寒風中微微搖晃，彷彿在向牠招手。

老悶兒激動起來，脊背上的毛梢兒亂顫……蘑菇從來都是好東西，又好吃又富有營養。夏天下過雨，倒木旁和草叢裏會生出很多這種小傘一樣的東西。但是現在，這些好東西怎麼會出現在樹上呢？

老悶兒覺得奇怪。但天太冷，肚子又餓，顧不上考慮很多。牠咽下還沒嚼碎的蘑菇，腿腳一齊用力，飛快爬上樹。一邊爬，一邊不時咽下一口口溢滿口腔的涎水。

枯樹枝上的蘑菇已經風乾了，雖然下雪使它們受了潮，樹一搖還是嘩嘩響。蘑菇一個壓著一個，串在細細的、向上生長的細樹枝上。這根細樹枝旁邊，還有好幾串這樣的蘑菇。「吱，吱」，兩隻灰色的松鼠焦急地叫著，在細樹枝旁竄來竄去。

老悶兒爬上樹，小心爬過去，揮掌趕開松鼠，騎在樹枝上啊嗚啊嗚大嚼起來。用嘴從細樹枝上摘蘑菇很不方便，牠吃著吃著，乾脆一掌掰斷樹枝，把蘑菇串舉到嘴邊，就像人吃冰糖胡蘆。

吃完一串，挪挪身子，再掰一串……一些蘑菇脫落了，掉下樹，牠也不管。兩隻松鼠氣急敗壞，瘋狂地在牠面前又叫又跳。接著，又張開嘴，呲出長長的牙，「呼呼」地吼著嚇唬。老悶兒瞥一眼，不理牠們，依舊吧嗒吧嗒大吃大嚼。

這兩隻松鼠就住在這棵樹上。夏秋季節，牠們採下蘑菇，叼上樹，串在樹枝上，準備冬天時慢慢吃。兩隻松鼠認得騎在樹上的熊，這是傻熊老悶兒，一個只會鞠躬的傻大個，牠們經常搶牠食物吃的。

老悶兒又掰下一串蘑菇，要塡進嘴裏，松鼠們實在受不了了。像分好工似的，兩隻松鼠分別竄上年青大熊的兩隻肩膀。牠們「呼呼」嚇唬著，就好似秋天時搶熊的葡萄一樣，分頭去搶老悶兒舉到嘴邊的蘑菇。

其中一隻見老悶兒張開大口，怕搶不到，張嘴在老悶兒掌背上咬了一口。年青的熊叫了一聲，蘑菇串掉下了樹。咬老悶兒的那隻松鼠一跳，跳到粗樹枝上，準備爬下樹去撿。老悶兒脾氣正不好，心中的怒火騰騰升起來。牠想也未想，舉爪就照松鼠一拍。「吱——」，灰色的松鼠慘叫了一聲。

另一隻松鼠嚇得一顫，急忙一竄，跳上高處的樹枝，吱吱叫著，竄進大樹樹身上的一個朽洞。老悶兒不吃蘑菇了，愣了一瞬，慢慢擡起爪子。

天！咬牠的那隻松鼠肚崩腸露，像一團血肉模糊的肉團，貼在大樹枝上。殷紅的血冒著嫋嫋的熱氣，順著樹枝流淌下去……。老悶兒沒有想到結果會是這樣，驚疑地看看肉餅，又看看爪子。

牠有點兒不相信自己的眼睛，過了一刻，俯身在肉餅上聞起來……當濃膩的血腥氣猛烈撞入鼻孔，牠饑餓已極的腸胃開始強烈抽搐。

牠伸出舌頭，在迅速變涼的血上舔了舔。接著，一邊品味，一邊擡起頭……雪後的森林裏寂寞冷落，牠沒有看到什麼。

老悶兒重又低下頭，一口把血肉狼籍的肉餅叼起來，一仰腦袋，吞進了大嘴中。牠的毛兒在寒風中微微顫抖，身下騎著的樹枝也在搖動。

森林裏靜悄悄，一切都隱沒在夜色裏。只有什麼地方的雪從樹上落下，傳來幾聲隱隱的撲撲響。

沒有誰呵斥，也沒有誰讚許……老悶兒的嘴巴有力嚼動起來。

松鼠細小的骨頭在牠牙齒間咯嘣咯嘣響。

十七

吃完無意中打死的松鼠，又吃光樹杈上串掛的蘑菇，老悶兒身上暖和起來。抽回悠悠蕩蕩的後腿，爬上樹枝，舔舔嘴巴邊的血絲和蘑菇渣，牠小心地邁開腿，要下樹去了。

「唧唧，吱——」，頭上樹洞中傳來憤怒的叫聲。老悶兒擡起頭，站住腳。一隻松鼠從樹身的朽洞中探出身子，俯首衝牠齜著牙吼。

樹洞不高，站起來踮著腳就能搆著。

老悶兒盯著松鼠，一邊又伸出舌頭，涮鍋似地舔舔嘴唇周圍的毛。一向自以爲聰明的松鼠，到這時還看不透形勢，黑暗中，兩粒小黑豆似的眼睛瞪著年青的熊，一個勁兒惡狠狠地咒罵。

老悶兒低頭沿著樹枝小心挪動四條腿，走起來。走到樹杈上，牠忽然扶住樹身站起，舉爪向咒罵的松鼠拍去。松鼠嚇了一跳，倏地縮回身子。

「蓬」，老悶兒的大爪子拍在茶杯口大的樹洞上。松鼠懵了，不叫了，在樹洞裏左衝右突，團團亂轉……強烈的震擊，使樹洞中朽木屑紛落如雨，塵土飛揚。

老悶兒不遲疑，爪子握一握，伸進洞，一按，「吱」，昏頭昏腦的松鼠慘叫了一聲。聽到叫聲，年青的熊勁更大了。踮起腳，再用力向裏塞塞爪子。

樹洞不結實，「撲」，洞口周圍的樹皮隨熊的爪子塌陷進去……老悶兒摸到了那個絨乎乎、熱乎乎的東西，那東西正伏在洞底得得地哆嗦。牠腕子一抖，洞裏又傳出一聲慘叫。

老悶兒渾身熱氣騰騰，再不覺得冷。牠急躁地抽回爪子，用力把變了形的樹洞洞口扒一扒。樹皮裂開來，洞底敞露了。牠再探進爪子，撈一撈，於是，那隻還在抽搐的灰松鼠，落進牠大張著的嘴中。

在這個寒冷的深夜，老悶兒吃了兩隻松鼠。

自出生以來，這是牠第一次吃自己打死的動物……儘管這次狩獵是無意間開始的，但掀開了牠森林生活史的新一章。

蕭條的林海雪原中，到處印滿牠人一樣的、卻比人腳掌寬大、並且是赤著腳的足跡。牠找草籽、漿果、植物的地下莖，也找松鼠。饑餓和酷寒逼迫這頭熊野性復發……牠的駁雜食譜中，多了一道葷菜。

但牠更睏了。不停頓前進的季節和熊冬眠的基因，聯手麻痹牠的神經，使牠眼皮沈重，腦袋麻木，思維遲鈍，脾氣暴躁。

牠的身體說：「睡覺吧，找個地方躲起來睡一覺，再闖蕩下去很危險。」冥冥中的那個聲音卻不斷提醒牠：「再找幾天食，飽飽吃幾頓……你還太瘦，還需要積攢一些能量。」

可是，這個時候，到哪兒去找充足的食物，飽飽吃上幾頓呢？

老悶兒不知道，還得在嚴酷的冰雪世界裏跋涉。

這一天，牠和狼相遇了。

這是一次猝然的相遇……起碼，在老悶兒這一方面有這樣的感覺。

天終於放晴了。

黑藍色的夜空，星星又稠又亮。沒有月亮……那個彎彎的、桔子瓣似的東西，在冰冷的天空滑行了一會兒，下山去了。

由於冰雪反光，山林裏的景物依然隱約可見。

「嗚嗷——嗷——」，高高的山脊上，響起一聲粗曠悠長的嗥叫。這嗥叫的後半聲是個下滑音節，力度漸漸小下去，最後聽不到了。

老悶兒臥在杜鵑灌叢下的土窪裏，沒有動。牠已經醒了，寒冷像針一樣刺著牠的皮膚和骨頭。牠的耳朵在慢慢搖動，捕捉淒冷夜空中遊蕩的音波。

「這是狼，是狼在叫。」牠判斷。

可牠總也弄不明白，狼是一種不好大事張揚的動物，爲什麼每天晚上都要這樣嗥叫一次呢？

牠剛醒，眼皮很沈重，腦袋昏昏沈沈，這很不適宜思考。又臥了一會兒，天實在太冷，牠受不了，爬起來抖抖身子，不情願地離開了土窪。

再這樣露天臥下去，是要被凍僵的。

牠已經找好一個又避風又安全的洞，在那個洞中比這兒暖和。牠修理了一番，推進去許多枯葉。但沒有正式冬眠以前，牠不能去那兒休息。

那樣做會暴露那個洞，留下隱患。沒有誰告訴年青的熊在冬眠以前要這樣做，這也完全是出自本能。

凍得實在受不了的話，明天就鑽進那個洞冬眠。老悶兒哆哆嗦嗦，一邊走，一邊這樣打算。

天氣乾冷乾冷，周圍的大樹不時發出「咔咔」的聲響……這是樹枝被凍裂了皮。

雪凍了一層硬殼，反射著寒光。踩上去像踩著火炭，烙得腳掌不敢在上面久留。

一隻火紅的狐狸，拖著毛蓬蓬的尾巴在前面跑過去。老悶兒興奮起來，也像馬似的，一縱一縱開始奔跑。不知爲什麼，牠很喜歡這種似乎總是忙忙碌碌的犬科動物。看到牠們，牠就高興。

繞過幾棵大樹，穿過一片灌叢，狐狸失去了蹤影……老悶兒站住了，茫然看著白皚皚、硬梆梆的雪地，一團團水蒸汽在鼻子前繚繞。

牠嗅嗅地面，又走起來……牠沒有再追狐狸。牠知道，牠是不可能追上狐狸的。那個聰明的傢伙能把腳跡搞得亂七八糟，引牠東跑西溜，最後又回到開始追蹤的地方。

老悶兒嗅著每一棵樹，有時候擡頭，仔細看一會兒在乾冷夜空中呻吟的樹冠。牠打量一會兒，「吭、吭」噴噴鼻息，在大股大股白色的哈氣中，再嗅嗅樹幹樹根，然後，扭噠扭噠又走向下一棵樹。這時候，牠就像一個正在考察的植物學家。

實際上，牠想弄清哪兒有松鼠……松鼠夜間一般不出窩，好捕捉。可是，並不是每一棵樹上都有樹洞，也並不是每個樹洞都住有松鼠。

老悶兒在一棵大山楊樹下站住了，這棵大樹根部有一股淡淡的臊氣。牠使勁抽抽鼻子，又抽抽鼻子，打了個噴嚏。攝氏零下二十幾度的寒冷空氣衝進鼻孔，弄得牠鼻子不大好受。

山楊樹樹幹上的臊氣味兒夾雜著一股松脂氣……這種高大光滑、樹皮泛著銀光的闊葉樹上，怎麼會有松脂氣味兒呢？

這叫牠有些迷惑。

牠人一樣站起，端詳一會兒大樹的樹冠，又狗一樣四腳著地，再一次嗅起山楊樹的根部，然後離開山楊樹，低頭「哄夫夫、哄夫夫」嗅著，在鼻子引導下慢慢走起來。

冰雪上有一條散發著臊氣味兒的小道，直直地通向一片灌叢……從這兒看，有一股鼠臊氣的大尾巴松鼠，常在這條小道上跑來跑去。

難道，松鼠並不住在山楊樹上，只不過是常到這兒來蹓躂？

灌叢是胡禿子叢。胡禿子灌叢下積了一些枯葉，枯葉中有一堆石頭渣。在這兒，松脂氣更強烈了。

老悶兒嗅嗅，急躁起來，伸出爪子在石頭渣中亂扒。

石頭渣飛開去，有的就打在老悶兒腿和肚子上。老悶兒唔唔哼了兩聲，扒得更快了。已經長得又長又尖的爪子，被石塊磨得嚓嚓響……忽然，一堆黑乎乎、殼兒光光滑滑的東西被牠扒出來，撒了滿地。

牠低下頭，嗅嗅，不扒了，小眼兒放出光彩：原來，石頭渣下是一條寬寬的石縫，石縫裏松籽兒和榛子貯得滿滿！

啊呵，老悶兒找到一座松鼠貯存食物的倉庫！

這兒隱蔽、乾燥，松鼠從附近松樹和灌叢中摘來乾果，就埋藏在這條又寬又長的石縫中。松鼠常做這樣的事情：在採食場離居住的樹洞比較遠的時候，牠們會選一處地方當作倉庫，把在附近採集的樹籽草籽全部儲存在這兒。當食物匱乏之時，牠們就會來打開倉庫，搬運儲存。

當然，有時候，這些小東西也會忘記自己的儲存，於是，來年一場春雨之後，這兒忽然長出一片小樹，或者一片灌草叢。

現在，年青的熊快樂得唔呶唔呶哼叫，一邊叫一邊左右搖擺腦袋。牠的涎水拉著長長的絲兒，滴在松籽堆上……牠的舞蹈只進行了一刻，一刻之後什麼也顧不得了，牠張開大嘴吞進一口油香四溢的松籽，咯嘣咯嘣嚼起來。

在這個寒冷、足以凍死野獸的深夜裏，牠吃得喜氣洋洋，滿嘴都是乳白色的汁液。牠一邊吃，一邊吐堅硬的木質果殼。牠的牙厲害得很，一下子就能咬碎果殼，讓果仁掉出來。舌頭再靈巧地一掃，果殼便滾出嘴外。

人類最好的粉碎機和篩選機，也比不上熊的嘴巴好使用……老悶兒大吃大嚼，唔唔哼著。有時停下來，呋呋喘幾口氣。

這真是想不到的事兒，就在牠決定冬眠的時候，好運降臨了……那麼多富含脂肪、能發出高熱量的食物，堆在石頭縫兒裏，正等著牠！

牠吃得喘不過來氣，只得又停下來。這時候，牠身後傳來一陣雜亂的踩踏冰雪聲。老悶兒扭扭頭：天！是一群狼，狼來了。

十八

這是一群餓狼。

牠們的肚子癟癟的，正等著裝塡食物……這群狼似乎是在追蹤什麼動物，就要從老悶兒剛剛嗅過的山楊樹下跑過。

牠們緊閉著嘴，白色的蒸汽急促從鼻孔中噴出。牠們的腳穩穩踏在凍了硬殼的雪地上，尖尖的爪子敲得硬殼嗒嗒響。牠們身上又粗又硬的毛比雪黑，比夜色白，是灰色的。牠們的尾巴拖著，就像在屁股後面掛著掃帚……

只看一眼，老悶兒就認出了這些體形瘦瘦、大狗一樣的野獸……常常在夜間高聲嗥叫、弄得牠心神不安的，就是這種野獸。只是，夏秋之間，這種野獸是遊魂一樣獨自出現的，不像現在這樣成群結隊。

這種野獸吃肉，老悶兒剛進山林時就知道了。牠嗅過這種野獸的腳印，研究過牠們隨處拉下的糞便。牠們的腳印帶著血腥氣，糞便臭烘烘，很硬。踩踩灰白乾泥巴似的一段段糞便，裏面夾雜著許多未消化了的動物骨頭渣和毛兒。

但是，狼大都在夜間出來活動。那時候，老悶兒在睡大覺，沒有機會和這種陰森森的東西打交道。只是在黃昏和早晨，才能偶爾見到牠們的蹤影。可牠們看到老悶兒，尖尖的耳朵搖搖，夾起尾巴就溜走了。

現在，狼們行色匆匆……大概是路過此處，老悶兒想。而牠也必須抓緊時間，吞下冬眠前最後一頓寶貴的、香噴噴的晚餐。這樣，最好的、處理這種猝然相遇的方法，就是避免互相干擾。

老悶兒扭回頭，並且守著石縫坐下來，又開始咯嘣咯嘣大嚼，一邊嚼，一邊愉快地哼哼。牠不覺得冷了。這些油質豐富的乾果幫助牠抵禦了寒冷。

森林裏靜下來，聽得見偶爾爆發的、凍裂樹皮的咔吧聲。

狼群發現了愉快的老悶兒，一齊在山楊樹下剎住腳。傻熊瞥瞥牠們，又吃起來……牠已經知道狼們不跑了，但牠不覺得奇怪。牠吃得這樣香，難免會讓餓狼們眼饞、嫉妒。

不過，狼是不吃榛子松子的，年輕的熊不怕牠們來搶。牠們願意看，就讓牠們看好了。

狼們站在夜色籠罩的冰雪上，呼呼喘著氣。一刻之間，牠們陷在了白霧中。牠們就在白霧中一邊喘氣，一邊你看我，我看你，交換眼光。

一隻貓頭鷹無聲無息飛過去，突然「嗚——咕咕咕」叫了一聲，嚇得狼們哆嗦了一下。……貓頭鷹好像在提醒熊，要牠注意過路客的表現。

狼們惡狠狠地仰著頭，老悶兒也擡起了頭。當牠重又放平腦袋，疑惑地看看狼，天，幾十盞綠森森的小燈，都把焦點對著牠……老悶兒再傻，也看得出來，這些小燈都不懷好意！像一陣冷風突然拂過身子，牠頸子上的毛「唰」地豎立起來。

「幹什麼？要幹什麼？」一進森林以來，傻熊已經有了察言觀色的經驗，現在，驀地，牠又想起狼糞中的骨頭渣子和毛髮。

牠不嚼松子榛子了。

和熊眼對視，狼們怔了怔，有許多急忙移開眼睛。但牠們沒有一隻跑開，這跟夏秋時一點兒都不一樣。

忽然，狼們有了行動：正對著老悶兒的幾隻狼夾一夾小掃帚似的尾巴，後腿一彎，坐下了。其他的狼眨眨眼，沒事兒似的邁開腿，繞著走向老悶兒兩側。

這時候夜色正濃，稠密的星星在枝枝叉叉的山林上空閃爍。一顆流星劃過天際，留下一道慘白的光。

年青的熊覺察到威脅，站起來，「嗷嗚——，嗚——」，開始憤怒咆哮。牠身上長長短短的毛，都在寒風中微微顫抖。

牠的身子收得緊緊，脊背像一張壓縮的大彈簧。爪子「滋啦滋啦」刨著冰雪，把冰冷的碎屑拋得到處都是。牠沒有想到，平時見了牠就跑的狼，此刻竟然像一支訓練有素的軍隊，要一聲不響地包圍牠！

要把老悶兒裝填進牠們癟癟的肚子裏？狼們的打算已經不言而明了。

聽到熊咆哮，正面的狼有些緊張，「呼」地站起，齜出牙，聳起毛兒，夾緊了尾巴。兩側迂迴的狼看看老悶兒，停了一下。但牠們一點不慌，立刻又邁動腿，一聲不嚷地排兵布陣。

這一回，牠們加快了腳步……危險，萬分危險！

老悶兒還沒有真正同誰打過架，這可是一群猛獸，一群！牠們要合夥幹掉牠，吃牠的肉！

黑暗中，老悶兒感覺到了沈鬱鬱的壓力。

但牠不怕，牠還不知道什麼叫害怕。牠只是有些緊張，頭腦有些發昏，不知道現在該馬上做些什麼。「嗷嗷嗷，嗷嗷嗷」，狼們像是得到了一個信號，忽然一齊惡狠狠叫起來。並且，一隻緊跟一隻跳起，兇猛地向老悶兒撲擊。

山楊樹下，一場血腥的廝殺拉開了序幕。

東北山林中的狼，特別是深山中的狼，個子高大，性情兇猛，撂倒羊，撂倒鹿，一般都不在話下。但是牠們平時也不敢向熊、虎、豹等猛獸攻擊，這些猛獸比牠們更高大、更雄壯、更兇猛。如果食物比較好找，容易活下去，狼們還是顧惜自己生命的。到了冬天，情況就不一樣了。冬天食物匱乏，凍餓會使牠們變成亡命徒，奮不顧身。

在冰天雪地中，爲了獵到食物，狼們會糾合起來，組成群夥，圍捕羊鹿。甚至攻擊平時一見就躲避的野豬群，以及其他大型猛獸。而獨行的動物，包括帶著槍的人，一旦遇到糾合成夥的狼群，一般很少能從牠們的包圍中逃生。

由於體型大小的限制，狼們在東北山林中並不是最強者。但冬天的彙聚，使牠們得以依靠集體的力量，登上這個季節野獸之王的寶座……當狼群氣勢洶洶、像一片煙霧漫捲衝撞過來的時候，猞猁、野豬、馬鹿，以及威振山林的老虎、豹子，無不膽戰心驚，急忙逃之夭夭。

現在，攻擊老悶兒的這群狼就是這樣。牠們大都是這條山谷中的，饑餓和凍死的危險使牠們走到了一起……牠們認得老悶兒，知道這是一頭會鞠躬，一點兒也不厲害的傻熊。在這個生死難卜的季節，牠們艱難地在山林中奔跑覓食，看到大個子老悶兒，怎麼能不眼睛放光呢？

年輕的傻小夥兒雖然知道狼吃肉，卻不知道狼群的威風，也不知道突圍。牠開始狩獵，卻還沒有同兇猛野獸廝殺搏鬥的經驗。當狼咆哮著撲上來，咬得牠身上流血，牠才慌忙推開狼、摔打狼。

狼太多，四面八方都是，老悶兒招架不了，開始有點慌了。牠想跑，卻又不知道往哪兒跑……狼從左邊撲來，牠向右退。右邊的狼堵住牠，咬牠的屁股和腿，牠又慌忙扭過身，邊打邊向左邊撤。

一刻之間，年青的熊被咬得皮開肉綻，血流遍體，不斷張開大嘴嗷嗷慘叫。有的狼被老悶兒摔出去，打傷了。更多的狼吠叫著，擁上去。大傻熊的血和呼痛的叫聲，深深刺激著牠們，使牠們激動萬分。

黑暗的山林裏，充斥著喘息、嚎叫和爪子亂踩亂踏，以及身體被重重摔倒在地的撲撲聲。

貓頭鷹飛過來，又驚叫著趕快飛走了。

到底老悶兒是隻強壯的大熊，身上有那麼多的傷口，也沒有減弱牠的抵抗。狼們急了，一隻最雄壯的大狼擠上去，擠開牠的同伴兒，一口咬住傻熊的脖子。

這是這群狼的頭兒。牠認爲，要快些撂倒這個肥肥大大的傢伙，亂撕亂咬不行，必須扯斷咽喉。老悶兒窒息起來，眼睛一陣陣發黑。

牠拚命甩動腦袋，想甩掉狼。那頭大狼卻咬得死死，被甩得站不住，翻來跌去，依然不肯鬆開嘴。幸虧老悶兒的皮堅韌厚實，沒有被撕豁……老悶兒覺得狼牙還在向肉中切入，喉嚨被狼嘴鉗得扁扁，並且咯咯作響，出不來氣，牠害怕了，用力一撐，站起來。

大狼像一條大口袋，吊在老悶兒脖子下，可牠還是不鬆嘴……這傢伙真夠固執的，牠總覺得，借助大傻熊亂搖脖子的力量，牠能把熊咽喉揪斷。老悶兒暴怒了，渾身的疼痛使牠受不了，而被咬死的危險更刺激牠，使牠野性復發。

牠瘋了，一個爪子揮舞著，「砰、砰」，打得兩條跳起來也要咬牠脖子的狼滿地亂滾。接著，另一個爪子按住吊在脖子下的狼頭兒，爪尖用力一抓。大狼雖然是頭兒，肚皮並不結實，「噗」地被撕開了，五顏六色的腸子冒著騰騰熱氣，軲軲轆轆滾下來。「嗷嗚」，固執的狼頭兒痛叫一聲，「咚」地跌到地上，風車般亂滾起來。

大狼的叫聲實在嚇人，其他的狼一下子夾住尾巴，跳開了。

山楊樹前靜下來，寒冷的空氣中散發開一股熱騰騰的、內臟特有的臭味兒，蓋住了濃烈鹹膩的血腥氣。

黑暗中，狼頭兒滾出十幾米，不滾了。這傢伙掙扎著爬起來，齜出牙，兩眼閃著猙獰的光。牠的兩片肚皮垂吊著，像兩張撕破的紙。內臟全掉出來，拖在身子下。可這隻大狼仍然向前伸出脖子，要努力爬過來。老悶兒血流遍體，身上也是熱氣騰騰。這頭一向只會挨打、只會鞠躬的熊，見大狼還是那樣貪婪、那樣兇惡地看牠，怒火沖天，狂吼一聲衝過去，一掌摑在大狼腦袋上。

牠叫得是那樣響亮，怒吼聲震得牠自己的身體也麻酥酥的，震顫不已。四周的狼們哆嗦一下，夾著尾巴，又跳得遠了一些……狼頭兒的腦袋被傻熊拍得變了形，身子像一隻被踢了一腳的口袋，一歪，撲地倒在地上。

老悶兒怒氣未消，嗅嗅四腿抽搐的大狼，忽然叼起來，猛地一甩。狼的腸子像一團亂繩一樣甩出去，在空中畫出一個扇形。老悶兒按住狼頭兒，張嘴咬住腸子，吧唧吧唧嚼起來。

牠沒有想這是在幹什麼，不知道這對牠在山林中的生活會有什麼影響。牠只是一邊嚼，一邊斜眼瞥著身邊不遠處的狼群，嘴裏發出憤怒的唔唔聲。

被老悶兒打翻的另外兩隻狼，一隻已經死了，另一隻被打斷了脊椎，下半身癱瘓……這隻狼膽怯地看著老悶兒，哀叫著，艱難地拖著後半身爬向牠的同夥。狼群還沒有走。牠們尾巴夾得緊緊，頸子上的毛炸起來，卻仍然包圍著老悶兒。饑餓和寒冷威脅著牠們，空氣中彌漫的內臟臭味，以及老悶兒身上冒著熱氣的血，也吸引著牠們。

只是沒了頭兒，沒了指揮，這群狼一時不知該如何做。

山林上空的星星稀疏了，暗淡了，山林裏的寒氣更凜冽起來。狼們不斷倒一倒腳，免得被凍傷。不知什麼地方「嘩啦」響了一聲，接著便傳來破碎玻璃四散飛迸似的聲音。狼們驚恐地豎起耳朵，昂頭向山林深處看了一會兒，又扭回頭盯著老悶兒。

這是樹枝上的冰掛掉下來，摔碎了……老悶兒什麼也不怕，牠不管這些，只是怒沖沖地吞吃狼內臟。黑暗中，牠的毛尖上結起許多閃著亮光的冰珠，像一支支小小的紅珊瑚。

老悶兒不覺得冷，只感到憤怒。吃完狼腸子，牠看看周圍的狼，看看雪上的另一隻死狼，舔舔嘴唇，嗚嗚兩聲，叼起狼頭兒的屍體就走。

周圍的狼嗷嗷吠叫起來，一邊叫一邊向前擁。老悶兒不理牠們，緊走兩步，走近大楊樹，抱住樹就爬了上去。

狼頭兒個子不小，有幾十斤重，在老悶兒嘴下擺來擺去，年青的熊有的是力氣，硬是叼著牠，爬上了樹。狼們蜂擁跑到樹下，又是蹦又是跳，仰頭嗚嗚衝著狗熊咆哮。然而，這沒有用，牠們既阻止不了狗熊，也跳不到樹上去。

有的狼歪歪腦袋，開始咬樹，咬得咔哧咔哧響。樹皮被一塊塊撕掉了，白白的木屑露出來。

山楊樹開始顫抖，光禿禿的樹枝發出吱吱咯咯的響聲。老悶兒低頭看看樹下，看了一會兒，又往上爬了爬……在一個大樹杈上，牠看看下面的狼，把狼頭兒搭在樹枝上，撕扯著吃起來。

牠吃得很從容，很香。讓狼們去啃木頭吧，牠不相信狼能把大樹咬倒。

狼們圍著楊樹亂咬。當樹上開始掉下血滴和肉渣時，牠們不咬了。牠們一齊仰起頭，望望樹上，接著又嗅掉在地上的東西。有兩隻狼心眼靈活，忽然把地上的東西吞進了嘴裏。狼們醒悟了，樹下亂起來。爲了搶這些東西，狼們你擠我撞，廝打成一團。一時間，咆哮和慘叫響成一片，灰白色的狼毛亂飛。

牠們的後面，有一隻狼看到胡禿子灌叢前的死狼，顛顛跑了過去。那狼嗅嗅，遲疑了一下……也就是眨眨眼的工夫，牠一口咬開同夥的肚子，叼出內臟吃起來。狼群不吵不嚷了，一齊扭頭看那隻狼，忽然，牠們再不顧樹上的老悶兒，「嘩」，全都跑了過去。

片刻之後，死狼沒有了，連雪上的血也被舔吃得乾乾淨淨。

離灌叢不遠處的那隻癱狼，驚駭地看著這一幕，更害怕了。牠一邊嗚兒嗚兒哀叫，一邊拚命拖動身體爬向遠處……撕吃完同夥的群狼注意到牠，擡起頭。牠們目光炯炯，緊閉著嘴。幾分鐘之後，群狼幾乎是一齊撲了過去。

太陽升起來的時候，山楊樹前已經空空蕩蕩，除了亂七八糟的足跡，什麼也沒有了。

十九

老悶兒醒了。

從隆冬到現在，這頭年青的熊一覺睡了三個月之久。

若是別的熊，從一下雪就冬眠，到現在已經睡了五個月了。

「咕咕——，咕咕——」，洞外，到處是杜鵑鳥的叫聲。

老悶兒就是被這種鳥的叫聲吵醒的……一開始，牠只是慢慢轉了轉耳朵，眼也沒睜，仍然像大刺蝟一樣蜷伏在枯葉堆上。後來，牠挪挪四肢，要調整一下睡覺的姿式，這時候有什麼東西滾過來，碰了牠一下。

牠睜開了眼睛。咦，眼前是一堆被啃得亂七八糟的狼骨頭。

牠伸爪把狼骨頭撥拉過來。狼骨頭中有彎彎的肋骨，有扇子般的肩胛骨，還有爬著許多螞蟻的狼頭。牠嗅嗅狼頭，伸舌舔下一些螞蟻，懶洋洋地嚼嚼，品味小東西在牙齒間掙扎的滋味，一邊把已經有些發臭的狼骨頭，撥過來劃過去，聽爪子和狼骨相碰發出的「嗶嚓嗶嚓」聲。

牠昏昏沈沈的腦海裏，漸漸浮現出一場可怕的戰鬥。

那是一個冰天雪地的深夜，一群狼包圍了牠。一條大狼用力咬牠的咽喉，差點兒把牠咬死。牠打死了狼頭兒，狼們吃掉了牠們的兩隻同夥。天亮之後，狼群跑走了。牠叼著沒吃完的狼頭兒爬下樹，顛顛小跑著，直奔這處秘密洞窟。

洞窟在林間一處小空地中，這兒橫七豎八倒著許多已經腐朽的樹木。

老悶兒選中的秘密洞窟就在這些朽木下面，是牠尋找蚯蚓螞蟻時發現的。洞很隱蔽，沒有誰能搬開這些沈重的倒木。

洞窟原本是個土坑，不大，一棵一摟多粗的枯樹正好倒在上面。這枯樹和一些砸斷壓塌的小樹一道，成了土洞的洞頂。現在，風吹來的枯葉和厚厚的積雪，塡在枯樹和小樹縫隙中，洞頂封嚴了，一點兒風也不透。

老悶兒把洞挖深了一些，又塞進許多枯枝落葉，鋪墊在洞底……現在，洞裏有一股潮濕和枯葉發黴的氣味，卻也暖烘烘的。牠臥下來，扳過狼屍啃了幾口。忽然又爬起來，鑽出洞去，倒退著把進洞時留在雪地上的腳印抹亂抹平，又刨開積雪咬下一堆枯枝敗草，踩成團堵住洞口，這才重新躺下。

還會下雪的。一下雪牠留在地上的痕跡都會被覆蓋住，沒有誰知道傻熊在這兒的雪下睡大覺。

洞裏更黑了，老悶兒疲乏地閉上眼……一開始，牠睡不著。激戰後的興奮和傷口的疼痛，使牠久久平靜不下來。於是，牠又睜開眼，舔爪子和嘴巴上的血。接著，開始一下一下舔身上的傷口。

狼把牠咬得遍體鱗傷……有的傷口又大又深，誰看了都會觸目驚心。老悶兒不覺得委屈，相反很興奮。牠粗糙的舌頭舔在傷口上，痛得鑽心徹肺。牠的毛兒在黑暗中不住哆嗦，有時，整個身子都得得抖個不住。牠停下來，喘口氣，瞇細眼睛休息一下。接著，又用力舔。

牠不呻吟，一聲不叫……土洞裏只有砂布似的舌頭舔過綻開皮肉的嚓嚓聲。這是在清理傷口。本能告訴牠，不用含有消炎殺菌成分的唾液把傷口處理乾淨，狼咬過的地方會腫脹腐爛的。

牠仍然很愉快，腦袋中不時閃過打架時的情景。牠沒想到，牠會打架。那麼多的狼圍攻牠，咬牠，危險萬分，牠竟然活下來，並且打死了最厲害的狼頭兒，有了足夠的肉吃。

牠不願意同誰打架，這完全是被逼的。然而，看來打架也並非都是壞處……惡人教牠鞠躬、溫馴、做個好熊，牠得到的是什麼？是被呵斥，受欺侮。人要殺死牠，動物要吃掉牠。

在這個冷漠殘酷的世界裏，生存的第一法則是弱肉強食、優勝劣汰！……你要想活下去，你就要做個強者。你厲害起來，要傷害你的敵人就後退，天就不冷，你就能吃飽肚子。老悶兒爲什麼不能做強者呢？難道，得到的教訓還少麼？

老悶兒舔傷口舔得很仔細，把毛尖上凍成冰的血珠、綻開皮肉上凝固的血漬，還有皮毛間的草屑、塵土，統統舔下去，舔得身上黏糊糊的，傷口處的皮肉都變成了清潔的慘白色。牠舔了很久，舔得很累，脊背上和屁股上的傷口也舔到了。反正牠有時間，肚子也飽飽的。牠彎過身，努力伸長靈巧的舌頭，舔背上的傷口，一邊舔，一邊「呋呋」喘粗氣。

舔幾下，伸直腰歇一歇，歇過之後再竭力彎腰去舔……剛進山林的時候，牠做不到這樣。那時，牠很笨，腰好像也粗，彎不過去。現在行了。

當然，現在也不是身上的任何地方都能舔到。脖子上狼頭兒咬的傷最重，牠就舔不到，試了幾次也舔不到。沒有辦法，牠只好默默閉上眼睛，聽之任之了。

漸漸地，牠睡著了。

牠睡不踏實，睡幾天便醒過來。在黑暗中悉悉索索地轉動身體，摸到狼頭兒便拉過來啃幾口。洞外，北風呼嘯，大雪紛飛。偶爾，有一群烏鴉飛過，一邊在寒冷刺骨的空氣中飛，一邊刮刮叫。夜晚，有時能聽到又冷又餓的狼在山林中淒厲長嘷。

老悶兒慢慢搖搖耳朵。搖一會兒，又彎過腰開始舔傷口。於是，土洞裏又響起均勻的、砂布擦過皮肉似的「嚓——，嚓——」聲。漸漸地，牠又閉上了眼睛。

後來，牠睡的時間愈來愈長。以至於二十天、三十天，也不再醒過來一次。牠的傷口沒有發炎，在牠睡覺的時候漸漸長合了。林中小空地上，亂七八糟的倒木之間，積雪填滿了所有的縫隙。但一棵粗粗的朽樹旁，有一個不大引人注目的小黑洞。間或，有一縷縷蒸汽嫋嫋冒出來。

那是年輕熊的天窗。

就這樣，老悶兒自出生以來，第一次過上熊的正常生活，在冬眠中度過了冬天。

「咕咕——，咕咕——」，土洞外，尾巴長長的杜鵑鳥飛過來，落在小空地旁的大樹上，報告著冰化雪消的喜訊。「嘰哩嘰哩，居衣居衣……」；「嘰克，嘰克，脫里克，脫里克」；「喉潑，于潑，希兒兒兒……」，一些隨著春天從南方飛回來的小鳥，也在山林裏七嘴八舌高聲嚷嚷，傳播大地回黃轉綠的消息。黑暗的洞窟裏，老悶兒再也躺不住了，長長打個呵欠，一爪推開狼骨頭，站起來。接著，牠扒開堵著洞口的枯草團，鑽了出去。

小空地周圍確實沒有雪了，空氣真新鮮。強烈的陽光刺眼耀目，老悶兒一時睜不開眼。「啊嚏，啊嚏」，牠一連打了好幾個噴嚏。牠走出幾步，使勁兒搖搖大腦袋。然後，把腰弓得高高，撲撲落落抖動起身體。

土洞裏的冬眠，弄得老悶兒身上髒兮兮的。長毛打了綹，沾附著許多草屑和泥土，粗一撮細一撮地黏合在一起。現在，這些一綹綹的長毛飛快擺動起來，把沾附的草屑泥土抖得四散亂飛。

老悶兒忽然停止抖動，扭回頭，在肩胛和肚子上仔細嗅起來……肩胛上有幾塊疤，藏在密密的毛下。肚子上一塊傷疤也看不出來，狼咬的傷口平癒如初，還長起了毛兒。傻熊的小眼睛裏放出興奮的光，忽然牠軲轆翻了個滾兒，接著，倒立起來，兩條粗壯的後腿在空中亂蹬……。牠放下後腿，眨眨乳藍色的眼睛，仰起頭，長長大吼了一聲。

呵，九死一生！老悶兒靠自己的拚搏，從嚴冬，從狼群嘴中，活過來了！

牠粗獷雄渾的吼聲在山谷裏迴盪，喧鬧的山林一下子靜下來。鳥兒不叫了，正鑽在枯草叢下啃吃草芽的兔子站起來，驚訝得左右轉動腦袋。臥在大樹枝上打盹的山貓倏地睜開眼，爬得更高一些，一邊爬一邊不安地轉動耳朵。

全森林的鳥獸都在傾聽老悶兒的吼聲。

從吼聲裏，牠們聽出，這頭年青的熊滿腔興奮，而且信心十足……這頭熊已經同去年夏秋時不一樣了，那時，牠剛剛逃進山林，什麼也不懂。而此刻，牠已具備了可畏的野性！

空氣清潔而新鮮，到處是剛鑽出地皮和芽苞的嫩葉的味兒。這股生機勃勃的味兒在暖融融的陽光裏流淌撒潑，讓野獸和飛禽都精神振奮，渾身是勁兒。

老悶兒到森林裏去了。一路慢騰騰地走，一路找食吃。……小空地邊緣，荒草裏，長著稀疏的野薺菜，還有葉兒沒長出鋸齒的蒲公英。在一棵大榆樹下面，有幾棵大黃。這種草葉片寬寬，像一把把小葵扇。老悶兒嗅嗅，用爪子挖出肥大的根，稍稍磕去些泥土，也吃了下去。

這些野草都很苦，但這時的老悶兒不怕苦，把野草嚼得吧唧吧唧響。

牠此時的身體裏正需要這些東西。

熊在冬眠中不活動，身體中積蓄起許多毒素。吃下這些草，會幫助牠的腸胃蠕動，加快排泄，清除積蓄在身體中的毒素。

吃過草，老悶兒更興奮了，像匹馬似的一顛一顛跑起來。山林裏還很空曠，大多數樹的葉還沒長起，灌木和野草也剛甦醒，而藤條有許多已經折了。小空地枯樹下的熊窩愈來愈遠了，老悶兒從今往後又要開始遊蕩露宿。

穿過針闊葉混交林，穿過荒草高高的小草甸，小溪淙淙的流水聲闖入耳朵。老悶兒咂咂嘴，放慢了腳步。

這兒泥土鬆軟，有些地方還有泥。……水很涼，老悶兒啜了一小口，品品，又啜了一小口。冬眠以後，也應該多喝一些水。這也是身體需要，有利於祛火解毒。

一股涼風從水面上吹來，熊不喝水了，牠嗅到一股熟悉的臭味兒……這股味兒淡淡的，在水面蒸騰的霧氣中飄蕩。

這是什麼味兒呢？老悶兒擡起頭，鼻子「呋呋」抽動空氣。……牠後退了兩步，岸上好像也有這種臭味兒。

牠在岸邊轉著找起來……這股臭味兒遙遠而又熟悉，深深刻在腦子裏，永遠也忘不掉。嘿嘿，奇怪，這是誰留下的臭味兒呢？

在左邊，在上游不遠，有一片草被踩倒了。溪邊黑色的泥土地上，赫然印著一片大腳印！這是成年男人的腳印，印得很深，標示著這個男人的體重和身高。

老悶兒嗅嗅，用爪子撓撓，醒悟了，隨即暴怒起來，嗚嗚咆哮。牠擡頭看了一會兒周圍，什麼也沒有看到。於是，牠低下頭，在那寬大的腳印上用力抓，把每一個腳印都抓得亂七八糟。牠一邊狂躁地抓，一邊惡狠狠地吼。

冬眠醒來的亢奮消散了，一股危險的直覺籠罩住年青的熊。

牠循著荒草中的腳跡跑起來，一邊跑一邊嗅……牠要去找那個留下腳印的人。直覺告訴牠，那人來這兒，肯定是要尋找牠，殺死牠。

二十

老悶兒的直覺是對的。

在小溪邊留下腳印的，是山腳小院中的惡人。

他到這片山林中來，是要尋找老悶兒，殺死牠。

去年夏天，在與這片山林相隔的大峽谷中，他沒有死。

他被一頭大熊追得無路可逃，打滾時，被槍硌折了肋骨，傷了內臟，一條胳膊還摔斷了。他在大樹下趴了很久，差點兒回不了家。

幸虧世代做獵人的祖上告訴過他怎樣治傷，也幸虧長白山的林子中生長著許許多多可以做藥材的植物。……他掙扎著採了許多藥草，又是吃，又是擦抹，總算保住了性命。

他更恨老悶兒了。他認爲，這一切不幸都是因老悶兒而起。

俗話說，傷筋動骨一百天。惡人既傷了骨，又傷了內臟，整整一個夏天一個秋天，沒能進山偷獵……山林裏的鳥獸們高興了，老悶兒也因此才有時間了解山林的秘密，適應山林裏的生活。

冬天，滴水成冰的時候，可以跑跳了，他迫不及待，想上山找老悶兒。想到熊已進入冬眠期，老悶兒恐怕也躲起來，這才咬咬牙作罷。

現在，他匆匆上山來了。

他不認爲這是偷獵。他覺得老悶兒是他養大的，他在追殺一隻他家逃跑的家畜。他自家的家畜跑到自然保護區裏來了，他還不能打嗎？所以他很膽大，甚至有些氣勢洶洶。這從他的腳印可以看出來，那臭腳印沒有任何遮掩，踩得到處都是。幸好沒有誰看到他……天還冷，剛解凍，這時候人們很少進山。

老悶兒追蹤著惡人的腳印，顛顛跑幾步，低頭嗅一嗅，再跑。那模樣，就像一條善於追蹤兔子的狗。牠身上結成綹的長毛，隨著跑動不住顛蕩，一冬積蓄的氣味兒散溢開去，引得一些羽化較早的蒼蠅，從灌叢草叢中飛出來，振動透明的翅膀，在牠頭頂上飛舞，就像忽而盤旋、忽而懸停的小飛機，在給航空母艦護航。

老悶兒鼻翼搧動著，小眼睛噴射出怒火。牠彷彿看到，那個高高的惡人提著槍，正在大樹和灌叢間轉，到處尋找牠。好，那就來吧。

牠一肚子仇恨……現在的老悶兒，已經不是那頭終日被鎖鏈鎖在小院中的小熊了。那時候，牠真像一頭牛或者一隻羊，只會哀叫，只會求人饒命。現在，誰要牠的命，牠就要和誰拚命！

牠不明白，惡人爲什麼非要殺死牠……一次兩次，現在竟又追到森林裏來了。牠並沒有去找他，他卻一定要殺死牠，大家都是生命，他憑什麼不讓牠活著呢？

好，那就試試！牠咻咻地喘著氣，氣憤地追著……腳印在一片赤裸的岩石上消失了，年青的熊打起轉轉，不斷吭吭噴氣，清理鼻腔。

有兩塊翻了個身的小石頭，離開了原來所在的位置。牠嗅嗅，再嗅嗅，終於，又發現了腳印的去向。牠繼續跑起來。

穿過窪地，繞過刺榆叢，在一棵孕育著花苞的椴樹下，有兩塊高出地面的石頭。這兒背靠一片斷崖，避風向陽，一般臭味兒久久不散。傻熊站住了，抽動鼻子，圍繞石頭轉了一圈兒。

惡人的腳臭氣在這兒十分強烈！……惡人暴打幼小的老悶兒，要老悶兒給他叼鞋，老悶兒太熟悉這股臭味兒了。

看來，惡人走得累了，在這兒歇了片刻……他坐在一塊石頭上，脫下鞋，磕磕鞋底鞋幫上的泥。槍就放在旁邊的石頭上，那兒有擦槍的機油味兒。

老悶兒像看到了惡人，狂怒起來，喉嚨中滾動出咆哮，爪子在石頭上亂抓，抓得火星直冒。

空氣中彌漫開一股焦糊的氣味兒……。老悶兒又循著惡人腳印急急跑起來，頸子上的黑毛豎得筆直。

年青的熊一邊跑，一邊「哄夫夫、哄夫夫」嗅。春天空氣清新，惡人的腳印留下不久，氣味兒很明顯，不費什麼力氣就可以找到。上坡下坡，穿林子，過草甸，惡人的腳印折來繞去。老悶兒發現，惡人在許多地方停留過。

在這些地方，惡人休息，吃食，甚至大小便。他把廢紙、塑膠袋，拋得到處都是。這些東西很顯眼，他比野獸骯髒得多。在一塊草坪上，他還喝了一點兒酒。草棵下，有酒滴滲進土中。

在有些地方，惡人逗留得比較久。在這兒，他摳下樹皮，折斷草葉，蹲下又站起，走來走去。看來，惡人也在研究。……在這些地方，有老悶兒冬眠前搬開的大石頭，推翻的枯樹，掘開的螞蟻窩。

在這些地方，老悶兒受到威脅的感覺更強烈了。牠一次又一次暴怒，嗚嗚咆哮，齜出牙，把惡人留下的痕跡抓個亂七八糟。這一片山谷有上百平方公里。夕陽西下的時候，年青的熊跟蹤腳印走到了山谷口。

這兒是牠活動的邊緣，牠站住了。在一棵大樹旁，牠人一樣立起來，向山林外張望……牠立了很久，沒有再追蹤。

惡人出山谷了，走了。

是到其他地方找老悶兒去了，還是回了家？

以後還會來嗎？

傻老悶兒的怒火漸漸小了，消了，頸子上豎立的鬃毛一點點倒伏下去。牠抽抽鼻子，咂了咂嘴。

牠甚至覺得有些遺憾，牠太想同一直欺侮牠的惡人打一架了。

熊不知道，此刻，惡人心裏也充滿遺憾……他又白跑了一趟，沒找到老悶兒。

他太急躁，早來了一天……他不知道他掠到小院中的那隻小熊，在秋天冬天都經歷了什麼苦難危險。當他在大海似的山林中轉的時候，老悶兒還在朽木下的地洞裏冬眠。他看到了幾處熊活動的痕跡，但那不是新鮮的，風雪給這些痕跡打上了時間的印記。

他無法判定留下這些痕跡的熊是不是老悶兒，但他知道，這種黑大個已經愈來愈少了。愈少愈值錢，他會因此再來尋找、偷獵。但是現在不行，他急於找到老悶兒，不能在這兒耽擱太久……他記住了這條峽谷，出峽谷口的時候回頭望了很久。

山風硬起來，吹進毛中仍然很冷。暮靄從草棵子裏、從灌叢間升起，漸漸籠罩了山谷。山間的景物變得蒼茫、凄迷起來。老悶兒打了個噴嚏，不望了，前腳著地，扭過身，靠在大樹上，蹭起癢。

幾根長長的髒熊毛脫落，被乾裂的樹皮夾住，在春天的晚風中飄動……蹭了一會兒，老悶兒嗅嗅大樹，扭著屁股走了。

也許是奔波了一天，餓了？也許是吃了大黃一類清火解毒、幫助腸胃蠕動的草，食欲大增？年青的熊沒有睡覺，徹夜在山林灌叢間遊蕩起來。牠憑著靈敏的鼻子和夜間也看得見的眼睛，尋找去年秋天殘留在枝頭的野果、松鼠藏在石縫中過冬的食物、以及剛鑽出地皮的野草野菜……。天亮的時候，牠的肚子塡了個半飽。

經過一片枯草叢，老悶兒站住了。

牠嗅嗅夜間潮潤了一些的乾草葉，昂起頭，警惕地觀察周圍。牠的耳朵慢慢擺動，鼻子在早晨清冷的空氣中嗅……牠要在這兒打個盹兒，牠現在有點兒睏。

森林已經甦醒，鳥兒們開始忙忙碌碌找食。一隻花啄木鳥緊緊抓著枯草叢旁的落葉松樹樹幹，堅硬的嘴喙啄得樹幹「得得」響。「籽黑，籽黑，喳喳喳」，一群山雀撲楞楞飛過來，又亂轟轟飛走了。不遠處，兩隻小巧的柳鶥在灌木枝條間跳來跳去，一邊跳一邊認真檢查，看有沒有蟲子。

老悶兒收回目光，瞇瞇眼睛……片刻之後，牠又走起來。牠放棄了剛才的打算，漫長的冬季耗光了牠身體中的營養儲存，牠想再找點兒食物。最好是吃點葷的，這有助於恢復體力。

走過一片枝條長滿灰綠色小疙瘩的山榆叢，灌叢後面傳出翅膀激烈拍打的「蓬蓬」聲。老悶兒站住了，兩隻耳朵急劇前後搖動。「是兩隻鳥在打架」，牠判斷。

牠很好奇，躡手躡腳繞過山榆叢……牠走得很輕，那樣龐大沈重的身體，竟沒碰到一根山榆枝條，沒有發出一點兒聲音。

有兩隻榛雞在山榆叢後面搏鬥。兩傢伙緊緊盯著對方，一隻跳起，另一隻也跳起，都伸長脖子啄擊對手腦袋。牠們打得難解難分，誰也沒有注意到狗熊的到來。熊不走了，就站在山榆叢一側，歪著頭欣賞榛雞打架。

兩隻榛雞個子差不多，羽毛顏色都是石板灰色。只是白白肚子上點綴的黑色條紋，才多少有點不同。兩隻榛雞翅膀炸起，頸子上的羽毛蓬蓬豎著，伸長脖子，怒沖沖盯著對方……腹部黑色條紋稀一些的那隻，頭上濕漉漉的，濃稠的血漿流了滿臉。但牠依然不服輸，鼓著勁兒，不時跳起，掐對方腦袋。

這是兩隻公榛雞，在爭雄鬥毆，爲保衛吸引雌雞的巢區而戰。傻熊看了一會兒，嗅到血腥氣，涎水流出來。牠忽然覺得鳥肉一定好吃，現在是個難逢的好機會。老悶兒的小眼睛閃出興奮的光，嘴巴不住咂動。

兩隻榛雞還在殊死搏鬥……腹部較白的那隻到底力不從心了，又一次跳起的時候，被對方掐到脖子，甩得在地上亂滾。羽毛紛紛脫落下來，和塵土一起四處亂飛。有一滴血飛過來，就落在老悶兒嘴邊，牠舔了舔。這一刻，牠的野性勃發了。

「嗷——」，牠大吼一聲，身體一縮，猛地跳起來，撲了過去……當年青的獵手落地的時候，兩隻榛雞響亮地撲動翅膀，從牠爪前箭一般躥起，咯咯驚叫著飛走了。飛揚的鳥毛和塵土中，老悶兒驚訝地眨動起眼睛。牠不明白，明明就要按住鳥兒的，鳥兒怎麼會飛走？

榛雞的驚叫聲遠了，消失了，森林恢復了平靜。熊沮喪地站了一會兒，把一根羽毛叼進嘴中，慢慢嚼著，走了。

二十一

幾場春風吹過，小草兒長高了，灌木掛上新葉，大樹樹冠變得鵝黃蔥翠，長白山的空氣重又被浸染成綠色。

傻熊老悶兒走出針闊葉混交林，沿著一條土坎不慌不忙走向高處。

草叢中，灌木上，椴樹枝頭，五顏六色的花兒開放著，播撒沁人肺腑的芬芳。昆蟲們忙碌起來，匆匆爬出一朵花，又飛向另一朵花，身上沾滿金黃色的花粉。溫馨的世界裏，不時響起振動透明小翅膀的營營嗡嗡聲。

老悶兒邊走邊嗅路旁的草和灌木。有時就站住，用爪子在草下刨，刨得路上和草葉上到處是潮乎乎的黑土。牠對花的香氣不感興趣，可也不厭惡。牠是在尋找野百合或風信子一類草的根……這些草的鱗狀根都像大蒜或者洋蔥頭，但不辣，圓圓的，很好吃。

牠有時也站起來，貓腰搬動石頭。春暖花開，蚯蚓和金龜子活躍起來。搬開的石頭下，常常可以見到這些久違的小傢伙亂爬亂滾，慌張躲閃。

老悶兒已經忘了惡人在山林中撒下的恐怖，可是牠還是一邊走一邊不時在南來北往的小風中抽抽鼻子，轉轉耳朵……冬天狼群圍攻牠、要吃掉牠的情景，在牠腦海裏刻印得太深了。牠已經知道，山林裏並不到處是友好。

前面是柞樹林。

這兒的柞樹都是小樹棵子，大腳趾粗細，比站起來的老悶兒略略高一些。柞樹與柞樹之間，也不密集，長滿各種各樣的灌木和青草。

兔子，山羊，還有小鹿一樣的麅子，都喜歡到這兒來。在這兒，陽光充足，可以吃草，也可以吃灌木和柞樹的嫩葉。

老悶兒也喜歡這片地方。昨天就來過一趟。牠也吃草和嫩葉，吃得飽飽的。牠一邊吃一邊研究草下的一片小蹄子印，又是嗅又是看，還不斷擡頭向遠處張望。

牠知道，這些蹄印是麅子留下的。

這種分成兩個瓣兒的蹄印在這兒踩得到處都是。有舊的，痕跡模糊了一些，氣味兒也淡。有新的，蹄印中還有踩折了的青草，氣味兒相當強烈。

老悶兒邊看邊咽口水，喉嚨不時跳一跳，傳出「嘓」的一聲……今天早晨，牠的肚子空得難受。想起這片蹄印，就信步走來了。

離柞樹林還有很遠，牠聽到柞樹林中傳出「吱——啞——啞」的叫聲，站住了。老悶兒昂起頭，耳朵前後晃動起來。「這是麅子，牠們已經來了，」牠想。

「咕咕咕，咕咕」，柞樹林中還有這樣低沈的叫聲，像在安慰，也像在邊吃邊說話。柞樹棵子不斷擺動，發出唰唰啦啦的聲音。「麅子們很高興，並且沒有發現熊來了，」老悶兒急急走起來，幾秒鐘後就消失在鵝黃色的柞樹棵子中間……牠圓圓的大屁股仍然在扭，但扭得既輕快又和諧，四隻腳走在地上，一點兒聲音也沒有。

這頭年青的熊，已經逐漸掌握了在山林中走路的藝術。

透過柞樹棵子和灌木密密麻麻的枝條，一群毛色栗紅、兩肋灑著小小白斑點的野獸，出現在熊的視野裏。這些野獸狀似小鹿，腿兒又細又高，有一隻頭上還長著短短的、樹杈一般的小角。這就是麅子。牠們有的低頭摘吃草葉，有的昂起腦袋，用靈巧的舌頭捋柞樹細嫩的枝條。

老悶兒想起去年同猞猁搶吃麅子肉的情景，涎水又湧出來。牠還很瘦，急需要補充營養……但是，怎樣才能捉到這種輕靈的東西呢？牠不知道。牠站了站，想考慮一下。這時候一隻麅子扭過頭，望過來，牠的嘴裏還嚼著樹葉。

年青的獵手沈不住氣了，猛地躥起來，縱跳著向麅子撲去……柞樹棵子被撞彎了，灌木枝條劈劈啪啪亂搖亂響。「咕咕咕，吱」，麅子們都看到了牠，嚇得一抖，一齊扭過身，蹦跳著跑走了。牠們屁股上的一片白毛像一面面小鏡子，在劇烈搖擺的灌叢樹棵間一閃一閃。

狩獵又失敗了？年青的獵手怔了怔，惱怒地吼叫起來。牠一邊不甘心地吼，一邊更勇猛地在亂搖亂擺的灌叢草棵中跑。一棵小柞樹被牠「咔嚓」撞斷了，可憐地耷拉下腦袋。

麅子逃得飛快，「嚓」一下躥起，「嚓」一下又躥起，蹦跳著飛逃。遠遠看，像一隻隻大鳥掠過草叢灌木飛翔。老悶兒也跑得飛快，一撲一撲，像匹駿馬在奔馳。鵝黃翠綠的樹棵灌叢間，不時閃過牠黑黑的身影。

小樹碰撞牠，灌木枝條抽打牠，年青的獵手身上痳痳地痛，但牠不在乎這些，仍然迅疾地擺動四條腿。麕子跑遠了，老悶兒前面只有柞樹棵子和灌木叢搖來擺去。跑出柞樹林，眼前是一片草甸。老悶兒看到，草甸那邊，一群栗紅色的身影一閃，竄進了紅松林中。

年青的熊仍然固執地追。牠有的是力氣，牠覺得，不追十分可惜。而只要追下去，肯定能追上前面那群細腰細腿的傢伙……牠飛跑著衝進紅松林，眼前倏地暗了許多。

一棵棵樹皮棕紅、像麕子身體顏色的大松樹筆挺筆挺，悄無聲息地站著。茂密的黑綠色樹冠，重重疊疊，相接相嵌，很少漏下一點點光線。林內地面上沒有灌木叢，沒有草叢，又陰暗又潮濕。地面上鋪滿厚厚的、變了顏色的松針，踩上去，感覺又鬆軟又奇妙。由於環境的驟然變化，老悶兒差點兒撞在一棵大樹上，一閃身，粗糙的松樹皮擦了牠一下。

牠趔趄幾步，站住了。眨了一會兒眼睛，才適應林中的黑暗。牠又跑起來，踩著厚地毯似的腐朽松針，折來繞去，躲過一棵棵高大的松樹，一邊跑一邊注意查找麕子的蹤跡。

驀地，牠看到一雙殺氣騰騰的眼睛……這雙眼睛在一棵傾倒的紅松樹旁閃著黃幽幽的光芒。年青的熊急忙站住了。這時候，牠又嗅到一股濃烈的腥膩味兒。

這是血味兒，牠意識到。似乎，鮮血正冒著熱氣從誰的屍體上汩汩流出。老悶兒驚駭地咆哮起來。

漸漸地，牠看清了，傾倒的紅松樹旁站著一隻壯碩兇猛的金錢豹。金錢豹腳邊，躺著一隻被咬斷喉嚨的麕子。麕子還有一口氣，正在血泊中慢慢蹬直細細的腿。

「嗷嗚——」，金錢豹怒氣沖沖，衝年青的熊齜齜牙，吼了一聲。豹子滿是黑色斑點的後腿半屈半彎，牢牢按緊大地，似乎馬上就要聳身撲過來。

老悶兒的肌肉也繃得緊緊，頭上和頸子上的毛全都炸起來。「嗷——」，牠不甘示弱，憤怒地大吼一聲……牠認識這隻豹子，已經見過幾次。其中一次，是在去年秋天，這個傢伙在牠睡覺的時候，不懷好意地躲在樹上窺視。

老悶兒粗獷的吼聲在紅松樹幹上撞來撞去，震得樹枝上乾枯的松針簌簌落下。有幾隻鳥兒撲撲落落拍著翅膀，從附近一棵樹的樹冠中飛跑了。

金錢豹猛地收緊身子，向下伏了伏。這一刻，那撒布全身的黑斑聚集在一起，使牠通身幾乎變成黑色。豹就要跳起來，忽然間，牠又慢慢放鬆了身體，黑斑漸漸疏散開來……就在這一瞬間，牠做出決定，還是暫時不要招惹大黑熊爲好。

「吼嗚——」，豹子瞪圓眼睛，喉嚨深處滾動出低沈、然而充滿威脅力的咆哮。牠的後腿仍然半屈半彎，牢牢按著大地……牠在警告老悶兒：滾開，麅子是我的，不要自討沒趣。

豹子的咆哮兇狠狠的，若是一般的動物，那怕是一頭雄壯的大鹿、一頭狼，聽到這可怖的咆哮，一定會栽個跟頭，或者，「噗」一聲拉下稀屎。老悶兒不怕，牠還沒吃過豹子的虧。牠仍然繃緊肌肉，站在原地，只是做爲回應，牠也張開大嘴，吼了一聲。

年青熊的吼聲中氣十足，金錢豹的耳朵急劇搖了搖。巨貓尖利有力的獠牙齜出來，衝老悶兒揚了揚。忽然，金錢豹一低頭，一口咬住麅子脊梁，扭回身一躍，像貓一樣竄上了身後筆直筆直的大松樹。

豹子爬得又利索又快，那樣大的一頭麅子，竟然一點兒不顯得礙手礙腳。牠的爪尖完全從腳上爪鞘中伸出，像一枚枚鋼勾，緊緊抓住松樹，抓得紅松樹皮滋啦滋啦響，一塊塊脫落。豹就這樣竄上了樹……豹原來是這樣爬樹的，同狗熊一點也不一樣。

豹子爬上一個樹杈，向下望望。一縱身，叼著麅子又竄上更高的一個樹杈。豹放下麅子，望著樹下的老悶兒，肚皮一抽一抽大口喘著氣。望了一會兒，豹守著麅子蹲下了。

這頭麅子是豹意外截獲的。

牠打了一夜獵，沒有捕到一隻動物。正爬在枯樹上養神，一群麅子蹦著高跑進松林……沒費什麼力氣，只一撲，一頭麅子便倒在牠爪下。

老悶兒仰頭靜靜地看著金錢豹，不再咆哮。望了一會兒，牠扭頭走出紅松林……老悶兒也會上樹，但牠不打算跟豹爭奪麅子。

二十二

老悶兒靠在一棵松樹上，蹭，蹭……

牠蹭的力量很大，粗糙的皮毛和粗糙的樹皮摩擦，發出「哧——，哧——」的響聲。樹皮上有黏稠的黃色松脂流出，這更增加了皮毛和樹皮摩擦的阻力。

老悶兒不怕，還是靠在樹上用力蹭，蹭……

牠的毛兒又黑又粗，皮板又厚又硬。牠不怕蹭脫了毛，蹭破了皮。

大樹樹幹好像紋絲不動。大樹的樹梢卻在天空中搖來擺去，晃動不止，不時掉下幾段枯死的細枝。

這是一棵直徑尺多粗的赤松，樹皮赤黃，樹冠短小碧綠，高高地、卓然不群地挺立在山脊上。

這是在大山谷的邊緣。

老悶兒的皮膚並不很癢，但牠還是用力蹭……每次走到這兒，牠心裏就產生蹭的衝動。牠希望把鱗狀的樹皮蹭下幾塊，把自己的毛兒、氣味，深深蹭進樹幹中，讓誰來了都嗅得到。

牠的行爲，愈來愈像野生的大熊，公熊。

牠愈來愈把這條山谷看做自己的領地。憑著熊類的本能，牠在領地內到處做記號，留標誌。在樹幹上蹭，在大石頭旁尿……牠不癢也蹭，沒有尿也要擠出一點兒。當大樹上和石頭旁的氣味兒被風雨和時間弄淡了，消失了，牠會在嗅到這兒時，再蹭再尿。

牠開始經常巡視領地邊緣，一邊走，一邊嗅，一邊找食吃，一邊留記號……冥冥中，好像有誰在教牠：領土神聖，不可侵犯。

熊長大了，愈來愈成熟。牠像隔著山脊的那頭鬍子熊，不容其他的同類闖入領地。如果真的發生了這樣的事，牠會憤怒，毫不猶豫地衝上去，拚個你死我活。

當然，如果來的是頭年輕的母熊，結果會是另一樣。公熊們劃出疆界，就是爲了和母熊結爲一家。但是，哪兒有母熊呢？長白山區的熊愈來愈少，大家難得碰面。在這個熊族小夥了的有生之年，就沒有發現一頭母熊闖入牠的領地……也許，熊活得長久一些，會有這樣的機會？

松脂塗在老悶兒的毛上，也塗在毛下的皮板上，變成不透明的白色。牠還在赤松上蹭，蹭……這棵赤松獨立站在山脊上，距離樹林比較遠，目標很明顯。誰爬到這兒，也會看到這棵大樹。

一陣小風從山坡下吹來，在老悶兒鼻子前打了個漩兒，老悶兒不蹭了。但牠仍然靠在大樹上，只是擡起頭，疑疑惑惑地在空氣中搧動鼻翼。可能是鼻腔裏面有些不清晰，牠「吭、吭」噴了噴氣。

小風中有野花馥郁的香氣，有嫩草清新的潮潤味兒，有不遠處森林裏腐葉的霉臭……。仔細聞聞，這些味兒中似乎還夾雜著一絲酸甜氣息。這酸甜氣息細細的，若斷若續。老悶兒昂頭在這個方向抽抽鼻子，又慢慢轉過頭，在另一個方向吸進空氣。牠走起來，離開了大松樹。一邊走，一邊仍然疑疑惑惑地轉動腦袋。

一隻黑尾巴、頭上有一束小扇子般羽冠的鳥兒，突然從面前的灌叢中飛起，翅膀尖兒幾乎拍到牠的鼻子。老悶兒站住了，頸子上的毛兒「唰」地豎起來。

飛過去的這隻鳥兒比鴿子大一點兒，身上的羽毛是黑褐色的，灑著棕白兩色的斑點……這是一隻戴勝，年青的熊認出來了，牠重又邁開腿兒。

淡淡的酸甜氣味兒小了，沒有了。這是怎麼回事？老悶兒抽抽鼻子，停住腳，在原地打開轉轉。牠又往回走，好聞的氣味兒又出現了，並且愈走愈濃……牠發現，剛才遇到戴勝鳥的地方，氣味兒最濃烈。

牠低頭「哄夫夫，哄夫夫」嗅，嗅土，嗅草，嗅灌木……。灌叢背後，有一個小土堆。小土堆上，有幾個小眼兒。許許多多的螞蟻正從小眼兒裏爬進爬出，帶著一絲絲一縷縷的酸甜、像汗臭一般的氣味兒。老悶兒眼亮了，嗅嗅小土堆，嗅嗅螞蟻，發現有一根鳥兒脫落的絨毛在小眼兒旁隨風擺動。

啊哈，原來戴勝鳥在這兒逗留過，啄吃小眼兒中的螞蟻……老悶兒急不可待，伸爪一刨，小眼兒沒有了，整個地下的螞蟻城堡被扒開，暴露在陽光下。

螞蟻們不知道怎麼會發生這樣大的災難，慌慌張張亂爬，擠成一個黑團團。老悶兒伸出舌頭一舔，黑團團到了嘴中。牠咯吱咯吱嚼起來……嘿，就像吃黑芝麻，味道美極了。

又有一些螞蟻聚集成一堆，老悶兒伸舌又一舔……。螞蟻爬出來的少了，熊伸出爪子，小心向下扒一扒，露出一片片白白的、小米粒似的螞蟻卵。老悶兒嗅嗅，高興極了，粗糙的舌頭一掃，連土也掃進了嘴裏。牠一邊吃，一邊興奮地唔呶唔呶哼。

螞蟻卵舔乾淨了，牠又向下挖。一邊挖，一邊舔吃爬到掌背和腿上的螞蟻。有幾隻螞蟻不知怎麼爬到了老悶兒脖子上，憤怒地咬牠。傻熊擡掌拍死牠們，又低頭在泥土堆中尋找牠們的屍體。

老悶兒在螞蟻窩邊忙了很久，把螞蟻城堡翻了個底朝天。直到實在找不到一隻螞蟻了，才舔著嘴唇離去。牠把嘴唇四周的毛兒舔得光溜溜，濕漉漉的，毛兒中藏的泥土都被舔進嘴中，和著唾液咽下去……這些泥土都是螞蟻窩中的，帶著螞蟻酸甜的汗臭味兒。

老悶兒不怕吃泥土，吃些泥土對野獸是必要的。牠們不會得膽結石，相反，吃些山林中沒有人類污染過的泥土，可以補充身體中的礦物質，增強體質。

離開這個地方的時候，年青的熊記住了，戴勝鳥也吃螞蟻。有戴勝鳥活動的地方，就可能有螞蟻窩。

中午，老悶兒睡了一覺。牠鑽在茅草叢中，做了一個滿嘴酸甜的好夢。牠的口水悄悄流淌出來，把枕在下巴下的爪子都弄濕了。

牠怎麼也忘不掉大口大口吞吃螞蟻和螞蟻卵的滋味兒。下午一覺醒來，牠又開始在領地中巡視。一邊巡視，一邊找戴勝鳥和螞蟻窩。

牠在一棵大橡樹上蹭癢，在一塊突出立在灌叢中的大石頭下拉了一泡屎……這片灌叢面積不小，密密麻麻，灌叢間長滿枝葉長長的狗尾巴草。老悶兒站起來，走出不遠，一隻鳥很響地拍著翅膀，從灌叢下飛起來。

老悶兒怔了怔。但牠馬上看出，這鳥兒不是戴勝，是松雞。松雞的個兒大，樣子笨，飛不快也飛不高……果然，松雞努力飛著，歪歪斜斜，時高時低。沒飛出多遠，那個笨傢伙咕咕嘎嘎叫著，一頭栽到了地上。

太陽西斜，橙黃色的陽光射過來，照著灌木，照著在不遠處狗尾巴草叢中胡亂拍打翅膀的大鳥。老悶兒沒有立刻跑過去，牠不相信那鳥死了。牠只是有點兒掃興，咂了咂嘴。「怎麼是松雞呢？」牠遺憾地低下頭，在灌叢中嗅起來。

牠想知道，剛才，這隻羽毛青灰色的大鳥躲在灌叢下幹什麼。「咕咕，嘎嘎嘎嘎」，那邊，松雞驚叫起來，翅膀拍得啪啪響。老悶兒擡起頭，松雞飛起來，但剛一騰空立刻又栽下地。「松雞受了傷？」牠疑惑地看了一刻，邁開腿，向栽下地的大鳥撲去。

牠吃過松雞，那是在山腳小院裏。惡人扔給牠一隻松雞頭，味道還可以……松雞又飛起來，仄仄歪歪，似乎隨時都會墜落，老悶兒又站住了。牠看到，這隻有幾根翻子的大鳥，偷看牠的眼神一點兒都不慌張，好像還透露出一些狡詰。松雞飛出不遠，終於又栽下地。

老悶兒猶豫片刻，扭回頭，「霍潑、霍潑」跑起來。松雞在牠身後驚叫，啪啪拍翅膀，牠也不再理會。牠覺得，那傢伙的樣子很可疑。牠沒有把握捉住這隻能飛到空中去的大鳥，就是大鳥真的受了傷也是這樣。牠想起腦袋上淌滿血漿的榛雞，那傢伙昏頭昏腦，滿地亂滾，結果還是及時飛跑了。

牠回到松雞倉皇起飛的地方，把頭鑽到灌木叢中嗅起來。灌木長得不高，把地面遮得嚴嚴實實。老悶兒一邊轉著圈兒嗅，一面伸爪把灌木撥開、扳倒。牠想看看裏面有什麼，松雞是不是也同戴勝一樣在吃螞蟻……牠此刻只對螞蟻感興趣，螞蟻窩是不會跟著松雞飛上天去的。

灌木被年青的熊扳得東倒西歪，咔咔亂響。松雞飛回來，飛得低低，擦著老悶兒脊背，一邊飛一邊咕咕嘎嘎大叫，那聲音像咒罵又像警告。老悶兒擡起頭，松雞瞬間又像受了傷，仄仄歪歪，飛不動了。老悶兒不管牠，只是瞥了一眼，繼續忙活自己的工作。

松雞兜個圈兒，又叫著飛回來，一垂尾巴，俯衝而下，在傻呼呼的黑熊頭上猛地踹了一腳。老悶兒火了，揚起頭，憤怒地向空中咬了一口。松雞飛過去了，年青的熊連根松雞毛也沒咬到。牠氣呼呼地咆哮起來。一邊咆哮，一邊把灌木亂扳亂打。可憐的枝條咔咔作響，枝葉亂飛。

松雞再次兜回來，這一回，牠不敢飛低了。傻熊擡起頭，正要招架，一團淡灰色的光忽然在眼前一閃，傻熊瞪圓了眼……透過一簇灌木枝條，牠看到，一堆鵝卵石似的東西堆在灌木根旁，熠熠發亮。

這是什麼？老悶兒顧不得生氣了，小心扳倒灌木枝條，把腦袋湊過去，嗅起來。松雞氣急敗壞，大嚷大叫，倏地又衝下來，踹了老悶兒一腳。老悶兒不理睬牠，只是擡起一隻爪子，護住頭，繼續在灌木根下研究。

這兒有一個大鳥巢，散發著強烈的松雞味兒。啊嘿，老悶兒明白了，原來松雞的窩在這裏……松雞在這叢灌木根旁挖了一個淺淺的小土坑，坑裏鋪上一層枯黃色的松針，再鋪上一層亂七八糟、連松針也蓋不住的羽毛，然後，就在這兒生蛋。

一生就是七八個，在亂羽毛上排成一圈兒。這些蛋靜靜躺著，發出柔和的、玉一般的光澤。老悶兒嗅了一會兒，忍不住叼起一個蛋，歪頭咬咬，試試硬不硬。「咔嚓」，松雞蛋碎了。清涼滑膩的蛋清蛋黃流到舌頭上，又腥又香。

「嗯哼，能吃？」老悶兒興奮起來，咂咂嘴。當腥香的液體就要溜出嘴外，牠「滋溜」一聲，把蛋清蛋黃吸進了食管裏。接著，像吐松籽殼似的，吐出了碎蛋殼。傻老悶兒吃出了興趣，把地上的碎蛋殼舔得光溜溜，翻了好幾個身。一扭頭，牠又叼起一個整蛋……只有片刻工夫，一窩松雞蛋被牠吃了個乾乾淨淨。

年青的熊又記住了，看到松雞或者松雞一類的鳥兒從灌木叢中飛起，那就趕快鑽進灌叢中找一找。或許，能找到一堆圓石頭一樣的東西，那是一頓美餐。

二十三

老悶兒終於捉到一隻麅子。

牠撕開麅子肚皮，拖出腸子，歪著腦袋又是咬又是嚼，一邊咬嚼，一邊興奮地唔呶唔呶哼。

看到麅子脖頸還在淌血，牠放下腸子，探過頭去，舔那腥鹹的液體。舔著舔著，牠乾脆撕大傷口，在麅子脖子上滋滋有聲地嘬起來。

牠喘不過氣，歇一會兒，再嘬……這是牠自己獵到的獵物，不必怕誰呵斥，不用看誰的臉色，願意怎麼吃就怎麼吃，願意吃到什麼時候算什麼時候。

這兒離小溪不遠，是山谷裏的一片荒草甸。

這時候豔陽當頭，晴空萬里。

這是這頭年青的熊第一次狩獵麅子成功，滿心的歡喜。牠曾經想跳舞，吼一聲，站起來，踢了幾下腿，踢得荒草劈劈啪啪響，倒伏下一片。當牠看到草葉亂飛，有些落到腳下的麅子身上，趕快停下滑稽的舞蹈，四腳著地，又大吃大嚼起來。

年青獵手有經驗了，知道自己有什麼不足……爲捉到麅子，牠動了不少腦筋。

爲這一天，許多天前牠就開始努力。

牠在林中空地上找到許多草莓，吃得牙齒發酸，覺得不能再吃了，這才扭扭噠噠離開空地，慢慢踱到林子邊。牠爬上一棵開滿花兒的大椴樹，在樹枝間爬上爬下。大樹雪白的花兒間，有許多蜜蜂在「營營」飛舞。

逐一嗅完每一朵花兒，審查畢每一段樹幹，確信樹上沒有蜂巢，牠失望地咂了咂嘴，臥下來。後來，牠閉上眼，開始享受在空中休息的樂趣。陽光暖融融的，小風兒播撒著醉人的香氣。

遠處，小溪邊傳來麅子尖細的叫聲：「吱啞——啞——啞，吱——吱，啞——啊……」

老悶兒眼睜開了，耳朵在芬芳的空氣中快速搖動……好像，小溪那邊還有戲水的嘩啦嘩啦聲傳來。牠不休息了，扶著椴樹樹幹站起來，踮起腳跟。

林子外，是一片空曠的窪地。連綿的荒草從這邊開始，一直鋪到對面山坡下的林子邊緣。在窪地荒草甸中間，有道彎彎曲曲的黑線，那就是小溪。此刻，耀眼的陽光下，有幾隻小腦袋在黑線上忽隱忽現，不住晃動。

「麅子！」老悶兒哧溜哧溜溜下樹，四腳著地，像狗一樣顛兒顛兒跑過去。牠跑得輕巧極了，龐大粗壯的身軀又柔軟又靈活。但是很可惜，野草長得還不高，還遮掩不住牠的身子。麅子們猛然發現了牠，驚慌地跳進小溪中，順著小溪跑走了。

老悶兒也跳進小溪，開始追趕。牠像一匹駿馬，跑得飛快。牠跑得從來沒有這樣快過，風在耳邊呼呼作響，溪水像箭一樣在腳下飛射，溪邊的草急劇旋轉著向後倒退。但是，麅子還是遠遠拋下牠，身影兒愈來愈小。最後，亂紛紛跳上岸，轉過山岬，消失了。

這就是說，老悶兒跑不過麅子！再用力也跑不過麅子！

老悶兒想不到，牠這樣大的個子，這麼有力氣，竟然會輸給細腰細腿，風一吹似乎就會翻倒的傢伙。牠生氣了，狂吼連聲。接著一抓一抓，把濕淋淋的麅子腳印連同旁邊的草，抓了個亂七八糟。

看來，憑賽跑是永遠捉不住麅子的。年青的熊發了一通脾氣，終於認識到這一點。牠沮喪地低下頭，走了。

但是，走出沒多遠，牠又扭頭走了回來。牠伏在被抓得亂七八糟的腳印上，「呋呋」地嗅。嗅了一個又一個，一邊嗅，一邊不時唔唔哼。嗅遍腳印，牠走了。可隔一會兒，又扭噠扭噠跑回來，還是嗅。

牠很執拗，幾天裏，天天來這兒看看，嗅腳印。並且，有時還爬到樹上，踱到小溪邊，張望查看。終於，牠發現，麅子天天來這兒喝水，時間是中午前後。而且，這群麅子總是走同一條路線，以至於荒草中有一條隱隱約約的小路。這條小路上的草只有根，沒有葉，比旁邊的草矮。

熊進步了……今天上午，牠早早踱出林子，在小路旁的一片荒草中臥下來。

這是個小窪，這兒的草長得又密又高。這個小窪在路北側，現在常常刮南風……必須注意這些。這位獵手已經知道，不注意這些小節，就會在很有希望成功的時候，忽然失敗。

一群烏鴉飛出林子，飛過草甸。幾隻噪鶥飛過來，飛過頭頂。又有一群山雀籽黑籽黑叫著，在天空中盤旋。老悶兒躲在草叢中，臥呀，臥呀，太陽當空，曬得牠昏昏欲睡，麅子還是遲遲沒有來喝水。如果不是幾隻蒼蠅，老悶兒就打起了鼾。這幾隻蒼蠅飛來飛去，總想鑽老悶兒黑黑的、濕潤潤的鼻孔。牠不得不一次次向蒼蠅揮揮爪子，證明自己沒有睡著，讓蒼蠅小心一些。

將近中午，林子邊緣終於響起草葉唰啦唰啦的磨擦聲，接著就是「咕咕，咕咕」的麅子咕噥聲。老悶兒眼睛完全睜開了，頭伏得低低，下巴緊緊貼在倒地的草上……幾隻麅子出現在草甸上，走幾步，停一停，把頭揚得高高，不住左右轉動。

老悶兒激動得顫抖起來，還禁不住呻吟了一聲。緊挨著牠粗壯身體的草，此刻也沙沙響個不停。牠趕快悄悄挪動身子，離該死的草遠一些。牠的四隻爪子，緊緊抓住了大地。麅子的腳步聲愈來愈近，麅子的氣味兒也穿過草叢鑽進年青熊的鼻孔。埋伏了好久的獵手忽然想看看自己的獵物在做什麼，偷偷擡了擡頭。

落在牠腦袋上的蒼蠅嗡嗡飛起來，麅子的腳步聲突然停止了。年輕的熊急忙伏下頭，大氣也不敢出。牠很恨自己……幸虧，一隻山雞在溪邊叫起來，轉移了麅子的注意力。

麅子擡頭看了溪邊一會兒，又邁開了腳。山雞並沒有飛起來，大約是在招呼同伴兒。

就在這一刻，老悶兒大吼著躥起，飛一樣跑了出去……牠太興奮，站著跑，向前彎著腰，兩隻前爪輪番揮舞，像在搖一個看不到的車輪。

距離太近，也太突然，麅子懵了。傻麅子們亂擠亂撞，有一隻被撞翻在地。於是，很自然，這隻倒楣鬼被費了不少心思的熊按在掌下。

老悶兒得意極了，陶醉在成功的喜悅中，每咽下一口細嫩的麅子肉，都唔吺唔吺哼一哼。

太陽偏西了一點兒，周圍熱烘烘的。老悶兒累了，睏了，一隻爪按在吃剩的麅子身上，臥下來，閉上了眼睛。很快，牠的胸脯起伏均勻起來。

睡夢中，牠覺得爪子被拉動了一下，唔唔兩聲，縮了縮爪子。恍惚中，有什麼東西從眼前飛快跳開，鑽進了荒草叢。草葉「唰唰」搖晃起來，並且，還有草莖折斷的咔吧聲。老悶兒倏地睜開眼，撐起前半截身子，嗚嗚低吼。

眼前除了青青的野草，什麼野獸也沒有。太陽就要下山，森林在草甸上投下了長長的陰影。有幾隻蒼蠅在牠吃剩的半隻麅子身上起起落落，不捨得離開。年輕的熊把麅子往身邊摟摟，打個呵欠，又臥下了。

牠覺得沒睡夠，想再睡一會兒……黃昏的小風刮起來，拂過草甸，野草搖擺起來，像綠色的大河湧動起波浪。

一隻灰色的猞猁聳起頭頸上的毛兒，躲在荒草叢中，透過草葉間的縫隙，緊緊盯著年輕的熊。牠腿兒微屈，爪子用力按著地面。彷彿，隨時都會「啪」地跳起，箭一般逃走。猞猁的黃琥珀色眼珠一轉不轉，耳朵尖上的兩束黑毛神經質地顫抖。

見黑熊又閉眼睡了，猞猁全身放鬆了。牠咂咂嘴，擺了擺又短又小的尾巴，活動一下過於緊張的腿腳，頭頸上的毛兒漸漸平伏下去。不過，牠仍然緊緊盯著老悶兒。

站了一會兒，猞猁搖搖耳朵，伏低身體，躡手躡腳穿過草叢，向黑熊挨過去。牠很敏捷，沒有發出什麼聲響。老悶兒在呼呼酣睡，一條前腿壓著麅子，胸脯有規律地起伏。離老悶兒一步之遙，猞猁站住了。

這隻腿兒長長、矯健兇悍的大貓，悄無聲息地齜出牙，貪婪地盯住年青的熊。老悶兒仍在酣睡，一動不動。小眼兒自然舒適地閉著，風吹拂著牠身上粗黑的長毛。猞猁站了很久，再次放鬆身體，低低頭，向前邁出一步。

牠擡起爪子，劃了劃麅子……猞猁認得眼前的熊。這是那頭只會鞠躬的傻熊。去年，牠咬了這頭熊的腳後跟，這傻傢伙嗷嗷哀嚎著跑了。可牠還是有些怕熊，這熊好像同去年不一樣了，變野了。

麅子沒有動，黑熊也沒有動。猞猁膽大起來，叼住麅子的一條腿，甩甩脖子，向後就拉。狗熊的腿緊緊壓在麅子身上，很沈重，拉不動。猞猁又用力拉了拉，拽得牙齒痛，麅子還是不動。猞猁急了，丟下麅子腿，向前一衝，向熊的腳上咬去。

這一刻，會鞠躬的熊忽然「呼」地跳起來，狂吼了一聲。牠一邊吼一邊揮起爪子，向猞猁拍來。猞猁抖了一下，本能地驚叫一聲，縮回了腦袋……牠縮得很及時，沈重的熊掌沒拍到牠。只是，尖利的爪子尖劃過了牠的臉。

猞猁跌翻了，在荒草叢中大叫著翻滾。牠的一隻耳朵被撕下來，臉上血肉模糊。鬍子得得地顫抖，獠牙不時齜出來……猞猁還算清醒，在傻熊按住牠以前，狂叫著掠過草浪跑了。

牠只有一隻眼睛看得清，另一隻眼睛眼皮豁了，血糊住了眼珠。牠的血滴滴嗒嗒，落在草葉上，落進泥土中。老悶兒咆哮著追趕上去，追出十幾米，想到吃剩的麅子，剎住腳，又扭身顛顛跑了回來。牠早嗅到了猞猁氣味兒，沒有想到猞猁還敢咬牠。如果不是牠躲了躲腳，猞猁的腦袋就碎了。

太陽已經下山，西天的晚霞也在變淡、變灰。晚歸的鳥兒一群群飛過草甸上空，灑下匆匆的鳴叫。老悶兒守著麅子站著，憤怒地衝猞猁逃走的方向嗚嗚低吼了一會兒。待氣消了一些，牠叼起獵獲物，扭噠扭噠離開了草甸。

這個漸漸強大起來的新獵手，要找一個隱蔽的地方慢慢享用收穫。

二十四

老悶兒動身到樟子松林外的小窪地去。

走過昏暗的針闊葉混交林，翻過長滿灌叢的土坎，年青的熊一路扭扭噠噠走，一路抽動鼻子在地面和空氣中嗅。有時，還繞個彎兒，到大樹和石頭後面看看，伸出舌頭舔舔滿是腐葉和乾地衣的地面。

牠想弄清楚有沒有別的野獸在這些地方撒尿。尿水乾了，地面上通常會留有白色的鹽霜。有些野獸隨地拉尿，有些野獸不是。牠們或者跑到一個隱蔽的所在，或者總是在一個或幾個固定的地方，解決這個排泄廢物的問題。

總不吃鹽不行，吃什麼都沒有滋味兒。而且，腿常抽筋。老悶兒雖然已經能狩獵，但主要還是吃草、吃樹葉、吃漿果或根莖，身體裏還是缺鹽。

特別是現在，乾熱的南風終日吹拂，吹得喉乾咽燥，口渴難耐。到小溪邊喝水多，身體裏更是缺乏鹽分。

老悶兒身上有許多地方缺毛，光禿禿的。惡人打的和狼咬的疤痕露出來，有些不大好看。春末夏初，野獸們都開始脫去冬天時的長毛。老悶兒身體裏缺鹽，不斷扭頭揪扯肋上的毛，這就使牠比別的野獸顯得禿。

山林裏很寂靜，只有鳥兒在枝頭上鳴叫。偶爾有松鼠從樹枝間溜出，溜下樹幹，看到個兒龐大、肌肉發達的老悶兒走過來，尾巴一擺，又慌忙爬上樹躲起來。一隻毛色土黃的兔子跑出灌叢，看到老悶兒，怔了怔，一溜煙逃走了。老悶兒不理睬牠們，無動於衷，依舊扭動屁股走自己的路。

小野獸們開始再次冷落、躲避老悶兒，老悶兒卻不再感到孤獨寂寞……牠不需要那種虛假的和諧熱鬧，相反，牠開始維護自己應該有的尊嚴。

穿過陽光充足的樟子松林，年青的熊站了一會兒，頭頂上的兩隻圓耳朵不住擺動。接著，牠又人樣高高立起來，向不遠處灌草叢掩映的小窪地打量。一邊打量，一邊呋呋抽動鼻子。小窪地很安靜，好像沒有什麼野獸待在那兒。老悶兒放心了，又走起來。

牠記得去年秋天的事，記得野豬兇狠的一撞一挑……野豬真有勁兒，一撞撞了牠個四腳朝天。若不是牠趁勢立起來，肚子就要被挑破開膛！野豬也是山林中常見的猛獸，牠不能不防備了。

野豬沒有在泥坑裏，旁邊也沒有。老悶兒警惕地巡視了一遍，急急忙忙啃吃起鹽土。周圍很安靜，一隻啄木鳥在什麼地方得得地敲打樹幹。啄一會兒，停一停，然後又啄。

老悶兒啃幾口鹽土，擡頭品品，伸出舌頭舔舔嘴唇。漸漸地，牠忘了警惕，不擡頭了。牠覺得舌尖和喉嚨麻澀澀苦漬漬的，口水多起來，喉嚨中涼涼爽爽，有一種說不出的痛快。一開始牠連鹽霜下的泥土一起咽下，後來，便只舔食白花花的鹽霜，一點兒泥土也不再沾。

當牠覺得嘴裏鹹苦得厲害，腸胃中火燒火燎，並且很厲害地向上翻湧，要嘔吐的時候，知道自己已經吃得太多，不能再貪吃了。牠急忙到旁邊摘吃了一些灌木枝葉，這樣，胃裏舒服了一些。牠要走了，扭頭看看泥窪，又站住了。

牠身上有些癢，也想像野豬那樣洗個泥水浴。森林裏的小動物躲避牠，皮毛中爬來鑽去的跳蚤蝨子卻還在糾纏不休。牠得想方設法擺脫牠們。

年青的熊看看四周，什麼動靜也沒有。啄木鳥還在不知疲倦地啄樹木，爲樹醫病……牠耳朵轉了一會兒，眨眨小眼睛，走下了泥坑。

泥水漫上來，涼涼的，咕嚕咕嚕響著淹沒到腿跟。往泥窪中心再走走，腳下是硬底，老悶兒放心了。牠學著野獵的模樣，側身在泥坑中一躺，涼絲絲、軟乎乎的稀泥水立刻浸泡了全身。牠感覺十分舒服，吭哧吭哧哼起來。

牠在泥坑中打起滾，只露出鼻子和嘴巴。泥水愈來愈渾濁，咕嚕咕嚕冒出密密麻麻的氣泡。氣泡摩擦皮毛，有的就在皮毛旁爆破，麻酥酥的，這更使牠愜意。

泥水坑裏有這麼多的樂趣，怪不得野豬經常來泡一泡。老悶兒癡迷了，陶醉了……。啄木鳥不知什麼時候飛走了，「沙沙，沙沙」，遠遠傳來一陣陣擦碰灌木枝條的聲音。老悶兒沒有聽到，仍然在泥坑中滾，不時吭哧吭哧哼幾聲。牠頭上臉上都是泥湯，已經看不出身體原來的顏色了。

一頭皮毛閃著橙紅顏色的怪物走近泥窪，站住了。怪物肩高臀低，頭大嘴長，兩隻獠牙像兩把彎刀，亮閃閃從嘴唇邊伸出。「哼、哼」，怪物蓮蓬似的鼻子抽一抽，哼了哼。老悶兒聽到了，睜開眼，吃了一驚。天，是野豬！野豬來了。

牠急忙「呼」地站起，泥水順著毛兒嘩嘩往下淌。野豬有些吃驚，向後退了幾步。忽然，牠又站住了。牠認出，泥窪裏這頭泥水淋漓、個兒龐大的野獸，是那隻會鞠躬的熊。「嗚——，哼」，野豬咆哮起來，小眼睛在一瞬間變得惡狠狠的了。

牠不怕這頭熊，去年，牠把這傢伙頂得狼狽逃竄。現在，這傻熊竟然又偷偷來洗泥水浴。野豬精神抖擻，蹄子刨刨地，衝上來。老悶兒有點兒怵，急急忙忙爬出泥坑，帶著淌流遍體的泥水就要跑。剛邁開腿，泥腳一滑，「撲通」，摔了個嘴啃泥。牠慌慌張張爬起來，還未站穩，野豬在牠屁股上猛然一頂。

野豬的鼻梁骨十分有力，老悶兒踉踉蹌蹌跑出幾步，「噗通」，又栽了個嘴啃泥。牠急忙爬起，「嘭」，野豬又衝到了，牠再次「噗通」向前跌倒……老悶兒真尷尬，爬起來就被野豬頂倒，再爬起來又被野豬頂倒。野豬頂牠，就像在頂一個泥乎乎、水淋淋的大皮球玩。灌木和野草倒下一大片，斷渣兒把老悶兒下巴扎破好幾處。老悶兒總算逃出來了，野豬追出很遠才扭頭回去。

老悶兒一邊跑一邊回頭看，直到確信野豬不追趕了，才停下來。森林裏靜悄悄，有一隻雷鳥站在樹枝上，饒有興致地看著倒楣的老悶兒。老悶兒氣哼哼地來到樹下，牠啪啪拍動翅膀飛走了。熊的屁股蛋腫了，僵硬，火燒火燎似的痛。老悶兒扭頭看看髒兮兮的屁股，嗚嗚哼起來。「這就算完了？這個泥坑是野豬的？」哼了片刻，牠心中燃起騰騰的怒火。

牠想打架，牠的怒火再也壓抑不住！牠這麼大的個子，這麼有勁，怎麼會受野豬羞辱呢？牠要回去，跟橫行霸道的野豬拚個死活。老悶兒「呼」地扭回頭，顛兒顛兒向泥窪跑去。接近泥窪的時候，牠跑慢了。接著，躡手躡腳、悄悄穿過荒草灌叢。泥窪裏傳出泥水嘩嘩的潑濺聲，老悶兒站住了。

野豬在泥窪裏滾動，一會兒臉朝左，一會兒臉朝右，很是自在。忽然，牠瞥見了岸上的老悶兒，那傢伙正氣哼哼地看牠。野豬發怒了，「嗚——，哼」，牠鼻子裏滾動出惡狠狠的吼聲。牠一邊吼，一邊爬起來，跳上岸。

老悶兒的勇氣剎時煙消雲散。「嗷——嗷」，牠虛聲咆哮。看看野豬就要衝過來，急忙扭轉頭，風一樣跑走了。「嗯兒，哼」，熊身後，遠遠傳來勝利者得意洋洋、又頗含輕蔑的哼聲。老悶兒氣惱至極，在一片灌叢間發起脾氣。「嗚——」，牠咆哮著，對灌木又抓又打，把灌木葉子拋得滿天都是。

一棵茶杯口粗的山楊孤零零地立在灌叢旁，牠撞過去，把樹扳彎，直到山楊發出咔嚓咔嚓的折斷聲，牠才放開爪子。山楊慢慢彈起來，但無論如何也不能再挺直身軀。老悶兒怔怔地盯著山楊傾斜的樹冠，不鬧了。過了一會兒，牠扭轉頭，再一次氣沖沖地奔向泥窪。

此刻，野豬沒有跳進泥水裏，就站在一叢灌木後。牠覺得今天的狗熊，跟以往有點兒不一樣。不過，牠也不怕這頭傻大個兒。牠是頭公野豬，在山林裏橫行慣了，誰見了牠都是慌忙避開。就是這頭大傻熊，也曾被牠打得狼狽逃竄……當年青的黑熊氣洶洶又闖回來時，這頭體壯如牛、打架不要命的野豬猛然跳出來，迎了上去。

老悶兒愣了，牠沒有想到野豬躲在灌木後，沒在泥坑裏。牠一時不知所措，野豬已衝上來，「咚」一聲撞在牠肩上。野豬撞得是如此之猛，那麼大個子的老悶兒四條腿趔趄著，在灌木叢中倒退了好幾步，還是一屁股坐在地上。

野豬沒有停止進攻，又嗟嗟衝上去……牠今天要好好教訓教訓傻傢伙，讓這頭莽莽撞撞、只配鞠躬的狗熊徹底服氣！老悶兒剛站起來，又被撞倒了。野豬鬃毛剛硬的大腦袋就擦過牠的下巴，再次「咚」地撞在牠肩上！年青的熊跌坐在灌叢中，折斷的灌木枝戳得牠紅腫了屁股疼痛難忍。野豬縱跳向前，哼一聲，拱向牠喉嚨，要用彎牙劃開牠的脖子。

老悶兒退走逃跑是不可能的了，此刻根本逃不開。巨大的危險籠罩著牠，牠若遲疑就有可能馬上喪命。熊祖先賦予牠的勇猛徹底復甦了，牠覺得，牠的尊嚴已經被掃蕩殆盡。大傻熊真要打架了！牠伸爪拍開野豬腦袋，同時「嗷」地怒吼了一聲。

野豬腦袋裏嗡嗡響，擦著老悶兒身子衝過去，蹭了老悶兒一身泥……野豬在擦著老悶兒身體衝過去的時候，覺察到老悶兒大叫，胸腔也在顫動，牠意識到，這頭熊真的憤怒了。但牠不怕。牠怕誰？牠覺得，再有兩三回合，牠完全可以解決這個傻傢伙。

野豬被拍得不重，跑出幾步，「啪」地扭回身，衝老悶兒後背就挑。老悶兒也在扭回身，但沒有野豬快，「哧」，牠的腹部被野豬獠牙劃開一個口子，肉翻起來，鮮血如注。老悶兒更氣惱了，不待站穩，玩命揮起一掌，「啪」，重重地打在眼前泥乎乎的野豬後胯上。野豬沒能躲開，覺得後半身猛然一震，五臟六腑都痛起來，接著，一條後腿從上到下痲酥酥的，再沒有其他感覺。「噗通」，野豬翻倒了。

老悶兒也翻倒在地……兩隻猛獸在灌木叢中掙扎。野豬沒有料到會鞠躬的熊竟然如此有力，如此不要命，瘋了。牠再不計生死，一味兒只是要和熊拚命。老悶兒也野性復發，並不躲閃，追著野豬廝打。於是，兩隻野獸團團轉起來。灌木被踩倒一大片，在熊掌豬蹄下劈啪亂響。綠色的葉子被踩得變了色，和泥土混雜在一起。

野豬只有三條腿好用，一條腿拖著，老悶兒的屁股腫痛僵硬，腿也不大靈便。兩隻猛獸你追我趕，轉了很久。到底野豬受傷較重，轉著轉著，被灌木折斷的枝條絆了個跟頭。老悶兒不失時機撲上去，惡狠狠咬住牠的脖頸。熊歪著腦袋，用力合攏上下牙齒……牠希望能馬上聽到「咔嚓」一聲。

但野豬不是小野獸，頸椎骨粗大，一下子咬不斷。野豬命在頃刻，急了，吼一聲，一個鯉魚打挺跳起來。老悶兒被甩翻在地，並且被野豬壓在身下。野豬脖頸受了重傷，血汩汩淌出來。這個山林中的亡命之徒，紅著眼睛，張嘴要咬熊的咽喉。老悶兒急忙伸爪頂住野豬脖子，另一隻爪子一揮，打在野豬頭上。

野豬站不穩，嚎一聲，翻倒了。這傢伙真有勁兒，不愧是森林中的「拚命三郎」，頭懵懵的，還很利索，老悶兒沒爬起來，牠先爬了起來，張嘴便亂咬。老悶兒看著瘋狂的野豬，有點兒怵，躲了躲。當野豬又伸過嘴，牠重重在野豬頭頂上拍了一掌。並且馬上撲過去，按住昏頭昏腦的野豬，咆哮著，又咬住了野豬脖子。

這一回，牠咬在野豬原先的傷口上。牠一邊咬，一邊「吭、吭」噴著鼻息用力。野豬還要掙扎著爬起，一邊爬一邊扭頭咬老悶兒。但是，牠沒有機會了，「咔嚓」，骨頭響了一下，牠一下子軟了，泥一樣癱倒在地上。

泥坑邊草伏灌木折，狼藉一片……泥窪自由了，從此不再是野豬的天下。

二十五

會鞠躬的老悶兒在山林裏取得了愈來愈多的自由。

牠已經很強大了。

牠還是主要吃植物。但是，只要高興，牠也能開開葷……牠的葷食單子上，有松鼠、鳥蛋、鼴子、狼，甚至，還包括山林一霸的野豬。

牠已經很有經驗，知道了許多山林中的秘密。憑藉靈敏的鼻子和白天黑夜都能看清的眼睛，還有圓圓的、擺來搖去的耳朵，牠在山林中轉一轉，立刻就能夠對自己說：「剛才有一隻狼跑過去了。」或者說：「昨天夜裏有一隻狐狸來過這兒，嘴裏叼著一隻肥肥的大野雞。」

這一年夏天，牠四歲半。

這個年齡，在人類中還是小孩子，一點兒也離不開大人的照顧和保護。在熊族，有這個年齡的熊已是成年熊了，牠們必須自己找食，自己保護自己，並且，趕快去佔領一塊領地。

老悶兒個子又長高了一些，腰也粗了。毛長長的，油黑發亮。胸脯上有一片毛是雪白的，彷彿一彎夜空中的月牙，又彷彿是白襯衣翻出的領子。這很像牠死去的媽媽。牠的模樣還是憨憨的，走路扭屁股。只要不發脾氣，成年的老悶兒仍然討人喜歡。

但是誰都有脾氣，誰都可能發脾氣。山林中的生活並非平靜如水，這就注定經常有惹老悶兒發脾氣的事。

現在的老悶兒，發起脾氣來十分可怕。

這一天，牠本來很高興。在巡視領土的半途中，牠捉到一隻旱獺。

這一帶是陽坡，地勢也比較高，沒有成片的大樹，灌叢草甸混生，從山腰一直伸展到山脊。時令雖已是盛夏，青草中還到處開著嬌嫩的花，逗引來成群的蝴蝶蜜蜂，飛飛落落。由於這兒視野開闊，不利於隱蔽，大野獸來得不多，老悶兒也很少光顧。

牠在一棵低矮的、樹杈幾乎貼地分開的岳樺樹旁撒了泡尿，又向前走。就在牠看到一棵開白花的野百合，正要刨出百合圓球狀的根時，一瞥，發現不遠處的一叢灌木旁，有一群極像黃鼬的動物在嬉鬧打鬥，吱吱叫著追來追去。

牠擡起頭，十分感興趣地盯住這群過於活潑的動物。這些傢伙皮毛煙灰色，腦袋像黃鼬，身材卻比黃鼬大，並且圓滾滾的胖。兩隻眼睛不小，鼓溜溜的，像嵌進兩粒黑大豆。牠們身旁是一堆堆剛剛掘出不久的土。看來，這種動物像老鼠一樣住在地下。

老悶兒沒見過這種動物。上次巡查，也沒在這兒發現有這種動物……年輕的熊不知道，這是旱獺，剛遷居到此的。這種還有一個名叫土撥鼠的東西，是一種到處打洞、對山坡水土保持十分有害的動物。

熊不喜歡這種一刻也不安靜的動物……看了一會兒，老悶兒舔舔嘴唇，想走近一些。牠嘴唇邊的感覺告訴牠，現在是側風**（由於嘴周都舔濕了，迎風的一面比較涼。——這是老悶兒感知風向的一個方法）**。牠儘量伏低身子，借著青草的掩護躡手躡腳摸過去。

還離得很遠，「吱吱吱吱」，灌木叢旁傳出一陣急促的尖叫。「呼啦」，所有的旱獺一瞬間都鑽進了地下的洞裏。

老悶兒狐疑地看看灌木叢旁邊，這才發現，那兒也有一堆土。土堆上人一樣站著一隻旱獺，正踮起腳探頭向這邊張望。那傢伙見老悶兒看牠，一跳，也消失了蹤影。

原來，小野獸們還有哨兵放哨，監視周圍的動靜……也許，老悶兒在岳樺樹旁撒尿時，哨兵已經注意到了這頭熊。

年青的熊不再躡手躡腳，顛顛直跑過去。山坡上到處是土，到處是洞。老悶兒低著頭，用力抽動鼻子。在有的地方，牠還用爪刨一刨。很快，牠發現，這些茶杯口大的洞，有的鼠臊味兒很濃，有的淡一些。而鼠臊味兒濃的洞，洞口邊都是新土。

年青的熊在一個有新土的洞口旁停下來，握爪伸進去探探。接著，「哈、哈」，向黑乎乎的洞裏哈了兩口氣。立刻，土洞深處傳出悉悉索索的聲音。老悶兒來了勁兒，不走了，揮動爪子刨起土。洞口坍塌了，夾有碎石渣的山土刨得到處都是。老悶兒換一隻爪子，繼續刨。

洞很深，刨出的土像小山似的。熊不怕，熊的力氣大得很。牠把土堆推開，再向深處挖。塌土中的鼠臊味兒愈來愈濃，老悶兒不斷打噴嚏。忽然，牠的爪子剛擡起來，土一抖，一隻小野獸猛地從土中鑽出來。

老悶兒的爪很利索，立刻一拍。旱獺「吱——」尖叫一聲，向前掙扎著爬了爬，腦袋一挺，耷拉下去，不動了。老悶兒把土撥鼠撥拉過來，大老鼠的鼻子耳朵都湧出了血。牠在旱獺身上嗅來嗅去，一拱，把旱獺翻個身，又嗅起來。

這是一種新認識的動物，牠嗅得很仔細，把這種動物的味兒牢牢記在了心裏……旱獺的肉很細膩，很香。老悶兒吧嗒著嘴巴慢慢吃，細細嚼，把旱獺吃得只剩一條短短的小尾巴。牠嗅嗅身邊其他的洞，心滿意足地走了。

牠很高興，又發現了一道新葷菜。但牠不準備把這些旱獺趕盡殺絕。牠記住了這片山坡，以後想起來，牠還會來這裏。

就在這時候，就在這座旱獺城堡附近，熊開始發脾氣。

從這片陽坡往下走，灌木愈來愈多，草也愈來愈深。走下山腰，灌木草叢中樹多起來，並且愈來愈稠密。這兒的草叢下，有許多隱隱約約的小道，繞著灌叢和大樹穿來穿去。這是兔子、狐狸和狼踩出來的。這些動物經常在這兒跑來跑去，追逐不休。

老悶兒鑽過草叢，一邊走一邊注意地嗅。牠身後，踩倒的草又慢慢挺起身。陽光很強烈，周圍寂靜無聲。只有牠的身體和草葉摩擦，間或發出唰唰啦啦的聲音。

走過一棵大樹，老悶兒站住了。牠頸上的毛豎得直直，鼻翼不住搧動，甚至發出咻咻的聲響。大樹周圍彌散著一股味兒，年青的熊十分吃驚，不知如何是好了。

牠厭惡這股氣味兒。這是兩條腿走路的人散發出的味兒！但牠也分辨出，這不是山腳小院中教牠鞠躬跳舞的那個人的味兒。那麼這個人是誰，到山林中幹什麼來了？老悶兒不恨這個人，本能地想躲開，但牠不知道這個留下氣味兒的人現在在哪兒，自己該往哪兒躲。

牠嗅嗅地面，又在空氣中抽抽鼻子。一邊抽，一邊轉動耳朵。然後，又低下頭，圍著大樹轉。牠找不到那個人的腳印，然而這兒到處都是那個人的氣味兒。牠扭頭離開大樹，走幾步。又扭過頭，向另一個方向走。氣味兒沒消失，牠再換個方向。

一叢灌木前，堆著許多枯樹葉。枯葉堆有點兒怪，許多舊葉翻放在新葉上面。老悶兒嗅著走過去，正要刨刨枯樹葉，「啪」，枯樹葉猛然飛起來，一件什麼東西重重打在腳上。

老悶兒嚇了一跳，縱身跑向一旁，可打牠的東西拽著牠的腿，牠「咕咚」摔倒了。牠爬起來，又跑，腳被再次拽了一下……牠的腳很痛，牠看清了，一副大鐵夾子夾住了牠的腳。大鐵夾子連著一段鋼絲，鋼絲拴在一根釘在灌叢根下的木橛子上。

這是飛來的橫禍！今天本來好好的。人怎麼都幹這個？「嗷——」，老悶兒發怒了，咆哮起來，惡狠狠地觀察周圍。周圍仍然很安靜，什麼聲音也聽不到。

牠低下頭，張嘴咬腳上的鐵夾子。鐵夾子在牠牙齒下發出咯吱咯吱的聲音，就是不張開！牠的牙根酸痛起來。鬆開嘴，牠又一口咬住連著鐵夾子的鋼絲。鋼絲不粗，像一根細繩。牠憤怒地嗚嗚吼著，一邊狠咬一邊用力甩動腦袋。「咯叭」，嘴裏一震，牠的一隻牙崩了一半。

鋼絲只是留下一個亮閃閃的牙印兒，折了個彎兒。一股又腥又鹹的血水從老悶兒牙根下流出來，牠「嘓」一聲咽下喉嚨。年青的熊氣極了，狂吼連聲，掄起鋼夾子又摔又砸，但這把被夾住的腳弄得也很痛。牠暴跳起來，揪住鋼絲使勁兒拽，一邊拽一邊搖動。鋼絲繃得緊緊，發出「錚錚」的響聲。拴鋼絲的木橛子漸漸歪了，斜了，忽然被拖出地面，老悶兒「咕咚」摔了個跟頭。

木橛子釘得不太深，偷獵的人不是個做事穩妥的傢伙……年青的熊帶著鋼夾子，一縱一縱跑走了。鋼絲和木樁拖在後面，不時被草根或灌木絆住。這常常把老悶兒拽個跟頭，惹得牠大發雷霆。

在黑暗的紅松林裏，老悶兒站住了。牠喘了一會兒粗氣，火氣小了一些，聽聽周圍的動靜，沒有發現什麼異常。牠坐下來，又開始咬鋼夾子和鐵絲。不過這仍然是徒勞，鋼夾子和鐵絲並沒有發生什麼變化。「人都一樣壞」，老悶兒一邊憤怒地咬，一邊想。

咬不動，牙齒酸痛起來，牠又狂怒地摔砸，並且用爪子拍、抓……當牠抓住鋼夾子張開的一條邊用力撕扯的時候，鋼夾子的「嘴」張大了，牠被夾住的腳「嗖」一下抽了出來。

這事很偶然，老悶兒不研究人的機器。牠看著流血的腳，怒氣一點不減，繼續弄著鋼夾子又拍又踩，並且，掄起來在大樹上砸……

一個偷獵的人費盡周折，找到紅松林中。當他看到鋼夾子的時候，嚇得渾身汗毛都豎起來：鋼夾子弓樑彎了，彈簧斷了，而拴鋼絲的木橛子，被咬成碎末，抛得到處都是。鋼夾子周圍，是一片巨大的腳印。

偷獵人心驚膽顫地看看周圍，急急忙忙下山去了。

二十六

白天愈來愈短，刮北風的日子愈來愈多。

狗尾草、莎草、滿天星，還有生長在小溪邊的三棱草、蘆葦，都結了籽兒。山楊、柞樹、白樺樹等闊葉林的葉子開始變黃，混交林中不時有枯葉從樹冠中翩翩落下。

馬鹿交配的季節就要到了。

有一隻公馬鹿到處遊蕩。小溪邊，草甸上，樟子松林中，時常響起牠「嘔嘔嘔——呵，嘔嘔——呵」的吼聲。這吼聲又粗渾又響亮，很像老牛在仰著脖子叫。馬鹿的一隻角斷了一截兒，臉上胸上都掛著傷。血凝成黑紫色的塊兒，綴在皮毛中，讓人看了觸目驚心。

這是一隻失群的馬鹿。在爭奪母鹿的搏鬥中，敗在更強壯的馬鹿角下，被趕了出來。這個情場失意的傢伙紅著眼睛，走走停停。有時吃幾片樹葉，有時啃幾口草。牠一嗅到母馬鹿的氣味兒，就大跨步縱跳著追蹤而去。

牠一路撞折小樹，踩斷灌木。但當牠看到有公馬鹿和母馬鹿在一起，就遲疑了。牠挨過揍，傷口到現在還痛得厲害。而當公馬鹿發現了牠，揚著大角低頭衝過來，牠就趕快扭轉頭，風一樣逃走。

這個沒有出息的傢伙把氣完全出在無辜者頭上……有一隻漂亮的母馬鹿聽到牠的叫聲，顛顛跑過來。追隨在牠身邊。牠卻還不斷嘔嘔叫，招引其他母馬鹿，並且用頭頂這頭母鹿，用斷角戳，甚至齜出牙，用牙咬。在牠帶著這隻母鹿追蹤有公鹿的鹿群時，這隻母鹿跑了，跑到那群鹿中間去了。

這傢伙長相不錯，身材雄壯。高大得賽過一匹純種阿拉伯駿馬。可惜這麼個漂亮小夥兒脾氣太壞，並且愈來愈暴躁。牠開始經常追逐看得到的動物，用角頂，用蹄子踏。沒有動物可追，牠就咬斷灌木枝，踢折小樹，把好不容易生長起來的枝條拋得到處都是。

老悶兒不喜歡這隻公馬鹿，不喜歡聽牠的叫聲，不喜歡看牠瘋瘋顛顛的模樣。遠遠看到這個花花公子似的傢伙，就拐彎繞道走了。可是，由於公馬鹿到處遊逛，沒有什麼規律，牠又總是遇到這個討厭的傢伙。這一天黃昏，牠又遇到了公馬鹿。

老悶兒蜷伏在一棵落葉松的樹杈上休息。落葉松的葉子變黑了，失去了油亮的光澤，但還沒有脫落。一簇簇茂密的針葉托著一個個小鳳梨似的松毬果。松籽兒已經成熟，年青的熊在這棵樹上爬上爬下，嗑了許多松籽兒，累了，就在大樹上打起盹兒。

「嘔呵，嘔嘔嘔呵」，斷了角尖的公馬鹿遊蕩過來，在不遠處的灌叢後面伸直脖子吼。接著，「劈哩啪啦」，開始用鍘刀似的大牙咬斷灌木枝，到處拋。老悶兒醒了，耳朵搖搖，煩躁地擺擺腦袋，又閉上眼。

「嚓嚓嚓嚓」，松樹下響起一溜小碎步聲，似乎有什麼動物小跑著經過。老悶兒睜開眼，探脖看看，是兩隻灰狼。兩隻灰狼揚著頭，拖著蓬鬆的尾巴顛兒顛兒跑過松樹下。「牠們要幹什麼？」老悶兒眨眨眼睛。

花花公子還在灌木叢後拋灌木枝，一束夕陽光線透過樹冠中的縫隙射在老悶兒身上。熊沒法再睡下去，爬起來，舉掌搓搓臉頰，長長打了個呵欠。

忙碌了一天的鳥兒開始歸巢，山林裏到處是嘰嘰喳喳的鳥叫聲。兩隻交嘴雀落在老悶兒頭頂，啄啄松毬果，開始梳理羽毛。一邊梳理，一邊叫。老悶兒仰頭看看羽毛漂亮的小鳥，抖抖身子，準備下樹。

「嗚——」，「嗚——」，灌木叢後響起大狼兇猛的咆哮，灌木枝葉劇烈搖擺起來，劈哩啪啦響個不住。僅僅二、三分鐘，「嗚兒，汪，嗚兒嗚兒嗚兒」，狼忽然慘叫起來。昏黃的夕陽光下，灌叢急劇分開了。大灰狼狼狽地跳出來，一邊跑，一邊驚懼地扭頭向後看。兩傢伙的耳朵緊貼在頸子上，尾巴用力蓋住屁股眼，彷彿，有誰會咬那塊臭烘烘的地方。

一隻狼瘸了一條腿，後胯上皮開肉綻，黏稠的血漿一股一股湧出來。這隻狼彎起瘸腿，只用另外三條腿蹦著逃。灌木叢上躍起一個巨大的身影，像一座小山飛起來。「咚」，公馬鹿落下地，健牛腳一般的大蹄子下飛濺起泥土和碎葉。「嗚兒嗚兒嗚兒」，兩隻狼縮縮脖子，把尾巴再用力夾一夾，竄跳得更快了。

斷了角尖的大鹿追過老悶兒腳下，一邊追，一邊用鼻子咻咻噴氣。牠的眼睛佈滿血絲，鼻翼因爲激動劇烈起伏。大嘴時而張一張，齜出有力的大板牙。這傢伙年富力強，有著堅硬的大角，強勁的脖頸，以及輕盈的後腚。牠的身體像大健牛一樣沈重，卻又像優秀的駿馬富有彈性……狼逃遠了，馬鹿也追遠了。

老悶兒站在樹杈上，很有興趣地看了一會兒，活動活動前腿，唔唔哼著爬下樹。在地上，牠再次昂頭向狼和鹿跑的方向看看，這才扭噠扭噠向灌木叢走去。

是狼攻擊了馬鹿，還是馬鹿主動向狼進攻的呢？剛才，有高大的灌叢遮掩，牠看不到，弄不清……一般地，鹿是怕狼的。就是高大有力的馬鹿也是這樣。牠們吃草，沒有獠牙利爪。嗅到狼的氣息，牠們便不聲不響飛快逃走了。但是，到了交配季節，一些吃草動物就變得昏頭昏腦起來。牠們的血液似乎變成了酒精，一碰就燃燒。

牠們敢於攻擊任何動物，並且不懼生死。特別是一些大型食草動物，牠們本來就力大無窮，膽子一放開，老虎豹子也奈何牠們不得。和發了情的、激動得不得了的馬鹿野牛駱駝拚一拚，倒楣的往往是體型小許多、力量也小許多的猛獸。這些猛獸即使不被頂穿胸膛，也得被踢踩摔打得受了重傷。

所以，山林中有經驗的老殺手都知道，遇到發情的公馬鹿等等，最好是趕快轉身逃開。那麼現在是狼不自量力，還是公馬鹿霸道得無法無天了呢？老悶兒不知道這些，牠鑽進灌木叢極有興趣地伏身在馬鹿和狼的蹄印上，左嗅右嗅，不時用爪子刨刨，就像個研究學問的老學究。

公馬鹿回來了，得意洋洋。「嘔呵，嘔呵」，一路走一路叫。狼被趕得屁滾尿流，牠的神經興奮到極點。是呵，誰敢與牠這頭大馬鹿爲敵呢？……牠想到了打敗牠的情敵，眼光頓時暗淡下來。但是，不一刻，牠的眼睛又紅起來，像著起熊熊的火。

勝利摻和上失敗，就像酒精中又摻和進汽油，牠的情緒更激動，更亢奮了。牠走走停停，不斷噗噗打響鼻。走過大松樹下，嗅到熊的氣味兒，公馬鹿站住了。牠狐疑地嗅嗅樹，嗅嗅地面，鼻翼不住搧動。

就在牠擡起頭，要再次嗅嗅空氣的時候，牠看到了老悶兒。那頭傻呼呼的熊正撥開灌木叢，嗅著狼的足跡向外走。公馬鹿的血液立即「騰」地燃燒起來，晃晃大角，一低頭「噗——」地打個響鼻，突然向老悶兒衝過去。

年青的熊看到斷了角尖的公馬鹿，一下子愣了。牠沒料到這傢伙還會回來！牠手忙腳亂，慌慌張張地躲閃。但是哪裏還躲得開？「嗵」，牠被重重撞翻在地。灌木枝條劈哩啪啦倒下一片，墊在牠胖胖的身子下。

公馬鹿馬上站起來，高高的像一座山峰。兩隻碗大的前蹄在空中揚起，像石夯一樣砸下來，砸向老悶兒腦袋。如果這一下踏中，老悶兒的生命就完結了。但老悶兒的小眼兒看得清楚，慌忙歪了歪頭。馬鹿石夯一樣的大蹄子，重重踏在牠肩膀上。

熊的肩骨還算結實，抗住了鹿蹄的重踏。但皮立刻破了，血湧出來。年青的熊有點兒懵，本能地想到逃。事出意外，牠本沒有想和馬鹿打架，牠覺得牠應該像那兩條狼，馬上離開這兒。

公馬鹿見沒能像希望的那樣踏中熊要害，火氣更大了。又一次猛一下站起，高高揚起前蹄。老悶兒有了機會，急忙一滾。鹿蹄完全踏空，擦著老悶兒身體砸進灌木叢。折斷的灌木枝葉和泥土，在鹿蹄下箭一樣四散飛射。年青的熊不敢遲疑，撒腿逃向森林深處。

馬鹿取得了前所未有的勝利，情緒越發亢奮。牠想擴大戰果，獲得更偉大的成績。牠把頭一低，挺著角向一拐一拐拚命逃竄的熊追去。鹿比熊跑得快，尤其是現在熊肩部受了傷。可憐的熊被鹿追上了，接二連三被馬鹿的大角頂撞。有一次，公馬鹿樹杈似的角一挑，竟然把牠挑得像個球一樣翻滾起來，直到撞在樹上才停下。

老悶兒惱火了，血液也開始熊熊燃燒。真是豈有此理，牠是一隻熊呵！牠一軲轆爬起，不跑了，發出狂怒的吼聲。乘勝追擊的公馬鹿怔了怔，隨即站起。牠不怕熊，還要舉蹄砸踏黑熊。老悶兒有了經驗，閃開身，順勢在鹿肋部抓了一把。

老悶兒沒使多大的勁兒，但鹿的肋部馬上破了，冒出鮮血。聞到鹿血的氣味兒，老悶兒眼睛紅了，蘊藏在身體中的野性勃然膨脹。無論如何，今天牠都要和這頭瘋子似的公馬鹿拚一架。公馬鹿暴跳如雷，低頭向熊又是一頂。年青的熊沒能躲開，被強有力的大角挑出幾步。牠趔趄著站住，吼一聲，又向公鹿撲過去。

牠沒有迎著鹿角撲，牠已經知道，鹿角是鹿很厲害的武器。鹿脖子上也添了一道血淋淋的傷痕。公馬鹿氣壞了，噗噗噴著氣，「嘔——」叫一聲，飛快旋回身，迎著熊，揚角對準熊又頂。夕陽落山了，漸漸陷入黑暗的森林一片寂靜。膽小的松鼠和小鳥們都躲起來，只有一群烏鴉站在附近的幾棵樹上，興致勃勃地看著樹下的廝殺。有時「刮刮」叫兩聲，像在起哄，也像在催促。

公馬鹿身上又添了許多冒血的傷口。昏暗中，騰騰的熱氣從牠脊背和肚子上繚繞升起……公馬鹿鼻翼搧動，呼呼喘著粗氣。牠忽然感覺很累，並且覺得對熊的看法不大對頭，這位花花公子不想再打了。牠驀地跳開去，扭頭就跑。

被激怒了的熊沒有放過牠。就在牠蹦跳著轉身的時候，熊竄到了身側，只一推，就把牠推倒在地。公馬鹿巨大的身軀像一塊巨大沈重的橡膠塊，在地上彈了彈。轟然的響聲和泥土碎葉一起飛起來，就像剛剛倒塌的是一堵高牆、一座山！公馬鹿有的是勁兒，一屈腿又要爬起，熊撲了上去。

這一回，老悶兒緊緊抓住公馬鹿強勁的脖頸，張嘴在脖子上狠咬，同時用後腳爪子撕扯鹿肚子。接著，騰出右爪，在鹿耳根下猛擊一掌。老悶兒鬆開嘴，唔呶唔呶哼，乘鹿耳鳴頭暈，站不起來，牠一爪撕開鹿肚皮，伸進爪子一抓，拖出了內臟。

暴躁的公馬鹿疼痛難忍，「嘔呵」叫一聲，一下子跳起來。老悶兒被甩開，倒退了好幾步。公馬鹿「噗嗵」又摔倒了，老悶兒嗚嗚咆哮，看了一會兒，更勇猛撲上去，在鹿後腦勺上狠拍一掌，接著，咬住鹿咽喉，猛甩腦袋。

公馬鹿氣管食管和動脈血管一齊斷了，鮮血噴泉似地射出很遠。老悶兒急忙伏在敵人身上，大口大口喝起鮮血。一邊喝，一邊「吭、吭」咳嗽。公馬鹿再也站不起來了，泥一樣的軟，癱在地上，只有四條腿還在不服輸似地慢慢划動。

天完全黑了。烏鴉們在樹枝上縮起脖子，閉上眼睛，角質的嘴巴不時叭嗒一下。牠們同一般的鳥一樣，夜盲，不可能再飛下來，和老悶兒一道共進晚餐。

二十七

老悶兒在黑暗中吞吃掉鹿內臟，又趴了一會兒，激烈的情緒才漸漸平息下來。牠唔唔哼著，舔舔身上的傷口，站起來向森林外面走去。牠要喝點水，吃一些小溪邊鮮嫩多汁的野草，然後，再回來吃鹿。

年青的熊扭噠扭噠繞過灌叢，消失了身影。但剛過了一會兒，牠又回來了。牠忽然想起，得把鹿蓋上，免得狼或猞猁發現鹿，把鹿拖走（這樣重的大馬鹿，狼和猞猁是絕對不可能拖動的。但老悶兒是熊，就這樣考慮問題，擔心這個）。牠很累，身上軟綿綿的，走路搖搖晃晃，腳步也很沈重。打倒這樣一隻瘋顛顛的大鹿，幾乎耗盡了牠的力氣。

也許，喝點兒清涼的水會振作一些？

一對黃燈籠似的眼睛在公馬鹿身旁晃動。看到老悶兒，黃燈籠不晃了，惡狠狠盯在老悶兒身上。過了很久，才吼一聲，走開去，在鹿屍身邊不遠處，「嗖」地上了一棵大樹……這是金錢豹。這隻大貓不知怎麼嗅到了血腥味兒。

老悶兒頸上的毛豎起來，鼻孔中轟響起駭人的咆哮。接著，在馬鹿身旁開始來回走動。牠的憤怒得不到宣泄，又衝到豹爬上去的大樹下，「嚓，嚓」，抓起樹皮。牠只抓了幾把，樹身露出長長一溜白痕。

牠早就討厭金錢豹，隱隱覺得這東西是個要命的威脅。現在這隻東北大豹竟然來偷吃牠的獵獲物……金錢豹站在樹枝上，俯首盯著樹下的老悶兒，聲色不動。只是在老悶兒撕下樹皮的時候，牠肚子一抽，吼了一聲。

夜幕已完全籠罩了山林。往昔這時貓頭鷹早開始飛翔，野鼠也早爬出洞，吱吱叫著到處跑。但此刻，周圍一片寂靜，除了朦朧的樹影兒，什麼也看不到。

老悶兒站起來，仰頭向樹上吼，並且揮了揮爪。豹眨眨黃燈籠一樣的眼，扭過身，一跳爬到更高的一根樹枝上。在那兒，牠拖著粗鋼纜般的尾巴轉過身，低下頭，又衝老悶兒吼了一聲。

老悶兒氣得夠嗆，用力向樹上揮揮爪子，肚腹和胸腔繃得緊緊，一陣陣沈雷般的怒吼滾出喉嚨。但牠沒有上樹，只是警告豹子。吼了一陣，牠四腳著地，走回馬鹿身旁，叼住龐大的鹿身開始拖拽。

牠先是用力拖著向後退，但牠的腿像是蠟做的，一用力就軟了。大牛般的馬鹿屍體死沈死沈，根本拖不動。牠又用力甩動腦袋，希望能把馬鹿甩得同地面分開。牠的牙齒痛起來，馬鹿還是分毫不移。樹上的豹見年青的熊要拖走馬鹿，吼一聲，跳回原先低一些的那根樹枝上，嗚嗚咆哮著團團轉。

老悶兒丟下鹿，也仰頭兇狠地咆哮。見豹沒衝下樹，才又低下頭，繼續拖鹿……這頭公馬鹿有四五百斤重，若在平時，老悶兒也許能夠拖走，但是現在不行，牠做不到。牠見拖不動鹿，便站起來，像掀大石頭似地半蹲下身一掀，大馬鹿被擡起一些，但「噗通」一聲又滑脫了。

豹見鹿被掀起，齜出牙，焦躁地吼一聲，一扭身，「唰唰」衝下樹。老悶兒很機敏，一直斜眼盯著豹子，見豹衝下樹，馬上四腳著地，「呼」一下向豹撲去。豹並不和老悶兒搏鬥，看老悶兒衝到，吼一聲，一扭頭，又「嚓嚓」爬上樹去。

這是做什麼？老悶兒幾乎氣炸肚子。牠摟著樹就要攀，回頭看到鹿，扭身又回到鹿身旁。……豹站在樹枝上低頭向下吼，老悶兒蹲坐在地上，仰頭向上吼。黑色的夜幕下，兩頭猛獸駭人的咆哮在山林裏碰撞滾動。

秋風刮起來了，就要脫落的枯葉一齊搖擺，撒下沙沙的響聲，像要和猛獸的咆哮合奏。

老悶兒又低頭拖起鹿。這一回，牠用足了力氣，一邊拖，一邊「吭、吭」哼。沈重的、生了根似的死馬鹿終於動了動，接著，一點兒一點兒地離開了原地。金錢豹吃驚地看著樹下，大聲咆哮。接著便拖著尾巴，在大樹上急躁地轉。牠一邊轉一邊吼，一邊頻頻齜出尖利如匕首的獠牙。驀地，牠四肢一屈，「嗖」地從樹上撲下來。

老悶兒有防備，但還是被凌空撲下的金錢豹撲倒了。夜色中，東北豹的氣勢像壓下來的一座山。老悶兒打個滾，躲開了豹嘴。牠一邊爬起一邊吼，一邊揮掌拍打豹子。豹子也翻倒了，見狗熊已經站起，牠呲呲獠牙，轉身爬上另外一棵樹。

老悶兒的怒火再也壓抑不住，站起來，發出使自己身體都震顫不已的吼聲。牠緊跟著豹子衝到樹下，也爬了上去。牠的鼻翼呼哧呼哧搧動，小眼睛被怒火燒得通紅。牠容不得豹子那雙總是充滿殺氣的眼睛。

豹子爬得快，老悶兒爬得慢，轉眼間，豹子爬到最高的一根樹枝上。再往上，樹枝就很細了。這是一棵年青的白樺樹，瘦瘦高高，沒有粗大的旁枝，一簇簇密集的細枝都緊擁著向上生長。豹低頭看看下面，憤怒的黑熊還在吭哧吭哧向上爬。沒辦法，牠只好再向上爬去。

白樺樹的樹梢彎了，在夜空中搖蕩起來。忽然，「咔嚓」響了一聲，脆弱的樹梢急劇向下折去。豹子一驚，叫一聲，頭朝下撞開下面的樹枝，跌落下來。老悶兒怔了怔，急忙抱緊樹幹。牠沒有想到會有這樣一個結果。東北大豹拖著尾巴，擦過牠的身體。

豹是貓科動物，能在空中平衡身體，最後輕巧巧地四腳先落地。但是現在，一簇簇密集的白樺樹枝碰撞著豹，攔阻著豹，黑暗中，牠和亂紛紛的斷枝碎葉一樣身不由己，「咕咚」，重重倒撞在地面上。豹摔懵了，眼前金星亂舞。腦袋嗡嗡響，脖子酥酥地痛。

金錢豹掙扎了半晌才爬起來，牠瘋了，狂吼一聲，大尾巴一掄，又閃電般爬上樹去。一山容不得二主，現在，牠要解決這個問題了。

老悶兒見豹子瘋瘋地爬上來，急忙向上爬。牠不能讓豹咬了腳。得找個樹杈站住了，才能打。但是豹子上樹十分迅疾，牠慌慌張張沒能倒騰幾下腿兒，豹子已竄到身下。牠沒法兒躲，「吭」，豹在牠大腿上咬了一口。皮肉綻開了，劇痛使老悶兒狂吼一聲，鬆開了爪。豹子沒料到，也躲不開，被老悶兒屁股一砸，抓不住樹，也跌落下去。

豹跌在下面，屁股頓了一下，仰身翻倒。四五百斤重的黑熊緊跟著跌下來，一屁股坐在豹肚子上。豹悶叫一聲，一口腥鹹的血水沖進喉嚨，嗆了。牠的肝腸痛得厲害，內臟受了傷。……老悶兒沒能在豹子肚子上坐穩，向後一仰，也翻了個跟頭。

老悶兒急忙爬起來，豹也掙扎著爬起，不敢怠慢半分。牠吭吭咳嗽著，肚子裏一絞一絞地痛。牠更不要命了，沒有想到，還沒怎麼打，就吃了虧。豹拍出一掌，這一掌直奔老悶兒腦袋。夜色朦朧中，豹爪箕張，完全伸出爪鞘的爪子像一把把寒光閃爍的鋼勾。

老悶兒爬起的動作慢一點兒，心中一凜，急忙一縮腦袋……牠知道，豹爪若拍到腦門上，就是拍不懵自己，爪子一抓，也要掀下頭皮，抓瞎眼睛。豹的爪子落了空，但豹不是野豬，也不是馬鹿，動作出奇的快。爪一落地，又風一樣跳起，撲到老悶兒身上。老悶兒再次翻倒了，並且後脖頸也被豹咬住。

豹子已完全清醒，心裏一陣竊喜。再不肯鬆口，把全身的勁兒都集中在粗鋼錐似的獠牙上……牠沒想到，幾招之間就輕易得了手。牠不能再放過老悶兒，這頭會鞠躬的傻熊已經愈來愈強大了。

豹的牙齒在老悶兒脖子裏切、切……豹一邊用力，一邊「吭、吭」喘氣。但老悶兒不是山羊，也不是梅花鹿，頸椎骨粗壯，不是一下子就能咬斷的。老悶兒感覺到了豹牙在後脖頸肉中的咬切，頸椎骨鑽心地刺痛，並且身上一陣陣痲木。牠一時動不了，冥冥中，覺得自己在沈向深淵。

牠急了，在豹又一次緩緩勁兒，想聚集力量狠咬時，猛然運力揚起脖子，接著一滾……在滾動前，牠借著滾翻的力量拍出一掌。豹子叫了一聲，「噗通」翻倒了。牠咬得太專注，太用力，腳下沒有根兒。黑熊後仰的腦袋猛然撞了頭一下，牠不由自主鬆開嘴，不知怎麼，又被熊搧了一掌。

老悶兒跌跌撞撞爬起來，狂怒地向豹子撲過去。牠的頸椎受了傷，全身綿軟無力。但牠從來沒有怕過這隻皮毛花花點點的大貓，現在也還不服氣。豹軲轆爬起來，鼻子眼中滴滴嗒嗒流出血。最要命的是肚子，一碰就痛得牠吸涼氣。但這沒什麼，會鞠躬的熊傷得也不輕。現在必須抓住機會再給這頭傻熊致命一擊。豹強忍住痛，喑啞地吼一聲，迎著老悶兒撲上去。兩頭猛獸都不想退避，夜色沈沈的森林裏迴盪著驚心動魄的咆哮聲、撕咬聲、喘息聲。秋風拂過林梢，帶著可怕的、冷酷的消息。樹葉在發抖，沙沙響作一團，彷彿馬上就要掉下地。

豹的每一下打擊都很準確、沈重，直奔要害。牠的招數既辣又狠，乾脆俐落，決不拖泥帶水。但牠的每一下打擊狗熊都抗住了，而在這同時，豹身上也不斷添些新傷痕。

比較起來，狗熊的動作要遲緩。牠受了重傷，並且也太疲勞。但在豹一次次凜厲的攻勢下，牠頑強得像一塊橡皮，怎樣折都不斷，壓得愈厲害，反彈愈有勁。牠的打擊雖然次數少，每一下卻都有結果。

豹暴躁起來，牠不想再拖下去。牠從沒有打過這樣的仗。牠避開狗熊的爪子，跳出圈兒，扭頭就跑。老悶兒渾身是血，愣了愣，怒氣衝天追上去。豹忽然返回身，一個縱跳，撲到老悶兒身上。

好一個金錢豹，「森林之王」絕不是浪得虛名！憑藉橫行山林十幾年的經驗，牠要利用靈敏和速度快的優勢，一舉把堅韌頑強的黑熊打垮……豹趴在熊背上，頭向著熊屁股，四爪牢牢抓住熊脊背和後胯。待趴穩了，牠舉起一爪，「譃」地抓向熊屁股眼兒。

這一招十分毒辣！這是豹殺害大型動物常用的辦法，十拿九穩……豹爪抓進屁股眼兒的時候是緊握著的，抓進屁股眼以後就張開了。當豹抽回爪子，一跑，腸子便被跳下地的豹子全抽乾淨。

老悶兒不知道豹會怎麼做，牠連遮護屁眼的尾巴也沒有。但牠從跟豹子的接觸中，已經知道豹是何等狡詰和兇殘。牠防備著，見豹突然返身跳上自己的脊背，急忙抖了抖身子。見抖不掉，毫不遲疑，立即收腿打了一個滾兒。這一次牠的動作很快，並且在打滾的時候拍出一掌。豹沒有料到，被甩下地，肚子又挨了一下。豹內臟已然有傷，碰一下也痛得厲害。牠哀號一聲，嘴裏「噗」地噴出一口血水。

豹掙了掙，要爬起，但肚子裏的肝腸痛得牠不敢再用力。牠動作慢了一些，老悶兒爬起來，趁機一撲，一下騎在牠身上。豹又哀號一聲，扭頭就咬，老悶兒拍出一掌，豹頭低垂下去。老悶兒不敢怠慢，接著按住豹頭，俯身咬住豹脖頸，後腳就在豹肚子上踹，用爪撕劃。

豹痙攣起來，四爪再也無法支撐，全身軟軟地趴在地上。老悶兒鬆開嘴，打量一下東北大豹，一屁股坐在豹身上。豹哼一聲，張開嘴，大股大股的血水湧出來。老悶兒也沒有了力氣，只是一下一下在豹的肚子上坐，沈重的身體起起落落。

山林安靜下來。黑暗中，只有老悶兒粗重的喘息。

二十八

會鞠躬的熊終於又活過來。

牠把積雪踩得咯吱咯吱響，愉快地在山林中巡視。一會兒爬上石頭陡坡，一會兒鑽進枝條密密的灌叢。黑色的皮毛沾上雪粉，牠就站住搖搖腦袋，然後「撲撲落落」抖動身子。

牠瘦了，這使牠身上的長毛顯得更長……這些毛土戧戧的，失去了油亮的光澤。毛一飄動，許多傷疤便露在寒風中。傷疤很刺眼，紅通通的。這些地方原來都是傷口，現在好了，不痛了。渾身疤痕當然不大好看，但從小受苦的老悶兒不在乎這個，只要不痛就高興。

兩場殊死拚殺在一天內發生，而豹咬的頸椎傷最是致命。在許多天中，老悶兒渾身腫脹，沒有力氣。稍微歪歪頭或者仰仰腦袋，裏面的骨頭都像通了電，痛得頭皮發麻。牠不敢跑也不敢跳，甚至睡覺也得十分小心。這使牠心煩，常常發脾氣。而發脾氣的結果，是傷口更疼痛，這愈發使牠的情緒不好。

現在，一切都過去了。

牠東嗅嗅，西嗅嗅，有時擡頭望一會兒，接著又走。森林裏白雪皚皚，皮毛變成灰色的松鼠在枝頭上跳躍；毛兒長長的兔子忽然跑出草叢，急驟穿過林中的空地；鳥兒飛走不少，但那都是候鳥。不怕冷的山雀、松雞、灰喜鵲，還有羽毛斑斕的野雉，照樣在灌叢和樹木間飛來飛去，大叫大嚷。

長白山的冬天又來臨了。

老悶兒爬上山脊，在一塊突出的山石下尿一泡尿，又靠在一棵大樹上用力擦起癢。牠擦了身體這面擦那面，一邊擦蹭一邊舒適地嗚嗚哼。擦完癢，牠摟著大樹爬上去，一直爬到最高一個樹杈上。

樹在搖動，掉光葉子的樹枝咔咔作響。有風，不算大，但很硬。冰涼冰涼的像鋼針，掀開長長的毛兒直刺牠的皮肉。老悶兒不怕，扶著樹幹站起來，伸長脖子眺望領地。

這是一片多麼廣闊的領地呵，有山坡，有谷地，有小溪，有明亮的樟子松林，有光線暗淡的紅松林，還有面積巨大、生氣勃勃的混交林。混交林邊緣是荒草深深的草甸，老悶兒在那兒捉過鼴子。

在這片領地裏，牠感到過寂寞，受過屈辱，餓過肚子。但是現在，牠成了這條谷地的強者。優勝劣汰，弱肉強食，競爭冷酷殘忍。可大自然的法則就這樣逼迫你，鍛煉你。在有利於進化這個角度上說，這個法則並不是不可取的。

這兒沒有懶惰，不允許裹足不前。你想生存，就努力吧。

成爲強者可真好。強者像燦爛的太陽，像深邃的星空，像和暖的、刮來刮去的風！……強者可以在領地中自由自在地走。想舔吃鹽土，想搬開石頭，那就去舔去搬好了。沒有威脅，沒有饑餓，沒有誰來咬腳後跟，沒有誰強迫自己去做不願做的事兒……

現在，老悶兒要冬眠了。牠已選擇好睡覺的洞子，弄得暖暖和和……牠不胖，可是很壯實。牠剛剛捉到一隻麅子，巡視完疆域，就要像一頭真正的熊，完完整整睡一個冬天！

哦，領地！哦，強者，自由！老悶兒會在夢中常常想起你們。……年青的熊爬下樹，走進了山林。

北風還在刮，不緊不慢，彷彿很長很長。天空陰沈沈的，一絲陽光也不漏。空氣很潮濕，更加重了山林中的森森寒意。大樹枝頭和灌木梢上沒落盡的枯葉，都耷拉著，搖擺得沈甸甸的。這意味著要下雪了，一下就要下很多天。

老悶兒不怕。牠吃得飽飽的。這最後一次巡視實在也是一次飯後散步。牠嗅嗅粗糙的樹根，嗅嗅冰涼的石頭，嗅嗅散發著潮霉味兒的草叢，大腦袋左搖搖，右擺擺，一邊晃一邊走。鼻孔前的一團團白色哈氣，被風捲來捲去，忽而濃忽而淡。

一會兒，牠站起來，興致勃勃摘吃幾個灌木枝條上紫紅色的越橘果；一會兒，又鑽進榛子棵，津津有味地把掉下地的「小點心」嚼得咯嘣咯嘣響……牠並不餓，只是習慣這樣做。

蹓躂蹓躂走過樟子松林，在一叢掛著幾個黑色鼠李果的灌叢下，年青的熊站住了。牠抽抽鼻子，清理清理鼻腔，頸子上的毛漸漸豎起來。

牠嗅到一股異常的味兒，這味兒不屬於森林。

牠疑惑地揚起頭，抽動鼻子在冷濕的空氣中找。又低下頭，在白雪覆蓋的地面上嗅。牠常到這一帶來找食，鼠李果是熊喜愛吃的一種漿果。山風吹過灌木梢，不時發出「日兒、日兒」的呼嘯。黑色的鼠李果在細細的枝條上搖來擺去，像在引誘年青的熊。老悶兒看也不看鼠李，只在原地轉。那股異味兒被風扯成一絲絲，一縷縷，一會兒大，一會兒小。

終於，牠分辨出來，這是一股鐵銹味兒，和夏天時踩中的那個鐵夾子味兒差不多。人，人又來幹壞事了！一瞬間，牠的心情變得很壞，憤怒起來，把積雪刨得到處都是。

牠只在站立的地方刨，沒有向前走出一步。牠一邊氣憤地刨，一邊仔細審視周圍。牠看到了，鼠李叢中釘著一根粗粗的木橛子……老悶兒不刨了，盯著木橛子看了很久。由於緊張，牠頸子上的毛微微顫抖。

終於牠又發現，前面幾步遠的地方，雪面稍稍高起一些，似乎也比較鬆。而這處地方，離木橛子很近，在雪下好像有著什麼聯繫（老悶兒愈看愈覺得有聯繫）。

老悶兒撥開鼠李叢，直奔木橛子（牠不去觸動有點兒怪的雪面），在木橛子旁小心刨起來。只刨了幾下，「錚」的響了一聲，一段鋼絲露出來。牠來了氣兒，抓住鋼絲一扯，不遠處的雪面忽然裂開，「啪」地一聲響亮，一隻大鐵夾雜在一團雪塵中跳出來。

果然不錯，果然是這東西藏在雪下！

這只鐵夾比夏天踩到的那只要大，而木橛子釘得也深……老悶兒受到威脅，嗚嗚咆哮，狂怒地掄起鐵夾又摔又砸。沈重的鐵夾已經閉合住了，這比石頭還堅硬的東西砸得雪地上雪粉飛揚、冰渣四濺。

老悶兒沒有再刨木橛子，摔砸了一會兒鐵夾，想起什麼，丟下鐵夾轉起來。牠愈轉圈子愈大，一邊轉一邊嗅。在一棵大樹旁，牠果然又看到一串腳印。

這串腳印遠離灌叢，但腳印肯定同鐵夾子有關係……老悶兒低頭伏在腳印上，「哄夫夫、哄夫夫」嗅起來。

腳跡跟老悶兒自己的模樣差不多，但比牠的小，比牠的淺，並且，前面沒有腳趾印。這是人穿著鞋踩下的，這個留下腳跡的人埋了鐵夾子。

老悶兒氣憤填胸，把腳印抓了個粉碎，接著順著腳印的方向走起來。牠的耳朵豎著，頭頸上的毛也豎得筆直。鼻翼一下一下搧動，噴出大股大股的蒸汽。牠只沿著腳印走，不向旁邊跨出半步。不知為什麼，牠覺得旁邊雪下有危險。

腳跡曲曲折折，穿過灌叢，繞過大樹。在一片枯黃的蒿草叢前，老悶兒發現腳跡旁有一個酒瓶，又嗚嗚咆哮起來。牠用爪子撥撥酒瓶，濃烈的酒精氣味彌漫開，熏得牠接連打了好幾個噴嚏。牠再次嗅嗅酒瓶，齜出牙，眼睛變得血紅，像燃起兩簇火苗。

牠「啪」地一掌打碎酒瓶，沿著腳印顛顛跑起來……牠已嗅出，腳印和酒瓶是山腳小院中那個惡人留下的。惡人在牠剛剛養好傷，就要開始冬眠的時候，上山來了。

惡人是衝牠來的，惡人還沒有放過牠……不會錯，年青的熊有這個直覺！

二十九

老悶兒不躲避。

現在，牠還有時間躲進哪個洞，或者乾脆從這片領地逃出去。

但是，為什麼要躲，為什麼要逃呢？

強者有尊嚴，熊有尊嚴。這種在大自然的生死競爭中建立起來的尊嚴，不是虛偽的，廉價的。有誰觸犯了這種尊嚴，強者會跟他拚命。

「生命誠可貴，愛情價更高，若為自由故，二者皆可拋！」這就是強者的宣言。苟且偷生，卑躬屈膝，那還不如去死！

老悶兒是熊。牠已經恢復了天性……有誰看到一頭大熊會在要殺牠的人面前逃跑呢？腳印很清晰，很新鮮，還散發著淡淡的臭味兒。老悶兒熟悉這股臭味兒，這是惡人的鞋特有的。小時侯，牠被強迫叼過他的鞋。

現在用不著嗅了，只管順著剛踩下不久的腳印勇猛追上去就是了。既然受到了威脅，那就勇敢地迎上去……他不是一直在找牠嗎？讓仇恨早點兒有個結果吧。鉛一樣的陰雲佈滿天空，低低的，彷彿要壓折挺立在山脊上的大樹。北風強勁起來，在冰冷的世界長途飛奔，掃蕩沿途沒落盡的枯葉。一陣陣雪粒被風揚起，打在傻熊的臉上，沙沙地痛。

翻過一個土坎兒，再翻過一片石坡，年輕的老悶兒追趕的速度始終沒減。牠鼻孔和微微張開的嘴巴中，噴出一團一團白色的蒸汽，被風捲走。一路上，牠發現好幾處地方埋著鐵夾子，都拉出來，把積雪刨得亂七八糟。而每發現一處埋伏的鐵夾子，牠就更生氣。

穿過大樹筆挺、仍然不落葉的紅松林，老悶兒爬上一塊大石頭，站起來向坡下眺望。一串腳印還在前面伸延，繞過灌叢，伸向春天捉麅子的那片柞樹林。

爬下大石塊，牠又顛顛跑起來。牠的鼻翼有力地搧動，眼睛通紅，全身的肌肉繃得緊緊。牠知道自己是在追蹤死亡，但是牠不怕。

在灌叢前，老悶兒站住了。直覺告訴牠，惡人就在面前等著。牠甚至有些吃驚，這麼快就追上了他？……決鬥就要開始，容不得一點猶豫。「嗚——，嗚——」，牠的爪子緊緊按住雪地，喉嚨裏發出低沈嚇人的咆哮。

周圍很寂靜，灌叢枝條上連隻山雀也沒有。

站了片刻，熊小心邁開步。剛繞過一叢密密麻麻的牛皮杜鵑，從前面另一叢灌叢——接骨木灌叢後，「嘩啦」飛起一件東西，直向牠飛來。老悶兒本能地站起，用爪去接。忽然又覺得不好，急忙躬身爬下。

就在這一瞬，接骨木灌叢後火光猛然眩目地一亮，一溜灼燙的氣流斷叫著，一下子撞在老悶兒肩上。「砰」，雪地上爆響一個霹靂，灌木枝條嘩嘩抖動起來。

熊仰面朝天跌倒了，在雪上滾起來。「槍」，牠心裏閃過一個可怕的字眼兒。就在這一刻，牠瞥見一個身影兒從灌木後跳起，挺著寒光閃閃的獵刀，繞過灌叢撲過來。

惡人！老悶兒認出來了。中了惡人的埋伏，憤怒使牠胸膛要炸。決鬥就這樣拉開了序幕。牠狂吼一聲，要跳起來。但前腿一軟，一個仄歪，又滾翻在雪地上……牠沒有想到，牠的一條前腿已經不能用了。

拿獵刀的果然是惡人……他是在接骨木灌叢旁埋鐵夾子時，發現站在大石頭上眺望的黑熊的。這個兇惡的人心中一凜，他沒有想到，黑熊還敢追蹤他。他偷偷藏起身，打了個埋伏。

他要找老悶兒，但他也恨這頭追蹤他的黑熊。他是熊閻王，殺了一輩子熊，這頭黑熊竟然不知死活，順著腳印追趕他……他不管這頭黑熊是不是老悶兒，都要打死牠。

他聽到消息比較晚。大雪要封山了，才聽說前村一個偷獵的漢子在這條山谷下了副鐵夾，什麼也沒夾住，夾子還被熊弄壞了。他覺得可笑，決心會會這頭大膽的熊。他一直在找老悶兒，跑了很多地方。他懷疑，這條山谷中的熊可能就是老悶兒。老悶兒是在小院中長大的，不可能跑很遠。可是，他又不相信：老悶兒那樣一個傻東西，牠能弄開鐵夾子嗎？按季節說，熊就要鑽洞冬眠了。惡人等不及明年開春，急急忙忙上山來了。

在山脊上，他立刻發現了熊活動的痕跡。研究了很久，仍然不能肯定是不是老悶兒。他還是下了夾子：管牠是不是，多殺幾頭熊又有什麼大不了的呢？現在，這條山谷中的熊竟然敢追蹤他！他要活剜牠的膽，活剝牠的皮！

當熊臨近的時候，他摘下頭上的帽子拋了出去。他知道，熊有看到飛來的東西就站起來舉掌擊打的習性。這時候，熊的胸膛肚腹會完全暴露在槍口下。只要槍不出問題，獵人能一槍擊碎熊的心臟……這個兇惡的人信賴自己的槍。平時，他把槍保養得很好。

可是熊跳起來了，他嚇了一跳。但是，熊立刻又跌翻了。有一剎那，他後悔沒有開第二槍，只拿著獵刀跳出來。現在，他心中充滿自信。眼前的熊廢了一條前腿，他不信他拿一把長長的獵刀，打不過只有一條前腿的熊！

老悶兒狂怒地在地上滾，鮮紅的血拋灑得到處都是。牠幾次掙扎著站起，都像一張折了一條腿的桌子，「噗」地又翻倒了。碎裂的肩膀痛得鑽心，而還沒碰惡人一下就受了重傷，更讓牠心裏憋悶得難受。「嗷——，嗷——」，牠一邊滾，一邊怒沖沖地不斷發出最大音量的吼叫。

惡人撲到滾來滾去的熊身旁，不敢按住熊，只是挺著長獵刀，在老悶兒龐大的身軀上亂刺亂捅，就像在扎一袋沒有生命的沙子，或者一袋破布。年輕的熊身上許多處冒出血，像小丘上刹時出現一簇簇紅色的泉眼。

老悶兒痛極了，狂吼著，用腳蹬，用嘴咬。一邊蹬、咬，一邊翻滾著掙扎爬起。可骨頭碎裂了的肩膀用不上力，牠一時適應不了。當惡人又捅了牠一刀，牠一滾，不知怎麼，忽然只用兩條後腿跳了起來。牠踉蹌幾下，扭回身，大吼著揮掌向惡人搧去。

惡人心抖了一下，一低頭，跳開了，熊腿上的血甩了他一身。老悶兒已經成了一頭血熊，身上到處是血，黑毛被染成了紫紅色。牠瞪著通紅的小眼睛，周身冒著騰騰熱氣，嗷嗷咆哮，憤怒追逐狡猾的惡人。

熊要拚命！惡人此時害怕了，他要去拿槍。可熊追得太緊，只好繞著灌叢跑起來。老悶兒繞著灌叢追，看到槍，恨得厲害，彎腰一爪抓起，用力一掄，砸在地上，「咯嚓」，槍管槍托分了家……槍是惡人的爪子和獠牙，憑仗著這東西，惡人害了多少飛禽野獸呵！

惡人扭頭看到槍被砸斷，氣昏了頭，返身衝回去，惡狠狠揚刀刺向老悶兒。老悶兒心思全在槍上，沒有料到惡人會突然轉回身，惡人一刀捅在牠的肚子上。牠吼一聲，揮出一掌。惡人「蓬」地飛出去，在雪上滾起來。

老悶兒肚子裂開一個口子，青黑色的腸子流出一截，立刻被血染紅了。熊按住腸子，忍著巨痛，咆哮著，趔趔趄趄竄過去，照惡人猛踩一腳。惡人一滾，躲到了一旁。

惡人胳膊被打折了。這條胳膊曾經摔斷過。現在，老悶兒一掌又打在那兒……好惡人，怕老悶兒再來一腳，忍著痛，一個鯉魚打挺跳起來，吊著斷胳臂，又開始繞灌叢飛跑。

這時候，他還緊握著刀。

老悶兒鼻翼搧動，疼痛使牠的臉變了形。一次又一次受傷，牠恨不得把前面的惡人撕個粉碎。牠按著肚子，跑得飛快。但牠不習慣人一樣站著跑，一條前腿又捂著肚子。牠一時抓不住惡人，和惡人間的距離反而愈來愈大。

人和熊都喘乎乎的，嘴裏噴出大團大團白色哈氣。他們像在推磨，接骨木灌叢是磨心……不知什麼時候，陰沈沈的天空飄起雪花。鳥兒獸兒都躲起來，山林更寂靜了。這是一場大雪，已經醞釀了很久。若不是惡人來追殺，年青的熊此時該鑽洞冬眠了。

老悶兒肚子痛得厲害，牠的爪子不敢擡起來。劇烈的跑動撕扯著肚皮，像在不斷把口子扒大。血水順著爪尖滴下地，圍著灌叢的白雪，有一圈兒已經變成粉紅。牠不能停步，只能追上去。牠知道，惡人嗜殺成性，遠遠來找自己，是決不會放手的。而牠又傷成這個樣子，這更會刺激豹子一樣的惡人。

熊見和惡人的距離愈來愈大，腦袋裏忽然一驚，牠急急刹住腳，扭回了身。牠太了解人了，這種兩條腿走路的動物看似單薄，卻比瘋馬鹿還有勁兒，比豹子還兇殘狡猾……果然，現在變成了人追熊：惡人仗著跑得快，以爲狗熊傻，只會竭力繞著灌叢跑，正從背後挺刀向牠後心刺來。

惡人沒有料到傻狗熊會突然轉過身，吃了一驚，一瞬間有些慌，但他立刻咬了咬牙。惡人不愧是惡人，他遇到的這種事多了，現在，他要險中求勝，死裏求生！扭頭跑開是來不及了，他乾脆不停步，仍然衝過去，直刺熊前胸。

鋒利的獵刀直插老悶兒胸前襯衣領似的白毛區，有一刹那，年青熊的心臟停止了跳動。傻老悶兒感到胸悶，但牠馬上擡起按著肚子的前爪，向後一仰身，趁勢揮出一掌。惡人也沒能躲開，再次飛起來，飛出很遠，「蓬」，撞在一棵大松樹上。

老悶兒摔倒了。牠是仰面朝天摔倒的，因爲揮掌用力，肚子上的口兒裂得更大了。最要命的是心，牠覺得那兒十分沈重十分疼。仇敵在前，牠滾了兩滾，爬起來，踉踉蹌蹌，不管肚子和心，又勇猛向惡人撲去。

兇惡的人手腳還在抽動，腦袋扁了，血從鼻子和耳朵中流出，淌到松樹前的雪地上。他頸椎折斷、肋骨刺穿肺，已經不行了。但他還握著刀，沒有丟掉。見熊撲來，他想擡手。只是眼睛瞪，刀卻一點兒沒舉起。他急了，用足勁兒猛然吆喝了一聲：「老悶兒！」

聲音很小，但這已經是奇蹟了，他竟然還能發出聲音，並且清晰可辨……惡人噴出一口血水，劇烈咳嗽起來。傻熊老悶兒愣了愣，站住了。

牠依稀記得自己曾經有過這樣一個名兒，但牠馬上又想到，正是眼前這個惡人把這樣一個名兒強加在了牠頭上。這個兇殘豹子一樣的人，一再要殺牠，現在也是這樣……渾身是血的熊像一頭野熊，吼一聲，一爪抓下惡人手中的刀，俯下身，「咯嘣」咬斷成兩截。

惡人不知道眼前的熊是不是他從小掠到小院的那頭。這頭熊個兒比那頭高，毛兒比那頭長，身上有許多觸目驚心的傷疤，像衣服上縫綴了太多的補丁。但在追殺中，他又覺得這頭熊的身上，依稀有那頭會鞠躬跳舞的熊的影子。他想辨認出來，他已經追殺了牠很久……見老悶兒並不理睬他的喝叫，惡人剎時又怒火騰騰。他要咬眼前的傻玩意兒一口，想跳起來，但他一挺身，脖子一擰，神經傳導立刻斷開了。

老悶兒小心挪動三條腿，湊過去，低頭嗅嗅惡人的鼻孔，怔住了。過了一刻，牠頸子上的毛兒慢慢倒伏下去。牠又嗅起惡人的耳朵、眼睛，鼻孔中噴出的白色哈氣，籠罩在漸漸變涼的惡人臉上……牠不相信，事情就這樣結束了。

牠擡起頭，望望周圍，接著又低頭嗅起來……世界真安靜，除了陣陣風的呼嘯，牠聽得見雪花落地的聲音，以及自己艱澀的呼吸。從此沒有追殺了，真好，熊心中的怒氣漸漸消退下去。嗅了許久，牠覺得很疲倦，轉回身，想到準備好的冬眠洞穴那兒去休息。剛離開惡人，牠腳一滑，「噗通」栽倒了。

還剩三條腿，嘻嘻，傻老悶兒皺皺眉頭，側過身，查看血肉模糊的肩膀，又查看胸口和肚子，這時候，牠才覺得渾身上下到處都在一剜一剜地痛。牠不走了，就在大松樹下彎回頭，一下一下舔起傷口。

牠還要活下去。牠才四歲多，不到五歲。牠有了領地，打敗了許多敵手，但還有許多事沒有弄明白。特別是，牠還孤單單的，冷清，寂寞，除了大峽谷那邊的同族兄弟，沒有見過其他同類。難道，熊就是這樣生活的？熊就這樣活一輩子？

天愈來愈黑，愈來愈冷。雪花像無數天鵝灑脫的羽毛，從深邃的空中飄下，漫天飛舞。

老悶兒覺得眼皮愈來愈沈重，身上愈來愈冷。牠舔身上的傷口，舔得愈來愈慢了。牠的舌頭麻木起來，舔在冰涼的身上，像被火烙，火辣辣地痛。但牠的胸口總有血淌出來，怎麼也舔不完。牠於是掙扎著，繼續一下一下舔。

潔白柔軟的雪花蓋住牠那到處是疤痕和傷口的身體，染成猩紅、粉紅。隨著雪花愈落愈多，愈落愈厚，老悶兒像臥在鬆軟的白毯子上，蓋了一床白被子。牠現在已經不再想冬眠的事了，腦袋裏同外面的世界一樣，一片空白。甚至，身上的傷口好像也不再痛了。

熊的眼前愈來愈黑……忽然，又亮起來。牠看到了牠的媽媽和妹妹，站在小溪邊翠綠的三楞草叢中，正望著牠。傻熊高興極了，急忙向牠們跑去，一邊跑，一邊吼。

牠想告訴牠們，惡人怎樣打牠，欺負牠，牠吃了許許多多的苦。後來，牠自由了，走了怎樣的一條路，從一頭只會鞠躬的熊變成了強者。

媽媽會高興的，這正是媽媽所希望的。妹妹也會羨慕牠……一陣陣大風吹過，雪花飛揚起來。氣溫愈來愈低，老悶兒的眼前徹底黑了。牠不舔了，停了片刻，傻熊脖子忽然一挺，伸直了腿兒。

夜色中，大松樹下壅起一座雪丘。

結束了，一切都結束了……長白山區風雪彌漫，滴水成冰。已經爲數不多了的、老悶兒的同族兄弟姊妹，都鑽洞冬眠了吧？

風雲動物文學

奔向狼群的駱駝

作者　朱新望

出版者　風雲時代出版股份有限公司
出版所　風雲時代出版股份有限公司
地址　105台北市民生東路五段一七八號七樓之三
網址　http://www.books.com.tw
電子信箱　h7560949@ms15.hinet.net
服務專線　（〇二）二七五六—〇九四九
傳真　（〇二）二七六五—三七九九
郵撥帳號　一二〇四三二九一

執行主編　劉宇青
封面設計　蕭麗恩

法律顧問　永然法律事務所　李永然律師
北辰著作權事務所　蕭雄淋律師
版權授權　朱新望

出版日期　二〇〇八年二月初版

定價　新台幣二八〇元

總經銷　成信文化事業股份有限公司
地址　台北縣新店市中正路四維巷二弄二號四樓
電話　（〇二）二二一九—二〇八〇

行政院新聞局局版台業字第三五九五號
營利事業統一編號二二七五九九三五

國家圖書館出版品預行編目資料

奔向狼群的駱駝／朱新望 著 .-- 初版. -- 臺北市：
風雲時代, 2008.01
面；公分

ISBN-13: 978-986-146-424-4（平裝）

857.63　　96023097

Camel and Wolves